KÜSS MICH, DU KOMIKER

CLARA GABRIEL

Clara Gabriel

Köbbinghauser Hammer 20

58840 Plettenberg

post@claragabriel.de

https://claragabriel.de

Lektorat:

Claudia Pietschmann, ebooks-perfekt.de

Coverdesign:

Clara Gabriel, claragabriel.de

Coverfoto:

ISBN: 978-3-96698-907-7

Kapitel Eins

WAS MACHT EINE BLONDINE, WENN'S REGNET?

Victoria schlug ihren Mantelkragen hoch, öffnete den Schirm und eilte durch den Nieselregen, der sich auf die Kölner Altstadt senkte wie ein kaltes graues Tuch. Es dämmerte bereits und die Weihnachtsbeleuchtung funzelte trostlos über den Schirmen der Passanten, die trotz des nasskalten Wetters Richtung Heumarkt strebten. Aus den Buden des Weihnachtsmarktes dudelten die immer gleichen Lieder und in der Luft hing der Geruch von Glühwein und Bratwurst. Und nach etwas anderem, scharf und muffig. Es roch nach nassem Hund und klammem Papier, nach ungewaschenen Sachen, Schweiß und Urin. Victoria rümpfte die Nase und umrundete das stinkende Bündel. Ein Obdachloser hatte sich im dunklen Eingang vor ihrer Haustür neben der hell erleuchteten Apotheke niedergelassen. Normalerweise hätte sie ihn weggeschickt, aber der Mann schlief. Er war offensichtlich sturzbetrunken, denn er schnarchte laut und neben seinem Kopf stand eine leere Wodkaflasche. Sein Begleiter, ein schmutzig brauner Schäferhund-Mix, blickte sie aus wachsamen Augen an. Insgesamt wirkte der Hund aber friedlich und machte, im Vergleich zu seinem Herrchen, einen erstaunlich gepflegten Eindruck. Also schön, sollten die beiden bleiben, wo sie waren, solange sie niemanden störten. Victoria kramte in ihrer Handtasche, auf der Suche nach der elektronischen Chipkarte, die das Türschloss öffnete. Sie spähte in ihre Tasche, doch im Dunkeln konnte sie nichts erkennen, die Glühbirne der Außenbeleuchtung war durchgebrannt. Sie machte sich im Geist eine Notiz, den Hausmeister darüber zu informieren. Ein kalter Schauer lief über ihren Rücken. Unbehaglich wandte sie sich um, um zu gucken, ob ihr jemand gefolgt war. Unsinn! Sie sah schon Gespenster. Endlich schlossen sich ihre Finger um die Karte. Mit einem leichten Zittern zerrte Victoria sie raus, hielt sie vor das Schloss und trat durch die Tür.

Das Altstadthaus empfing sie mit gedämpftem Licht und einem vertrauten Geruch. Ihr Ur-Ur-Urgroßvater Leopold Rothenberg hatte einst die Apotheke eröffnet, und bis heute schlug hier das Herz des Pharma-Konzerns, zu dem Rothpharm inzwischen herangewachsen war. Natürlich, die eigentliche Firma hatte ihren Hauptsitz inzwischen draußen, im Industriegebiet am Rande von Immendorf. Aber in der Altstadt residierte die Holding, die das weit verzweigte Firmengeflecht zusammenhielt.

»Da sind Sie ja endlich!«, begrüßte Andrea, ihre Assistentin, die bereits die Sekretärin ihres Vaters gewesen war, sie. »Ich versuche seit Stunden, Sie zu erreichen.«

Schuldbewusst warf Victoria einen Blick auf ihr Handy. Es war seit der Sitzung mit Grünberg immer noch auf lautlos und zeigte fünfzehn Anrufe in Abwesenheit, drei entgangene Sprachnachrichten und mehrere SMS. Alle von Andrea.

»Was ist passiert?«, fragte Victoria alarmiert. »Ist was mit meiner Mutter?« Mama erholte sich immer noch von den Folgen eines Treppensturzes vor einem halben Jahr. Sie hatte weitere Untersuchungen abgelehnt, aber Victoria vermutete, dass es sich bei dem Auslöser des Sturzes um einen leichten Schlaganfall gehandelt hatte.

»Nein, Ihrer Mutter geht's bestens. Sie lässt ausrichten, dass sie über Weihnachten ein paar Tage nach Genf fährt.«

Beruhigend. Wenn Mama sich um ihre Charity-Projekte und die Stiftung kümmerte, ging es ihr gut. Also musste es etwas anderes sein, das Andrea in Aufregung versetzt hatte.

»Schlechte Neuigkeiten«, bestätigte ihre Sekretärin, als hätte sie Victorias Gedanken gelesen, und streckte ihr eine Zeitung entgegen.

»Was hat er diesmal angestellt?«, fragte Victoria und seufzte. Ihr Bruder sorgte ständig für Schlagzeilen. Sie waren ein Pharma-Unternehmen, Herrgott! Schlechte Presse schlug unmittelbar auf den Aktienkurs durch. Wann lernte Konstantin endlich, dass wilde Partys und leichte Frauen Gift für den Ruf des Unternehmens waren?

»Es geht ausnahmsweise nicht um Ihren Bruder«, sagte Andrea und sah sie unbehaglich an. »Erinnern Sie sich an diesen Komiker, der so hartnäckig war?«

»Diesen, wie hieß er noch gleich ... David Baum?« Natürlich erinnerte sie sich daran. Vor einigen Wochen war eine Anfrage von einem TV-Sender herein geflattert. Keine Einladung zu einer der üblichen Talkshow-Runden, sondern eine Interviewanfrage für das Format »Aufgedeckt!«. Inhalt der Sendung war, dass irgendwelche Promis vermeintliche Missstände anprangerten. Dieser Komiker hatte sich darauf eingeschossen, ihr und Rothpharm einen Skandal anhängen zu wollen, wegen des neuen Asthma-Mittels. Dabei war Immuntez eine Sensation! Der Wirkstoff war revolutionär. Er enthielt Antikörper auf Eiweißbasis, die bereits frühzeitig in die Entzündungsreaktion des Körpers eingriffen und die Kette der Symptome außer Kraft setzten. Eine Art Impfung gegen Asthma, und sie versprach sensationelle Erfolge bei Patienten, die auf keine andere Art der Behandlung ansprachen. Wenn das Mittel erstmal am Markt zugelassen war, würde es Millionen in die Kassen des Unternehmens spülen. Und genau da lag das Problem: Dieser Typ stellte es so dar, als ginge es nur ums Geld. Darum, sich an dem Leid kranker Menschen zu bereichern. Aber das stimmte nicht, ihre Mission war es, Kranken zu helfen. Deshalb hatte Victoria alle Anfragen abgelehnt, und mitteilen lassen, dass sie weder persönlich noch schriftlich zu einem Interview bereit sei. Das erwies sich nun als schwerer Fehler.

David gegen Goliath lautete die Schlagzeile. Und

darunter: *Kölner Comedian David Baum legt sich mit Pharmakonzern an und gründet Initiative.*

»Shit«, murmelte Victoria und überflog den Artikel. Der Komiker hatte tatsächlich die Dreistigkeit besessen, eine Initiative gegen Rothpharm zu gründen. Außerdem hatte er eine Petition gestartet. Wenn genug Unterschriften zusammenkämen, plane er, sie beim Europäischen Gerichtshof einzureichen. Damit wolle er erzwingen, fuhr der Artikel fort, dass die Preise für neue Medikamente gesetzlich gedeckelt würden.

»Lächerlich«, fauchte Victoria. Die Entwicklung eines neuen Wirkstoffs verschlang Unsummen. Da war es ihr gutes Recht, auch etwas dafür zurück zu verlangen. Antikörper waren nun mal teuer. Doch damit nicht genug, er griff sie sogar persönlich an. »*Victoria Rothenberg interessiert sich nicht für andere*«, wurde er wörtlich zitiert. Und weiter: »*Wenn Sie mich fragen, ist sie eine geldgeile Tussi, die sich nicht einen Hauch um das Leid kranker Kinder kümmert.*«

»Geldgeile Tussi?« Wie konnte er es wagen, so etwas zu behaupten? Jeder wusste doch, dass ihre Mutter Schirmherrin der *Rothenberg Foundation* war, der auch Victoria angehörte. Die Stiftung kümmerte sich um kranke Kinder in der Dritten Welt und versorgte sie mit Medikamenten und Impfstoffen. Wut kochte in ihr hoch. Am liebsten hätte sie dieses Schmierblatt einfach zerknüllt. Aber Victoria zwang sich zur Ruhe, um den Artikel zu Ende zu lesen. »*Deshalb rufe ich hiermit zum Boykott auf. Kaufen Sie keine Produkte von Rothpharm! Machen Sie diese Halsabschneider nicht noch reicher, als sie es schon sind*«, so

Baum. *Wenn Sie, die Leser unseres Blattes, den beliebten Komiker unterstützen wollen, finden Sie weitere Informationen unter* ... Bla, bla, bla.

»Boykott!« Victoria schnaubte durch die Nase und ließ die Zeitung sinken. »Ich fasse es nicht! Was bildet er sich eigentlich ein?«

Andrea zuckte mit den Schultern.

»Verbinden Sie mich mit der Rechtsabteilung!«, verlangte Victoria. Jemand musste diesem Komiker Feuer unterm Hintern machen. Ihm mit Klage drohen, wegen Rufmords oder so. Ja, das war gut! Notfalls würde sie ihn vor Gericht zerren, um ihn zum Schweigen zu bringen.

»Herr Reuber hat schon drei Mal versucht, Sie zu erreichen, aber jetzt ist er außer Haus. Den Entwurf für eine Pressemitteilung und eine entsprechende Stellungnahme an Herrn Baum finden Sie in Ihrem Posteingang.«

»Gut«, sagte Victoria. Sehr beruhigend, dass Reuber schon an der Sache dran war. Zumindest etwas. Was für ein Scheißtag! »Sagen Sie bitte, dass wenigstens das mit Bali klappt«, flehte sie ihre Sekretärin an und hob die Hände zu einem stummen Gebet.

Andrea schüttelte den Kopf. »Tut mir leid, das Hotel wird komplett renoviert. Der Umbau dauert bis Mitte nächsten Jahres«, sagte sie und rutschte auf ihrem Stuhl hin und her. Vermutlich rechnete sie mit einem Wutausbruch, aber Victoria riss sich zusammen.

»Wie ärgerlich.« Seit Jahren verbrachte sie ihre Urlaube im *Secret Garden Ressort and Spa*, denn es zählte zu den besten Hotels weltweit. Ihre Reisepläne waren zwar sehr kurzfristig entstanden, trotzdem hatte sie sich schon darauf gefreut. »Haben Sie es woanders versucht? Ostsee, Alpen?« Sie musste einfach mal raus, irgendwohin, wo es ruhig war. Ein, zwei Wochen abschalten und diesen ganzen Mist vergessen. Die letzte Zeit war unglaublich anstrengend gewesen und hatte viel Kraft gekostet.

»Nichts zu machen. Alles ausgebucht.« Andrea zuckte mit den Schultern. »Das einzige, das so kurzfristig noch frei wäre, ist eine Suite auf der Stella Maris. Ich habe Ihnen eine Mail mit den Details geschickt, die Optionsbuchung gilt bis Mitternacht.«

»Ich sehe es mir später an«, entschied Victoria.

»Wenn Sie mich nicht mehr brauchen, müsste ich dann auch los.« Andrea scharrte ungeduldig mit den Füßen. »Ich bin mit einer Freundin auf dem Weihnachtsmarkt verabredet«, setzte sie schnell hinzu.

Na super. Selbst ihre zweiundfünfzigjährige Sekretärin hatte also ein Privatleben, im Gegensatz zu ihr.

Victoria seufzte leise. »Nein, schon gut.«

»Dann bis Montag!«, sagte Andrea und schlüpfte in ihre giftgrüne Daunenjacke. An der Tür drehte sie sich noch mal um. »Ach, noch was. Ihr Bruder sitzt nebenan und wartet auf Sie.«

Auch das noch! »Schönes Wochenende!«, rief Victoria ihr hinterher und betrat ihr Büro.

Konstantin lümmelte in ihrem Chefsessel hinter dem riesigen weißen Schreibtisch und sah zu ihr auf. »Ah, da bist du ja endlich«, begrüßte er sie. »Ich habe schon auf dich gewartet.«

»Stell dir nur vor, ich habe gearbeitet«, fauchte Victoria. »Im Gegensatz zu dir.«

Konstantin fuhr sich durch das dichte goldblonde Haar, das sie beide von ihrer Mutter geerbt hatten. »Ich hatte Besseres zu tun.«

Natürlich, wie immer. Er verbrachte seine Zeit ja lieber mit anderen Dingen, während sie sich den Hintern aufriss. Sie baute sich vor ihm auf und verschränkte die Arme vor der Brust. »Was willst du hier?«

»Ich wollte mich nach dem Stand der Dinge in Sachen PHACOM erkundigen.«

»An einem Freitagabend?«

»Wieso nicht?«, antwortete Konstantin mit einer Gegenfrage, doch seine scheinheilige Miene strafte seine Worte Lügen.

Mit einer unwirschen Geste scheuchte sie ihn von ihrem Sessel. »Weil es dich die ganze Zeit nicht interessiert hat.« Seit sie im Frühjahr die Entwicklung des neuen Asthma-Mittels bekannt gegeben hatten, war der Aktienkurs in die Höhe geschossen. Jetzt stand das Immuntez kurz vor der Zulassung, nur noch die weitangelegte Studie trennte es davon. Das hatte Begehrlichkeiten bei der Konkurrenz geweckt. Seit Wochen kämpfte Rothpharm gegen die feindliche Übernahme durch den britischen Pharma-Riesen PHACOM. Aber ihren Bruder schien das nicht zu stören.

»Jetzt interessiert es mich aber.«

Victoria lachte höhnisch auf. »Höchstens das Geld,

das bei einem Verkauf auf deinem Konto landen würde.«

»Na und? Ist ja schließlich auch meine Firma«, sagte er mit einem schmalen Lächeln, das sie ihm am liebsten aus dem Gesicht geprügelt hätte.

»Gut, dass du mich daran erinnerst«, gab Victoria zurück. Man könnte wirklich glatt vergessen, dass ihr Vater sie zu gleichen Teilen in seinem Testament bedacht hatte. Denn während Konstantin sich aufführte, als wäre er immer noch von Beruf Sohn, rackerte sie sich hier ab. Rothpharm war ihr Baby, sie war es gewesen, die das Unternehmen unter die Top Ten des europäischen Marktes gebracht hatte.

»Nur gut, dass Papa das nicht mehr erleben muss«, sagte sie leise. »Es würde ihm das Herz brechen.«

Konstantin ging darüber hinweg. »Apropos Familie, fährst du Weihnachten nach Hause?«

»Nein. Und wenn du wenigstens ab und zu mit Mama telefonieren würdest, wüsstest du, dass sie gar nicht da ist, sondern nach Genf fährt.« Sie wusste es zwar selbst nur, weil Andrea es ihr ausgerichtet hatte, aber das musste sie ihm ja nicht auf die Nase binden.

»Ah, gut. Wir wollen nach Sankt Moritz.«

»Aha.« Victoria fragte erst gar nicht, wer *wir* war. »Na dann viel Spaß«, bemerkte sie bissig. »Und jetzt sag endlich, warum du wirklich hier bist.« Eigentlich konnte sie sich das schon denken, aber trotzdem. Sie wollte es aus seinem Mund hören und war genau in der richtigen Stimmung dafür.

»Bist du schon dazu gekommen, die Kalkulation durchzugehen?«

»Ja, bin ich.« Ihr feiner Herr Bruder hatte ihr nämlich vor zwei Wochen die Pläne für den Umbau seines knapp dreihundert Quadratmeter großen Penthouses mit Blick aufs Rheinufer vorgelegt.

»Und?«

»Tickst du noch ganz richtig?«, fuhr sie ihn an. »Eine Badewanne für zwölftausend Euro? Was glaubst du eigentlich, wer du bist? Der verdammte Bischof, oder was?«

»Gutes Design hat nun mal seinen Preis«, entgegnete Konstantin achselzuckend. »Geht das klar?«

»Nein, tut es nicht!« Da sich die Wohnung im Besitz der Holding befand, hatte sie Gott sei Dank auch noch ein Wörtchen mitzureden. »Fünfhunderttausend Euro …«

»Die den Wert der Immobilie steigern«, fiel Konstantin ihr ins Wort.

»Nein, tun sie nicht. Niemand ist bereit, für diesen ganzen technischen Schnickschnack zu bezahlen. Elektrisch versenkbare bodentiefe Fenster! Bei dir piept's wohl!« Sie tippte sich an die Stirn.

»Die Aussicht von der Dachterrasse wird phänomenal.« Konstantins Hand fuhr durch die Luft und beschrieb einen weiten Bogen, als breitete sich das Panorama vor seinem geistigen Auge aus.

Träum weiter, Brüderchen!

»Also, was ist jetzt?«, setzte er wieder an. »Die Zeit drängt, wenn die Arbeiten im Januar beginnen sollen.«

»Dann solltest du schleunigst das Geld dafür verdienen«, gab sie zurück. »Wenn du dir das privat leisten willst, bitte, tu dir keinen Zwang an. Die Holding kommt jedenfalls nicht dafür auf.«

»Los, komm schon, Victoria. Du wärst natürlich auch zur Einweihungsparty eingeladen. Vielleicht lernst du dann ja jemanden kennen.«

»Einen von deinen Freunden? Danke, kein Bedarf!« Konstantin und seine Clique reicher Erben interessierten sich sowieso nur für teure Autos, billige Frauen und Koks.

»Ist das dein letztes Wort?«

»Ja. Und jetzt raus hier, ich habe noch zu tun!«

»Überleg es dir noch mal, okay?«

»Ja, ja«, wimmelte sie ihn ab. Sie hatte jetzt wirklich andere Sorgen als die Wohnsituation ihres Bruders. Diesen Komiker und seine Initiative zum Beispiel.

Ihre eigene Wohnung lag nur zwei Stockwerke höher und auch die Wohnungstür war mit einem elektronischen Schloss gesichert. Alles andere wäre zu gefährlich gewesen. Schließlich stand sie als Gesicht der Rothpharm AG im Fokus der Öffentlichkeit, und es gab zu viele Spinner da draußen, die ihr das Leben schwer machten. Militante Tierschützer, Impfgegner, Wutbürger ... Das Schloss piepste, als sie die Chipkarte davor hielt, und ließ sie ein. Ihre Absätze klackerten über die Dielen, das Geräusch hallte durch die leere Wohnung und plötzlich kam sie ihr zu leer vor. Mit einem Seufzer ließ sie sich auf den Sessel neben dem Garderobenschrank fallen, zog die hochhackigen Stiefel aus und massierte ihre schmerzenden Füße. Sie schlüpfte in ihre alten Kuschel-Hausschuhe aus grauem Plüsch und tappte, nun zehn Zentimeter kleiner, in die Küche. Aus dem Gefrierschrank nahm sie einen Becher Ben & Jerry's. Von ihrer Lieblingssorte *Peanut Butter Cup* hatte sie immer einen kleinen Vorrat im Haus. Seit ihrem Austauschjahr, das sie mit sechzehn an einer amerikanischen Highschool verbracht hatte, war sie verrückt nach allem mit Erdnussbutter.

Bewaffnet mit dem Eis und einem großen Löffel stapfte sie ins Wohnzimmer und kuschelte sich mit ihrer Lieblingsdecke aus weichem Mohair in eine Ecke der schneeweißen Ledercouch. Alles in ihrer Wohnung war weiß, bis auf die massiven Bodendielen aus gekalkter Eiche und ein paar Accessoires, wie Kissen oder Wolldecken in Grau. Manche Leute empfanden die Wohnung als kalt, beinahe steril. Aber Victoria mochte es so. Auch was ihre Kleidung betraf, wählte sie stets dezente Töne. Zu neunzig Prozent trug sie sowieso einen Hosenanzug, entweder in schwarz, grau oder dunkelblau. Sie musste seriös auftreten, wenn man sie ernst nehmen sollte. Und das war wirklich nicht einfach. Als 1,63 Meter große Blondine war es harte Arbeit, sich im Geschäftsleben zu behaupten. Ständig musste sie beweisen, dass sie sehr wohl in der Lage war, einen Konzern mit zweieinhalbtausend Mitarbeitern zu führen. Im Gegensatz zu Konstantin, der sich aufführte, als wäre er der junge Gunter Sachs oder der Playboy-Chef höchstpersönlich. Aber immerhin traute man ihrem Bruder auch nicht viel zu, zumindest darin waren sie sich ausnahmsweise mal ähnlich. Trotzdem, es kostete viel Kraft. Und manchmal war sie es einfach leid. Heute, zum Beispiel. *Was für ein elender Scheißtag!*

Victoria löffelte ein bisschen Eis, der Geschmack von Erdnüssen füllte ihren Mund. Dann angelte sie ihren Laptop vom Beistelltisch, fuhr ihn hoch und las die Mail, die Jens Reuber ihr geschickt hatte. Im Anhang entdeckte sie die beiden Dokumente und überflog die Pressemitteilung. Okay, das konnte so rausgehen. Dann öffnete sie das Schreiben, das direkt an diesen David Baum gerichtet war. Die nächsten zehn Minuten verbrachte sie damit, einen Löffel Eis zu essen und einen Satz zu lesen, immer im Wechsel. Beides ließ sie sich genüsslich auf der Zunge zergehen. Reuber war wie immer brillant. Im Prinzip stellte er auf üble Nachrede ab, genau, wie Victoria vermutet hatte. Des Weiteren drohte er mit Anzeige wegen Verleumdung und Beleidigung. Und jede einzelne seiner präzisen Formulierungen ließ keinen Zweifel daran, dass sie bereit waren, ihn in Grund und Boden zu klagen, sollte dieser Typ seine Aktivitäten gegen Rothpharm nicht umgehend einstellen.

Aber was sie immer noch nicht verstand, war der Kern des Ganzen. Warum gerade sie? Was wollte dieser Typ eigentlich von ihr? Sie öffnete den Browser und tippte seinen Namen in die Maske einer Suchmaschine. David Baum, Comedian. Die Anfrage ergab mehr als zwanzigtausend Treffer, aber sie interessierte sich nur für das Wichtigste. Sein Wikipedia-Eintrag umfasste gerade mal drei Zeilen und sein letzter Fernsehauftritt lag fünf Jahre zurück. Victoria öffnete seine Website. Die letzte Aktualisierung lag vier Jahre zurück, das einzig Neue war der Link zu dem Zeitungsartikel sowie ein knapper Aufruf, die Petition zu unterzeichnen. Unter *Über mich* eine kurze Zusammenfassung seines Werdegangs. Gelernter Schauspieler, soso. Sie klickte das Foto an und sein Gesicht füllte den Bildschirm. Er erinnerte sie ein wenig an diesen Moderator, Joko Winterscheid. Blond, blauäugig, bloß die Brille fehlte. Ein verschmitztes Lächeln umspielte seine Lippen. Im Grunde wirkte er ganz sympathisch, und sie hätte ihn mit Sicherheit attraktiv gefunden, wenn er sich nicht zu ihrem Feind erklärt hätte.

Geldgeile Tussi … Eigentlich sollte sie sich sein Geschwätz nicht so zu Herzen nehmen. Das hatte sie nicht nötig. Wenn es nicht im Prinzip auf das Gleiche hinauslaufen würde, was ihr Philipp vorgeworfen hatte. Victoria fuhr sich mit der Hand über die Augen, sie wollte nicht an Philipp denken. Aber gerade jetzt hätte sie eine starke Schulter zum Anlehnen gebraucht. *Unsinn!* Sie kam bestens allein zurecht. Unwirsch schüttelte sie den Kopf, um die Bilder zu vertreiben, die gerade hochkamen. Dann öffnete sie Andreas Nachricht und studierte die Eckdaten. Aha, die Reise dauerte vom 18.12. bis zum 02.01., sechzehn Tage Mittelamerika und Karibik in der Premium-Suite, Feiertags-Special mit buntem Unterhaltungsprogramm und Stargästen an Bord.

Kreuzfahrt … Eigentlich hatte sie immer gedacht, wenn sie mal auf Kreuzfahrt ginge, dann zusammen mit Philipp. Vielleicht als Flitterwochen auf einem dieser exklusiven Segelschiffe, statt eines Clubschiffs für die ganze Familie. Victoria bezweifelte, dass das die Art von Urlaub war, die sie bevorzugte. Aber andererseits hatte sie keine Alternative und die Optionsbuchung lief in knapp vier Stunden aus. *Ach was soll's, wieso eigentlich nicht?* Victoria klickte auf den Link in der Mail, der sie in den internen Bereich der Website der Stella Maris führte, und bestätigte die Buchung. Alles war besser, als Weihnachten allein unterm Baum zu hocken. Ein paar Tage Ruhe würden ihr wirklich nicht schaden und derweil konnten sich ihre Anwälte um den anderen Baum und seine Petition kümmern. Sie klickte den Link zu Change Org auf seiner Website. Die Zahl der Unterschriften stand bei zweiunddreißig. Trotzdem, sie mussten die Sache direkt im Keim ersticken, bevor sie sich zu einem Flächenbrand ausweitete. Dieser Komiker würde sie noch kennenlernen!

Kapitel Zwei

SITZT 'NE KARRIEREFRAU IM FLIEGER. STEIGT EIN TYP ZU UND SAGT ...

»Ist hier noch frei?« David streckte der Blondine auf dem Platz am Fenster grinsend den Abschnitt seiner Bordkarte entgegen. Die Sitznummer war darauf deutlich zu erkennen, trotzdem zeigte er unnötigerweise auf den freien Platz neben ihr. Sie hob den Blick von ihrer Zeitschrift und er erstarrte. *Scheiße, was macht die denn hier?*

Die Augen der Rothenberg zogen sich zu schmalen Schlitzen zusammen. Ganz offensichtlich hatte sie ihn auch erkannt.

»Nein«, fauchte sie. »Für Sie mit Sicherheit nicht!«

»Tja, Pech gehabt«, gab er ungerührt zurück, beförderte seinen Rucksack in das Gepäckfach über seinem Kopf und schlug die Klappe zu. »Das ist nämlich mein Platz.« Nach diesen Worten faltete er sich auf dem Sitz am Gang zusammen.

Die Rothenberg funkelte ihn böse an. »Sie glauben

ja wohl nicht ernsthaft, dass Sie die nächsten zwölf Stunden neben mir sitzen werden?«

»Bitte«, sagte er und deutete den Gang hinunter. »Es steht Ihnen jederzeit frei, zu gehen.« Er wusste sowieso nicht, was sie hier zu suchen hatte. Eine Frau wie sie flog für gewöhnlich Business Class statt Holzklasse. Was zum Teufel machte sie also hier?

»Darauf können Sie Gift nehmen!« Mit einer knappen Handbewegung forderte sie ihn auf, sie rauszulassen.

Nur zu gern kam er ihrer Aufforderung nach und stand auf. Mit einem abfälligen Schnauben schob sie sich an ihm vorbei und machte sich offenbar auf die Suche nach der Stewardess. Zwei Minuten später stand sie wieder neben ihm.

»Na, haben Sie mich vermisst?«, fragte er und konnte sich ein Grinsen nicht verkneifen.

»Ausgebucht«, fauchte sie und wedelte unwirsch mit der Hand, als verscheuchte sie eine lästige Fliege. Seufzend stand er zum zweiten Mal auf, woraufhin sie in die Reihe schlüpfte und sich demonstrativ in ihre Zeitschrift vertiefte.

Er musterte sie verstohlen von der Seite. Alles an ihr wirkte teuer. Vom schimmernden Goldblond ihrer Haare, über ihre hochgeschlossene Seidenbluse und die schlichte dunkelblaue Hose aus feinem Kammgarn strahlte alles diese klassische Eleganz aus, die nur Menschen zu eigen war, die ihren Reichtum nicht erst durch einen Lottogewinn erworben hatten. Was ihn am meisten irritierte, war ihr Geruch. Sie roch nach Omnia von Bulgari. *Lorettas Parfüm.* Und wie immer verfehlten die würzigen Noten von Sandelholz und Kardamom ihre Wirkung nicht, als ihm der Duft in die Nase stieg. Weiblich. Sinnlich. Sexy. Nur war Victoria Rothenberg wirklich die Letzte, die er sexy finden wollte. *Sie ist das Böse*, versuchte er sich einzureden. *Nur eine eingebildete, geldgeile Tussi, mehr nicht.*

Ausgerechnet der! Es gab Millionen Menschen, die auf diesem Platz hätten sitzen können. Aber nein, sie musste neben dem Mann landen, den sie am wenigsten sehen wollte. Hätte sie einen Platz in der Business Class, wie sonst, wäre das gar nicht passiert. Aber die waren so kurzfristig natürlich alle ausgebucht gewesen. Und jetzt saß sie hier fest, neben diesem ... Idioten! Victoria vertiefte sich in ihr pharmazeutisches Fachmagazin und würdigte ihn keines Blickes.

»Wo Sie schon mal da sind«, begann er unvermittelt, »könnten wir uns ja eigentlich auch darüber unterhalten, warum Sie die Interview-Anfrage abgelehnt haben. Sie sind doch sonst so gern im Fernsehen.«

»Weil ich mich in seriösen Talkshows mit wichtigen Themen auseinandersetze«, gab sie kühl zurück. »Nicht mit den haltlosen Unterstellungen irgendeines drittklassigen Komikers.«

»Sie halten sich wohl für was Besseres, stimmt's? Ich verrat Ihnen was, ich bin ausgebildeter Schauspieler, wenn Sie es genau wissen wollen.«

»Dessen bin ich mir bewusst.«

Er warf ihr einen erstaunten Blick zu. »Haben Sie mich etwa gegoogelt?«

»Natürlich, was dachten Sie denn?« Außerdem hatte sie einen Privatdetektiv auf ihn angesetzt, der ihn durchleuchten sollte. Bisher hatte sie aber noch nichts von ihm gehört und brannte darauf, zu erfahren, was er über David Baum herausfinden würde. »Ihr Wikipedia-Eintrag ist ja nicht gerade sehr lang«, fügte sie mit einem spöttischen Lächeln hinzu. Dieser Mann war ein Nobody, wenn auch ein sehr gutaussehender, so aus der Nähe betrachtet. Schade eigentlich, dass er so ein Arschloch war.

»Dann wissen Sie ja auch, dass ich mindestens schon so oft im Fernsehen war wie Sie.«

»Ui, toll!« Mit einem süffisanten Lächeln klatschte sie in die Hände und spendete ihm Applaus. »Ich bin schwer beeindruckt. Dafür ist es aber bei Ihnen ganz schön lange her.« Das war kindisch, hatte aber gesessen, ein beleidigter Ausdruck huschte über sein Gesicht, dann fing er sich wieder.

»Wenn es nur haltlose Anschuldigungen wären, könnten Sie ja dazu Stellung beziehen. Na, was halten Sie davon? Dann wären wir beide mal wieder im Fernsehen.« Er sah sie herausfordernd an.

»Ist es das, worum es Ihnen geht? Ihre fünf Minuten Ruhm? Wenn Sie ins Fernsehen wollen, suchen Sie sich jemand anderen dafür.«

»Sie haben ja keine Ahnung. Wie denn auch? Alles, wofür Sie sich interessieren, ist noch mehr Geld zu scheffeln mit ihren überteuerten Medikamenten. Deshalb stellen Sie sich auch nicht der öffentlichen

Diskussion. Stattdessen haben Sie es vorgezogen, mir Ihre Anwälte auf den Hals zu hetzen.«

»Weil es nichts zu diskutieren gibt. Und wenn es nach mir ginge, würde ich Ihnen noch was ganz anderes an den Hals wünschen.«

Seine Augen funkelten belustigt. »Ach ja? Was denn zum Beispiel?«

Fußpilz, Krätze, Hämorrhoiden und zu kurze Arme ... Es gab so einiges, was sie diesem stümperhaften Robin Hood für Anfänger wünschte, aber das würde sie ihm bestimmt nicht auf die Nase binden. »Diese Art der Unterhaltung ist so weit unter meinem Niveau, dass ich gar keine Worte dafür finde. Deshalb verstehen Sie sicher, warum ich Ihre Interview-Anfrage ablehnen musste«, sagte sie und schenkte ihm ein zuckersüßes Lächeln.

»Weil Sie zu feige sind!«, rief er triumphierend.

»Nein, weil Sie ausfallend geworden sind und mich beleidigt haben.«

»Ich wüsste nicht, womit.«

»Sie haben mich eine geldgeile Tussi genannt, wenn ich Ihrem Gedächtnis auf die Sprünge helfen darf.«

»Erst, nachdem Sie auf keine meiner Mails reagiert haben.«

»Wortklaubereien«, wischte sie seinen Einwand fort. »Wenn Sie mit mir diskutieren wollen, üben Sie sich erstmal in guten Umgangsformen.«

»Die beherrsche ich durchaus.«

»Ach ja? Das wage ich zu bezweifeln. Da Sie mich unbedingt der Presse gegenüber beleidigen mussten, habe ich es sogar schriftlich.« Und wenn sie seinen Gesichtsausdruck richtig deutete, war ihm bewusst, dass das ein Punkt war, der eindeutig an sie ging.

»Ganz so verkehrt liege ich mit meiner Auffassung sicher nicht«, knurrte er.

»Fakt ist, Sie haben mich beleidigt, und ich bin nicht gewillt, mich mit jemandem wie Ihnen auseinanderzusetzen. Deshalb klären Sie alles Weitere am besten mit meinem Anwalt.« Damit hatte sich die Sache für sie erledigt und Victoria hob ihre Zeitschrift. »Ach, und eines noch«, fügte sie hinzu. »Wenn Sie meinen, mit Ihrer Petition irgendetwas zu erreichen, liegen Sie falsch. Deshalb ziehen Sie sie am besten zurück, oder unsere Rechtsabteilung macht Ihnen das Leben zur Hölle.«

»Wollen Sie mir drohen?«

»Nein, nur darauf hinweisen, dass wir Sie in Grund und Boden klagen werden.«

»Ich habe keine Angst vor Ihnen.«

»Sollten Sie aber«, sagte sie mit einem kalten Lächeln. Er hatte keine Ahnung, wozu sie imstande war, wenn jemand ihr Baby angriff. Noch dazu ein Typ in verwaschenen Jeans. Sie hatte Rothpharm schon gegen ganz andere Kaliber verteidigt, gestandene Bosse in Maßanzügen mit einem Rudel von Anwälten im Nacken. *Apropos* ... »Ich hoffe, Sie können sich einen guten Rechtsbeistand leisten. Glauben Sie mir, Sie werden ihn brauchen. Und wenn ich mit Ihnen fertig bin, werden Sie sich wünschen, sich nie mit mir angelegt zu haben.«

»Was macht Sie eigentlich so sicher, dass Sie gewinnen?«

»Mein Name«, antwortete sie und sah ihm fest in die Augen. »Victoria bedeutet *die Siegerin*. Ich gewinne immer, merken Sie sich das.« Mit diesen Worten beendete sie das Gespräch und konzentrierte sich wieder auf den Artikel. Zumindest tat sie so, denn innerlich kochte sie vor Wut. Aber das würde sie diesen Schmalspurkomiker bestimmt nicht wissen lassen. Genau, sie stand über den Dingen und konnte sich beherrschen. Nur Idioten wurden gleich ausfallend und bezeichneten einen als geldgeile Tussi.

Damit hatte sie genau den Punkt angesprochen, der David am meisten Kopfzerbrechen bereitete. Für einen guten Anwalt fehlte ihm das nötige Kleingeld. Schon die Einlassung, die sein Kumpel Michael, seines Zeichens Verkehrsrechtler, zum Freundschaftspreis für ihn verfasst hatte, hatte seinen finanziellen Rahmen gesprengt. Und eigentlich hätte er die Kohle viel nötiger für Leonies Behandlung gebraucht, als sie in einen Rechtsstreit zu investieren, den er sowieso verlieren würde. David machte sich da keine Illusionen, Micha hatte schon zu verstehen gegeben, dass er nicht der Richtige für den Fall war, sollte es wirklich zur Klage kommen. Deshalb hatte er ihm die Visitenkarte eines Bekannten übergeben, der auf Medienrecht spezialisiert war. Vierhundertfünfzig Euro verlangte der Kerl! Pro Stunde, wohlgemerkt! Deshalb lag seine ganze Hoffnung darauf, dass die Rothenberg einlenken würde, aber danach sah es ganz und gar nicht aus.

»Hätten Sie wohl die Güte, mich rauszulassen?«, fragte sie mit einem frostigen Lächeln.

Seufzend stand er auf und sah ihr nach, wie sie zielstrebig eine der Toilettenkabinen ansteuerte. Dieser spaßbefreiten Trockenpflaume sollte es mal jemand gründlich besorgen. Vielleicht würde sie dann lockerer werden. Einen kurzen Moment gab er sich der Phantasie hin, wie er sie an der Hand nahm und mit sich zu einer der Kabinen zog, wo er ihr diese Spießerbluse vom Leib reißen und sie den strengen Knoten lösen würde, der ihr Haar zusammenhielt, um mit ihm in den Mile High Club einzuchecken. *Moment mal! Sex mit dem Feind?* Das war doch verrückt. Wenn er an den Brief ihres Anwalts dachte, hatte er eigentlich allen Grund, sich vor Angst in die Hose zu machen.

Der Rest des Fluges verlief in eisigem Schweigen, und Victoria war froh, als die Maschine in Montego Bay landete. Sie wollte nichts, als raus und weg von diesem Kerl. Doch leider saß sie auf dem Fensterplatz, also zwang sie sich zur Ruhe und blickte durch das Oval aus schmutzigem Glas hinaus auf die Landebahn und das schmucklose Gebäude des Sangster International Airports, bis ihr Sitznachbar seinen Platz geräumt hatte.

»Na dann, bis später«, verabschiedete er sich mit einem schiefen Grinsen.

Sollte das etwa heißen, er fuhr auch zum Schiff? *Na toll!* Victoria stöhnte auf und sah ihm nach, bis er durch den Mittelgang verschwunden war. Als eine der Letzten verließ Victoria schließlich die Maschine. Die tropische Hitze schlug ihr entgegen. Die Luft über dem Asphalt flirrte in der Sonne und in ihr hing der Geruch nach Kerosin und … *Marihuana?* Hier roch es eindeutig nach Gras. Grundgütiger, das war ein Flughafen!

Welcome to Jamaika! begrüßte ein farbenfrohes Schild sie, als Victoria das Flughafengebäude betrat und sich in die scheinbar endlose Warteschlange an der Passkontrolle einreihte. Nach einer gefühlten Ewigkeit verließ sie endlich den Flughafen und bestieg entnervt den letzten Shuttlebus, der noch auf dem Parkplatz wartete, um die Gäste zum Schiff zu bringen.

Der Bus zockelte quälend langsam über die erstaunlich gut ausgebaute Straße, an deren Rändern sich baufällige Gebäude mit unkrautüberwucherten Gärten, Gestrüpp und ausgedörrten Rasenflächen abwechselten. An einer heruntergekommenen Bushaltestelle warteten Kinder. Ihre adretten Schuluniformen waren das Einzige, was aus der ärmlichen Umgebung herausstach.

»Wo simma hier denn jelandet?«, fragte ein Mann auf der anderen Seite des Gangs empört.

»Aber hübsche Kleidsche haben die Mädsche«, antwortete seine Frau im breitesten rheinischen Dialekt.

Typisch deutsche Touristen, dachte Victoria und stöhnte innerlich auf. Was hatte sie sich nur dabei gedacht, diese Kreuzfahrt zu buchen? Vierzehn Tage lang eingesperrt mit zweitausendfünfhundert Touris und einem Komiker, der nicht komisch war. *Na, das kann ja heiter werden!*

Zumindest der Check-in verlief angenehm schnell. Für die Suite-Gäste stand ein eigener Express-Schalter bereit, weshalb sich Victoria nicht noch einmal in die Schlange an den Schaltern für die anderen Decks einreihen musste, sondern entspannt daran vorbei schlenderte. Innerhalb von fünf Minuten durchlief sie sämtliche Aufnahmeprozeduren, nahm ihre Bordkarte entgegen und verließ das Gebäude des Hafenterminals. Draußen standen zwei Einheimische mit langen Dreadlocks und schossen Willkommensfotos mit den Gästen. Victoria lehnte dankend ab. Zielstrebig steuerte sie den Eingang des Schiffes an und prallte mit dem älteren Paar zusammen, das plötzlich kichernd vor ihr stehen blieb. Die beiden waren im Partnerlook. Er trug ein grellbuntes Hawaiihemd, das mit kleinen Jamaika-Schriftzügen übersät war, und seine Gattin das passende Strandkleid aus hautengem Stretch, das ihre üppigen Rundungen höchst unvorteilhaft zur Geltung brachte.

»Entschuldigung«, sagte Victoria und trat einen Schritt zurück.

»Was?« Die Frau sah sie aus glasigen Augen an und grinste dümmlich.

Mein Gott, die ist ja vollkommen zugedröhnt! Victoria floh zum Schiff und rannte förmlich in den

Fahrstuhl, der sie auf Deck 8 brachte, wo, ganz vorne am Bug, bereits ihre Panorama-Suite auf sie wartete.

Sie ließ die schwere Kabinentür hinter sich zufallen und die Suite umfing sie mit wohltuender Stille. Victoria durchstreifte ihr Reich. Die Tür zu ihrer Linken führte zum Badezimmer, die auf der anderen Seite zu einem begehbaren Kleiderschank. Der kurze Flur öffnete sich zu einem lichtdurchfluteten Raum mit King-Size-Doppelbett, großzügig geschnittener Sitzecke und einer verglasten Veranda, die auf das private Sonnendeck hinausführte. Sie öffnete die Schiebetüren, ging hinaus und trat an die Brüstung. Drei Decks unter ihr lag der spitze Bug des Schiffes, drei Decks über ihr die Brücke. Noch war die Stella Maris im Hafen vertäut, doch wenn sie erst abgelegt hatte, würde der freie Ausblick auf das Meer phänomenal sein. Es gab nur vier Suiten pro Deck, die nach vorn raus gingen. Schade, dass ihre die zweite in der Reihe war, das Sonnendeck der Suite nebenan war viel größer. Aber es gehörte zu einer Premium-Deluxe-Suite und die waren ausgebucht gewesen. Egal, hier würde sie es auf jeden Fall zwei Wochen aushalten, der perfekte Ort, um den Stress der letzten Wochen hinter sich zu lassen.

»Housekeeping!«, ertönte ein Ruf von drinnen.

Ah, da kam auch schon das Gepäck! Victoria drückte den beiden Gepäckträgern ein großzügiges Trinkgeld in die Hand, schob ihre Koffer in den Kleiderschrank, streifte die flachen Ballerinas ab und ließ sich rücklings aufs Bett fallen. *Endlich Ruhe!*

Kapitel Drei

FRAGT DER PASSAGIER: »ENTSCHULDIGUNG, ABER WARUM HAT MEINE INNENKABINE KEIN FENSTER?«

David betrat die stockdunkle Kabine und betätigte den Lichtschalter. *Willkommen in der Innensuite*, dachte er mit einem schiefen Grinsen. Na ja, immerhin eine mit Doppelbett. Die Viererkabinen mit Stockbetten waren in der Ferienzeit meist ausgebucht. Jetzt über Weihnachten wimmelte es nur so von Familien mit Kindern.

Aber er wollte nicht klagen. Die Reederei zahlte neben seiner Gage und den Flügen auch Kost und Logis. Immerhin hatte er eine Kabine für sich allein, im Gegensatz zu den anderen Angestellten an Bord. Man konnte es als Comedian wirklich schlechter treffen, als von einer Reederei gebucht zu werden und neben ein paar Auftritten auch noch eine Kreuzfahrt abzusahnen. Insofern war das Ganze mehr Urlaub als Arbeit. Trotzdem, er war nicht zum Vergnügen hier und sein Gepäck noch nicht in Sicht. Also beschloss er, schnell unter die Dusche zu springen und danach dem Entertainment-Manager seinen Antrittsbesuch abzustatten.

Während das lauwarme Wasser auf Davids Rücken prasselte, dachte er an das, was diese Rothenberg ihm angedroht hatte. *Klage.* Allein beim Gedanken daran wurde ihm schlecht. Den Ärger konnte er nicht gebrauchen, und er hatte nicht den blassesten Schimmer, woher er das Geld für den Anwalt nehmen sollte. Die Gage, die er für seine Auftritte hier an Bord bekam, war längst verplant. Er war mit der Miete für seine winzige Wohnung in der Kölner Südstadt, in der er seit der Trennung von Anna lebte, zwei Monate im Rückstand. Und Leonie brauchte bald eine neue Therapie. Seine Tochter litt an Asthma, einer besonders schweren Form. Auf herkömmliche Medikamente sprach sie kaum an und die Krankenkasse kam nur für einen Teil der Behandlungskosten auf. Leonies einzige Chance auf langfristige Heilung war dieser Impfstoff, den Rothpharm auf den Markt bringen wollte. Aber das Serum kostete zehn Mal so viel wie eine Behandlung mit Kortison, die Kasse würde die Kosten dafür niemals übernehmen. Deshalb war es so wichtig, dass der Preis für das Medikament gedeckelt wurde. Damit sich Millionen Menschen die Behandlung überhaupt leisten konnten.

Außerdem saß ihm der ärgste Feind jedes Künstlers im Nacken, das Finanzamt! Vielmehr die Einkommensteuer. Er hatte es wieder einmal verpasst, jeden Monat etwas dafür zurückzubehalten, obwohl er sich das fest vorgenommen hatte. Das war jedes Jahr sein persönlicher Neujahrsvorsatz: ein Jahr ohne Steuerstress. Und jedes Mal scheiterten seine guten Vorsätze, denn es kam immer etwas dazwischen. Sein Leben, zum Beispiel.

»Hey, David!«, begrüßte ihn Chris, als er eine Viertelstunde später das kleine Kabuff neben dem Kostümfundus betrat, das der Entertainment-Manager als sein »Büro« bezeichnete. »Wie war der Flug?«

»Frag nicht!« David schüttelte den Kopf und reichte Chris zur Begrüßung die Hand. Sie kannten sich schon von anderen Reisen, er kam ganz gut mit ihm klar, auch wenn ihm Steven, der andere Entertainment-Manager der Stella Maris lieber gewesen wäre. Aber Chris war okay. Ihre Zusammenarbeit verlief inzwischen sehr routiniert, man kannte sich.

»Hier ist dein Plan«, sagte Chris und reichte ihm ein A4-Blatt mit einer Übersicht des kompletten Unterhaltungsprogramms der Reise. Die einzelnen Show-Acts waren farbig markiert.

»Du bist türkis«, erläuterte Chris. »Vier Auftritte mit Loretta. Morgen, Weihnachtsshow, die macht das gesamte Ensemble, am Achtundzwanzigsten und schließlich unsere große Silvester-Gala.«

»Okay. Und der Walk-Act?«

»Gelb markiert.«

David studierte die Einträge im Kalender. Als Teil des Comedy-Duos, das an Bord herumlief, sorgte er tagsüber für die Unterhaltung der Passagiere. Dafür schlüpfte David in die unterschiedlichsten Verkleidungen, in denen er die Marotten der Gäste auf die

Schippe nahm. Er liebte das Spiel mit den Rollen, und die Extra-Gage, die er dafür erhielt, war auch nicht zu verachten. Auf diese Weise sparte sich die Reederei die Kosten für einen zweiten Improvisationskünstler. Eine klassische Win-win-Situation.

»Wer ist mein Partner?«

»Partnerin«, sagte Chris und tippte auf das Blatt. »Steht doch da.«

Davids Blick fiel auf die dritte Zeile. »Och nö.« *Alles, bloß nicht die!*

Chris hob eine Augenbraue. »Kennt ihr euch?«

»Ja, leider.«

Der Entertainment-Manager lachte. »Tut mir leid, hab ich keinen Einfluss drauf«, sagte er achselzuckend. »Da musst du jetzt durch.«

Ja, musste er wohl. David seufzte. Wobei sein Bedarf an zickigen Frauen schon seit dem Zusammentreffen mit der Rothenberg vollkommen gedeckt war.

Victoria fuhr ihren Laptop hoch und checkte ihre E-Mails. Der Privatdetektiv hatte geantwortet. *Na endlich!* Sie öffnete die Mail und überflog das Dossier. Viel war es nicht, was er über David Baum herausgefunden hatte. Sechsunddreißig Jahre alt, verheiratet, eine elfjährige Tochter, Leonie. Es folgten ein paar Angaben zu Ausbildung und Werdegang. Alles nicht relevant und nichts, was sie nicht schon wusste. Bis auf ein winziges Detail: Seine Tochter war krank, sie litt an Asthma. Jetzt war Victoria klar, warum er sich ausgerechnet auf Rothpharm und Immuntez eingeschossen hatte. Weil er persönlich betroffen war. *Mist!* Das machte die Sache natürlich nicht einfacher. Ein schriller Warnton aus den Lautsprechern, die in der Decke der Suite verbaut waren, riss sie aus ihren Gedanken. Die Seenotrettungsübung!

Nachdem sie und die anderen Passagiere gelernt hatten, wie sie sich im Ernstfall zu verhalten hatten, machte sich Victoria auf die Suche nach dem Gourmetrestaurant. Im Adagio wurde den Gästen der Suiten zur Begrüßung ein exklusives 6-Gänge-Menü serviert. Der Restaurantmanager empfing sie am Eingang, hakte ihre Kabinennummer auf einer Liste ab und geleitete sie persönlich zu einem Zweiertisch am Gang.

»Ich hoffe, das ist so recht?«, fragte er und rückte ihr den Stuhl.

»Ja, natürlich«, entgegnete Victoria, konnte sich aber einen sehnsüchtigen Blick zu den Tischen am Fenster nicht verkneifen. Sie waren alle mit glücklichen Paaren besetzt, und auf einmal kam es Victoria komisch vor, allein zu sein.

Kurz darauf erschien ein asiatisch aussehender Kellner. Zu einer schwarzen Hose trug er ein schwarzes Hemd und darüber eine blütenweiße Schürze.

»Good evening, Madam. I'm Mitchell«, sagte er, reichte ihr die Weinkarte und warf einen fragenden Blick auf den leeren Platz auf der anderen Seite des Tisches. »Husband still coming?«

»Ja, später«, bestätigte sie mit einem Nicken.

Irgendwie war es ihr peinlich, zuzugeben, dass es keinen Ehemann gab, der gleich durch die Türen des Restaurants eilen würde und sich entschuldigte, weil er aufgehalten worden war. Der Kellner nahm es mit einem Nicken hin und Victoria orderte eine Flasche stilles Wasser und ein Glas Champagner zum Aperitif.

Sie wusste auch nicht, wieso, aber unter all den Paaren und glücklichen Familien schämte sie sich dafür, allein zu reisen. So als wäre es ihre Schuld, dass Philipp sie verlassen hatte. Das war natürlich Quatsch. Aber dennoch war es erbärmlich, in ihrem Alter noch Single zu sein und ohne Partner auf dem Schiff zu hocken, weil man sonst die Einsamkeit an Weihnachten nicht ertrug. Auch wenn das die Wahrheit war, ging sie niemanden etwas an, entschied Victoria.

Doch spätestens, als der Kellner das Wasser und zwei Gläser Champagner servierte, ahnte sie, dass sie das besser klarstellen sollte. Andererseits war nach dem Champagner auch noch Zeit. Also prostete sie dem leeren Stuhl gegenüber zu, leerte ihr Glas und tauschte es gegen das volle. Tiefer konnte man wirklich nicht sinken. Außer vielleicht die Leute am Nebentisch, diese furchtbaren Rheinländer aus dem Shuttlebus. Er trug inzwischen ein Hemd einer Edelmarke, wie das protzige Logo verriet, das quer über die Brust gestickt war, seine Frau ein Designer-Cocktailkleid. Aber die teuren Klamotten konnten nicht über das schlechte Benehmen hinwegtäuschen. Der Typ brachte es tatsächlich fertig, sich die Serviette um den Hals zu binden, damit sein Hemd nicht schmutzig wurde, während sie lautstark einen Schluck Wein zurück in ihr Glas spuckte.

»Herr Ober, der hat Korken!«, plärrte sie quer durch den Raum.

Kork, korrigierte Victorias Hirn automatisch. *Typisch Neureiche!* Immerhin waren die beiden so laut und auffällig, dass niemand von ihr Notiz nahm, also entspannte sie sich ein wenig.

Ihr Blick glitt durch das vollbesetzte Restaurant und blieb an einem Paar am anderen Ende hängen. Der Mann saß mit dem Rücken zu ihr, aber von hinten hatte er verblüffende Ähnlichkeit mit ihrem Exfreund. Die Blondine, die ihm gegenübersaß, hatte Victoria noch nie gesehen, aber der Mann erschien ihr vertraut. Die Kopfform, die Frisur, die breiten Schultern, alles erinnerte sie an Philipp. Selbst die grauen Strähnen, die sich langsam in das Schwarz seiner Haare mischten, soweit sie das in dem gedämpften Licht des Restaurants erkennen konnte. Wahrscheinlich spielten ihr ihre Erinnerungen einen Streich, weil sie ihn so sehr vermisste.

Als hätte er ihre Gedanken gehört, stand der Mann plötzlich auf und kam durch den Mittelgang des Restaurants auf sie zu. Das war Philipp, kein Zweifel! Hektisch schnappte sie die Weinkarte und versuchte, sich dahinter zu verstecken, doch es war zu spät, er hatte sie bereits erkannt.

»Victoria?« Er blieb genau neben ihrem Stuhl stehen und starrte sie ungläubig an.

Sie ließ die Karte sinken und schenkte ihm ein Lächeln, von dem sie hoffte, es wirkte echt. »Oh, hallo«, sagte sie beiläufig, als wäre es vollkommen normal, ihn zu treffen.

»Was machst du hier?«, fragte er entsetzt. Nun, die Verwunderung beruhte auf Gegenseitigkeit, sie war mindestens genau so geschockt wie er.

»Wonach sieht's denn aus?«, antwortete sie mit einer Gegenfrage und dankte Gott und dem Kellner, dass der Tisch den Anschein erweckte, als hätte bis eben noch eine zweite Person daran gesessen.

»Du hast dich ja schnell über mich hinweggetröstet«, sagte Philipp und klang tatsächlich ein bisschen, als wäre er beleidigt. Dabei hatte er sie doch verlassen.

»Wie das Leben manchmal so spielt«, entgegnete Victoria betont lässig. Sie hätte sich eher die Zunge abgebissen, als ihm gegenüber zuzugeben, dass sie in die Karibik geflüchtet war, weil sie es an Weihnachten ohne ihn zu Hause nicht aushielt. »Aber wie ich sehe, bist du auch in Begleitung.« Sie nickte rüber zu seiner neuen Flamme, die Philipp einen irritierten Blick zuwarf.

Er hob die Hände zu einer entschuldigenden Geste. »Ich muss dann auch mal ... Also, ich meinte zur Toilette, ich ...« Er deutete zur Tür.

»Nur zu, ich halte dich nicht auf.«

»Ja, äh, also dann.« Philipp nickte zu dem leeren Stuhl. »Ich wünsche euch noch einen schönen Abend.«

»Gleichfalls!« *Bloß nichts anmerken lassen, lächeln!*

»Man sieht sich«, sagte Philipp und eilte aus dem Restaurant.

Victoria sah ihm nach. *Verdammt! In was habe ich mich da bloß reingeritten?*

»Ist Ihr Mann krank?«, schaltete sich die Frau am Nebentisch ein.

»Ja, äh, genau. Ihm geht's nicht gut«, flunkerte Victoria und winkte nach dem Kellner. »Zahlen, bitte!« Die Getränke waren im Menü nicht inbegriffen, und es war Zeit, nach ihrem angeblich kranken Mann zu sehen. Und nie wieder einen der öffentlichen Bereiche des Schiffs zu betreten. Am besten, sie blieb die nächsten zwei Wochen auf ihrer Suite.

In zwanzig Minuten sollte das Schiff ablegen und David fehlte immer noch ein Koffer. Ausgerechnet der, der seine Bühnenoutfits enthielt. Ohne die war er aufgeschmissen und so langsam wurde er nervös. Er wählte die Nummer von Chris' Diensttelefon.

»Ja, was gibt's?«, erklang nach zweimaligem Klingeln die Stimme des Entertainment-Managers an seinem Ohr.

»Einer meiner Koffer fehlt«, sagte David.

»Gleich beginnt die Welcome-Show und ich muss auf die Bühne. Ruf die Rezeption an, ich glaub, die hatten Probleme«, gab Chris hektisch zurück und legte einfach auf.

»Ja, es gab Probleme mit dem Gepäck«, bestätigte die Rezeptionistin David zehn Sekunden später. »Aber die Gepäckträger sind gerade dabei, die letzten Koffer zu verteilen. Ich versichere Ihnen, dass sie spätestens um elf auf der Kabine sind. Also machen Sie sich keine Sorgen.«

»Dann bin ich beruhigt«, sagte David und atmete erleichtert auf. Morgen stand sein erster Auftritt auf dem Abendprogramm und ohne seine Bühnenoutfits konnte er den vergessen.

Statt ihre Suite aufzusuchen, steuerte Victoria die Sea Bar an. Nach dem Schock brauchte sie was zu trinken.

»Was darf's denn sein?«, fragte der Barkeeper.

»Einen Whisky bitte. Laphroaig, doppelt, ohne alles.«

Der Barkeeper hob erstaunt die Augenbrauen. Kein Wunder, das war vermutlich nicht die übliche Bestellung, die er von Frauen erhielt. Aber sie brauchte jetzt etwas Starkes, um den Schreck runter zu spülen.

Sie seufzte und nahm einen kräftigen Schluck aus ihrem Glas. Der Whisky rann ölig ihre Kehle hinab und hinterließ auf ihrer Zunge einen erdigen Geschmack nach Rauch und Torf. Eigentlich hatte sie das Rauchen schon vor Jahren aufgegeben, aber plötzlich sehnte sie sich nach einer Zigarette.

»Darf ich mir eine von Ihnen schnorren?«, fragte sie den Mann, der neben ihr auf dem Barhocker saß, und deutete auf die Schachtel auf der Theke.

»Sicher.« Er bot ihr eine Zigarette an und gab ihr Feuer.

Victoria nahm einen tiefen Zug und sog ihn ein. Für einen Moment wurde ihr schwindelig, bevor die beruhigende Wirkung des Nikotins einsetzte. Sie blies den Rauch langsam aus.

»Scheiße«, murmelte sie leise. *Scheiße, Scheiße, Scheiße!* Warum ausgerechnet Philipp?

»Alles okay?«, fragte der Barkeeper. Victoria blickte zu ihm auf. Er sah sie mit diesem typischen Barkeeper-Blick an. »Du kannst mit mir über alles sprechen«, sagte dieser Gesichtsausdruck.

»Bestens!« Das war vermutlich die Übertreibung des Jahrhunderts, aber wie sie sich fühlte, ging niemanden etwas an. »Kann ich den mit rausnehmen?«, fragte sie und hob ihr Glas.

»Nur zu.« Der Barkeeper nickte. »Geben Sie das leere Glas dann einfach einem der Kellner, die draußen rumlaufen. Wollen Sie die Welcome-Show sehen?«

Sie schüttelte den Kopf. »Nein, ist mir zu voll da drüben.« Sie nickte rüber zum Pooldeck, auf dem sich bereits zahlreiche Gäste versammelt hatten.

»Sie können auch auf Deck zwölf hoch gehen. Da ist es leerer und Sie haben einen guten Blick auf die Bühne und die Tanzfläche.«

Ihr Blick glitt über sein Namensschild. »Okay, Marcus. Und danke für den Tipp!«

Mit dem Whisky in der Hand trat sie hinaus ins Freie und umrundete die Stehtische, an denen sich die ersten Gäste drängten. Ihr war nicht nach Feiern zumute, deshalb befolgte sie Marcus' Ratschlag und erklomm die Treppe am Rande des Pooldecks. Ein Deck höher lehnte sie sich an die Reling und sah hinab auf die Poolparty. Erst dieser Komiker im Flieger und jetzt auch noch Philipp. Wie auf ein Stichwort erschienen er und seine Neue gerade am Rand der Tanzfläche und gesellten sich zu einem anderen Paar an den Stehtisch. Es sah ganz natürlich aus, zwei Paare, die sich im Urlaub kennenlernten. Seine Begleiterin plauderte mit der anderen Frau, dann lachte sie, warf ihre lange platinblonde Mähne zurück und Philipp legte den Arm um sie. Eifersucht kochte in Victoria hoch. Was wollte er mit diesem Mädchen? Die war doch höchstens fünfundzwanzig und er ging stramm auf die Vierzig zu. War das eine Art früher Midlife Crisis? Hatte er sie deshalb verlassen? Philipp hatte ihr vorgeworfen, sie sei nicht häuslich genug, um mit ihr eine Familie zu gründen. Warum suchte er sich dann so ein junges Ding?

»Sind Sie allein hier?«, fragte eine Stimme neben ihr. Victoria zuckte zusammen und musterte die rothaarige Frau, die neben ihr stand. Ungefähr in ihrem Alter, schätzte sie, und ebenfalls ohne Begleitung. »Ja, Sie auch?«

Die Rothaarige schüttelte den Kopf. »Nicht so ganz. Ich besuche meinen Freund, er arbeitet hier.«

»Was, hier auf dem Schiff?«, fragte Victoria erstaunt.

»Ja, genau. Und ich bald auch.«

»Na sowas. Als was denn?«

»Purserin. Also das heißt, ich kümmere mich um die Finanzen hier an Bord.«

»Klingt spannend«, antwortete Victoria.

»Marie Lindberg«, sagte die Rothaarige und streckte ihr die Hand entgegen.

»Victoria Rothenberg, angenehm.« Marie war ihr auf Anhieb sympathisch.

»Ich weiß«, sagte Marie. »Ich habe Sie schon mal

im Fernsehen gesehen. Und, ist das Ihre erste Kreuzfahrt?«

»Ja«, sagte Victoria und seufzte schwer. »Hatte ich mir eigentlich anders vorgestellt.«

Marie warf ihr einen erstaunten Blick zu. »Was ist? Gefällt's Ihnen nicht? Warten Sie nur, bis wir abgelegt haben. Ich bin mir sicher, Sie werden es lieben und die Reise wird toll.«

»Lieben«, sagte Victoria versonnen und sah hinunter zur Tanzfläche.

«Ja. Und außerdem ist dies der perfekte Ort, um sich neu zu verlieben«, sagte Marie mit einem wissenden Lächeln.

Neu verlieben? Victoria lachte trocken auf. »Mit Sicherheit nicht.«

»Glauben Sie mir, ich bin da quasi Expertin. Also genießen Sie die Reise und amüsieren Sie sich.«

»Okay, ich versuch's!«, rief Victoria ihr nach und seufzte. *Verlieben* ... Ihr würde es schon reichen, wenn sie den Einen vergessen könnte. Mit einem Zug leerte sie ihren Whisky und blickte durch den Boden des Glases hinunter zu Philipp. Unscharf, so wollte sie ihn sehen. Doch noch fand sie ihn mehr als scharf. Da brauchte es wohl noch einige Drinks.

Zurück an der Bar ließ sie sich auf denselben Hocker sinken, auf dem sie vorhin schon gesessen hatte.

»Noch mal das Gleiche?«, wollte der Barkeeper wissen und deutete auf die Flasche schottischen Whisky. Warum eigentlich nicht? Victoria zuckte mit den Schultern, nickte, und hielt ihm ihre Bordkarte hin. Marcus schien ihre Abneigung gegen Smalltalk zu spüren und ließ sie in Ruhe. In regelmäßigen Abständen tauschte er ihr leeres Glas gegen ein volles. Warum konnte der Umgang nicht mit allen Männern so unkompliziert sein? Aber wenn man als Frau Karriere machte, war es gar nicht so einfach, jemanden kennenzulernen. Entweder waren die Männer zu simpel gestrickt und hofften, durch sie in die Medien zu kommen. Oder sie kamen nicht damit klar, dass Victoria erfolgreicher war als sie. Aber die meisten interessierten sich nur für ihr Geld und dachten, wenn sie der Freund einer reichen Frau wären, könnten sie eine ruhige Kugel schieben und auf ihre Kosten ein sorgloses Leben führen. Victoria seufzte und leerte ein weiteres Glas.

So langsam hatte sie ganz schön einen sitzen, deshalb bekam sie es zunächst gar nicht mit, dass Philipp und seine Neue auftauchten. Erst als er direkt neben ihrem Barhocker stand und ihr der vertraute Geruch seines Aftershaves in die Nase stieg, sah Victoria von ihrem Drink auf.

»Philipp«, nuschelte sie. »Da bis-s du ja endlich!«

»Ja, äh, hallo.« Ihm war die Situation sichtlich unangenehm. »Darf ich vorstellen? Das ist Kim.«

»Aber du kannst Kimmie zu mir sagen«, plapperte die Frau drauf los und warf ihre platinblonde Mähne zurück.

Victoria schüttelte ihr mechanisch die Hand. »Victoria«, sagte sie gedehnt und hoffte, Kimmie käme nicht auf die Idee, sie »Vicki« zu nennen, denn dann würde sie ihr wehtun müssen. Wenn sie eines hasste, waren es Verniedlichungen, und auf die Verniedlichung ihres Namens reagierte sie besonders allergisch.

Kimmie runzelte die Stirn, was irgendwie lustig aussah, wenn man ihr so beim Denken zusehen konnte. »Kennt ihr euch schon lange?«

»Das is echt ne gute Frage.« Victoria sah Philipp an. Auf die Antwort war sie mindestens genauso gespannt.

»Ja, eine Weile«, entgegnete Philipp ausweichend. »Wir waren mal zusammen«, fügte er hinzu. Alle Achtung, immerhin hatte er sie nicht verleugnet. »Aber das ist schon eine Weile her!«, schob Philipp schnell nach, als läge es ewig lang zurück und nicht nur ein paar Wochen. Die Art, wie er das sagte, versetzte Victoria einen Stich, und fast hätte sie klargestellt, dass sie vor knapp drei Monaten noch gedacht hatte, sie würden bald heiraten. Aber so konnte man sich täuschen.

»Und wo ist dein Freund?«, hakte Philipp nach. »Habt ihr Streit?« Er deutete auf das Whiskyglas.

»Nein, ich ...« *Mist!* Sie hätte sich ohrfeigen können, ihm diese Lüge aufgetischt zu haben. Aber was sollte sie nun tun? Zugeben, dass sie geschwindelt hatte? Nein, das war vollkommen ausgeschlossen, peinlicher ging es nun wirklich nicht. Victoria überlegte fieberhaft nach einer Antwort, die sie nicht noch mehr in Verlegenheit bringen würde.

»Also, er ...«, stammelte sie und sah sich hilfesuchend um. Genau in diesem Moment betrat der einzige andere Mann, den sie auf diesem Schiff kannte, die Sea Bar. Ausgerechnet der Komiker. Aber hatte er nicht gesagt, er sei ausgebildeter Schauspieler? Eine Idee kroch hinter ihrer Stirn hoch. *Das ist absolut bescheuert*, dachte Victoria, aber spontan fiel ihr nichts Besseres ein. Sie warf ihm einen flehenden Blick zu und hoffte, er würde verstehen.

»Hallo Schatz, da bist du ja!«, rief sie, rutschte von ihrem Barhocker und fiel ihm um den Hals.

Schatz? Für einen Moment glaubte er, er hätte sich verhört und hob fragend eine Augenbraue.

»Schpielen Sie mit!«, nuschelte sie, und die Art, wie sie die Buchstaben dehnte, verriet ihm, dass sie getrunken hatte.

Er blickte über ihre Schulter zu dem Paar, das neben ihr an der Theke stand. Ach, daher der plötzliche Sinneswandel. Offensichtlich war es der Rothenberg wichtig, was die beiden von ihr dachten, auch wenn er nicht verstand, warum.

»Bitte!«, hauchte sie an seinem Ohr.

Kann sie haben, dachte David und erinnerte sich an die eiserne Grundregel der Improvisation: zu allem Ja sagen! *Also schön …*

»Liebling!« Er zog sie an sich und küsste sie, direkt mit Zunge. Sie schmeckte nach Alkohol und Rauch, aber auf eine gute, sexy Art und für einen winzigen Moment erwiderte sie seinen Kuss. Dann versteifte sie sich in seinen Armen. Er ließ von ihr ab und sie schnappte empört nach Luft.

David grinste, dann wandte er sich zu dem Paar und schenkte ihm sein strahlendstes Lächeln.

»Hi, ich bin David!«

»Philipp, angenehm.«

Lügner! Der Typ sah aus, als wollte er ihm am liebsten eine reinhauen. David musterte ihn, groß, breitschultrig, markanter Vollbart, und zählte eins und eins zusammen. Irgendetwas lief zwischen diesem Philipp und der Rothenberg, oder war mal gelaufen. Und er war sicher, dass es noch nicht lange her sein konnte, sonst hätten sich die beiden nicht so komisch verhalten. Die Einzige, die davon nichts mitbekam, war das Blondchen, das zu dem Typen gehörte. Sie wurde langsam ungeduldig und trippelte von einem Bein aufs andere. »Lass uns noch mal tanzen gehen, ja? Wir können doch auch an der Bar draußen einen Drink holen.«

»Geht nur«, sagte David. »Ich wollte Vicki ...« Er sprach es absichtlich mit einem Vogel-Vau aus, dass es eher wie ein F klang. Ihre Augen blitzten verärgert auf. *Übertreib es nicht*, rief er sich zur Vernunft. Aber wenn er einmal in der Rolle drin war, gingen manchmal die Pferde mit ihm durch. »... sowieso gerade auf unsere Kabine entführen«, vollendete er den Satz und gab ihr einen Klaps auf den Po. Er zwinkerte Philipp zu und grinste ihn an. »Du weißt, was ich gleich mit ihr machen werde, Kumpel«, sagte dieses Grinsen.

Philipps Augen verengten sich zu schmalen Schlitzen, bevor er sich anscheinend daran erinnerte, dass seine Freundin neben ihm stand. »Dann nichts für ungut, schönen Abend noch«, sagte er, straffte die

Schultern und mit hocherhobenem Kinn zog er seine Flamme zurück aufs Pooldeck.

Victoria sah den beiden nach, wie sie in Richtung Tanzfläche verschwanden, dann wurde sie sich der Hand bewusst, die immer noch auf ihrem Hintern ruhte. Sie wischte sie weg und machte sich von ihm los. »Nehmen S-sie gefälligst Ihre Pfoten von mir! Was sollte das?«, fuhr sie ihn an.

»War es nicht genau das, was Sie wollten?« Seine Augen funkelten belustigt.

»Mit Sicherheit nicht.«

»Es sollte schließlich echt aussehen.«

»Sie hättn mich ja nich gleich küssen brauchen«, nuschelte sie. *Mein Gott, ich bin ganz schön betrunken.*

Er zuckte mit den Schultern. »Wenn ich erstmal in der Rolle bin.«

»Und deshalb haben Sie mich gleich noch ein wenig begrapscht, ja?«

»Wird nicht wieder vorkommen«, sagte er und schnaubte. »Und ich weiß gar nicht, was Sie wollen. Es hat doch wunderbar funktioniert.«

»Was?« Irgendwie kam sie gerade nicht mehr mit.

»Na, ihn eifersüchtig zu machen.«

»Glauben Sie, dass er's war?«, fragte sie und hörte selbst, wie idiotisch das klang.

»Lassen Sie mich raten. Er ist Ihr Ex, richtig?«

»Das geht Sie gar nichts an!«

»Dafür, dass Sie mich vorhin noch Liebling

genannt haben, sind Sie ganz schön zickig, wissen Sie das?«

»An Ihrer Sch-telle wär ich vorsichtiger. S-sie sind ganz schön unver…« Sie hickste. »Un-ver-schämt, dafür, dass Sie mich beleidigt haben.«

»Gut, dass Sie es ansprechen«, fing er an und senkte die Stimme. »Diese Sache mit der Klage, können wir die nicht einfach vergessen? Jetzt wo wir …«

»Nein, können wir nicht!«, fuhr Victoria auf. »Es gibt kein *wir*. Sie brauchen gar nicht so vertraulich tun. Nur weil wir uns …« Sie unterbrach sich. »Weil Sie mich geküsst haben, ändert das gar nichts.«

»Bilden Sie sich bloß nichts drauf ein«, gab er kühl zurück. »Ich bin Schauspieler. Es gehört zu meinem Job, fremde Frauen zu küssen, auch wenn sie mir noch so unsympathisch sind.«

»Na dann wäre ja alles geklärt. Und jetzt lassen Sie mich in Ruhe.« Ihr wurde das langsam zu bunt. Victoria machte auf dem Absatz kehrt und ließ ihn einfach stehen. *Tss, so ein Komiker!*

»Was war das denn?« Marcus hob eine Augenbraue und sah ihn fragend an.

»Keine Ahnung!« David sah ihr nach, wie sie davon rauschte und in Richtung der Fahrstühle verschwand.

»Die ist hübsch«, sagte Marcus und polierte ein Glas. »Worauf wartest du noch? Hinterher!«

»Sie hasst mich.«

»Sah nicht so aus.«

»Ist aber so. Und nebenbei bemerkt, ich sie auch.«

»Warum?«

»Frag nicht.« David seufzte. »Ist ’ne lange Geschichte.«

»Willst du was trinken?«

David warf einen Blick auf die Uhr. Eigentlich sollte er auch langsam ins Bett gehen, er musste morgen fit sein. Aber nach der Nummer konnte er wirklich einen Drink vertragen.

»Also schön, aber nur einen«, entschied er. »Und ich will nur was trinken, nicht quatschen.«

»Das wollte sie auch«, entgegnete Marcus, schnappte sich ein Glas, schenkte etwas ein und stellte es vor ihm auf die Theke.

»Was ist das?«

»Das Gleiche, was sie trinkt.«

David schnupperte daran und nippte vorsichtig. Der Whisky rann schwer durch seine Kehle, sein rauchiger Geschmack erinnerte ihn an die Rothenberg. *Vicki* ... David kicherte in sich hinein und wurde schlagartig wieder ernst. Sie hasste ihn. Und beinahe hätte er, beim Gedanken, wie sich ihre Lippen auf seinen angefühlt hatten, vergessen, dass auch er einen guten Grund hatte, sie zu hassen.

Victoria stolperte in die Suite. Sie musste sich an der Wand abfangen, sonst wäre sie der Länge nach hingefallen. War sie das, die so schwankte, oder das verdammte Schiff? Warum hatte sie auch so viel getrunken? Sich sinnlos zu betrinken, war nicht ihre Art. Es lag am Schock. Genau! Philipps Anblick hatte sie aus dem Konzept gebracht. Sie hatte einfach nicht damit gerechnet, ihn hier zu treffen. Und dann auch noch mit seiner Neuen.

»Kimmie«, sagte Victoria in die leere Suite hinein und äffte ihren Tonfall nach. Was er von der nur wollte? Aber dieser Komiker hatte Recht, Philipp war eifersüchtig gewesen. Je länger sie darüber nachdachte, desto offensichtlicher wurde es. Er hatte richtig wütend ausgesehen, nachdem dieser David sie geküsst hatte. Dabei hatte der sie damit überrumpelt. Aber dafür hatte es sich gar nicht schlecht angefühlt. Eigentlich sogar ziemlich gut. Und wenn es Philipp dazu brachte, eifersüchtig zu sein, sollte es ihr recht sein. Denn das hieß, es war noch nicht alles verloren. Noch gab es eine Chance, ihn zurückzugewinnen. Schließlich gewann sie immer. Mit einem siegessicheren Lächeln auf ihren Lippen schlief sie ein.

Kapitel Vier

FRAGT DER STEWARD DEN SEEKRANKEN GAST »SOLL ICH IHNEN DAS FRÜHSTÜCK AUF DIE KABINE BRINGEN ODER ...«

An Frühstück war gar nicht zu denken, als Victoria am nächsten Morgen erwachte. Alles drehte sich und die Welt schien in ihren Angeln zu schwanken.

»Au!« Ihre Augen waren verklebt und das helle Tageslicht sandte Blitze aus Schmerz hinter ihre Stirn. Durch die Balkontüren und die gläserne Front des Sonnendecks glitzerte das Meer. Langsam kehrte die Erinnerung zurück. Richtig, sie war auf diesem Schiff, zusammen mit ihrem Ex. Deshalb hatte sie sich betrunken und dieser Komiker hatte sie geküsst und ... Eine Welle der Übelkeit schwappte über sie hinweg. Victoria sprang aus dem Bett und schaffte es gerade noch ins Bad, bevor sie einen Schwall Galle ins Klo spuckte. Er schmeckte nach Alkohol und hinterließ ein scharfes Brennen auf ihrer Zunge. War sie seekrank oder lag das am Whisky? Sie brauchte dringend frische Luft. Victoria stürmte hinaus auf das Sonnendeck. Bei

Seekrankheit solle man den Horizont im Auge behalten, hatte sie irgendwo gelesen, damit das Auge verstand, wieso es im Gleichgewichtsorgan wackelte. Vielleicht half es ja auch gegen einen Kater. Sie ließ ihren Blick über die Weite des Ozeans gleiten und nahm einen tiefen Atemzug. *Ah, besser!* Die Luft schmeckte herrlich, nach Salz und Freiheit. Wobei ... Nachdem sie Philipp gestern einen neuen Freund vorgegaukelt hatte, war es vermutlich besser, sich die nächsten zwei Wochen in ihrer Suite zu verstecken.

»Huhuuuu!«, brüllte eine Stimme vom benachbarten Sonnendeck. Victoria fuhr herum und starrte in das Gesicht der neureichen Tussi vom Nebentisch gestern Abend. Na super, die Huhus waren ihre Nachbarn.

»Das gibt's ja nicht!«, kreischte die Frau.

Zu laut! Victoria hob eine Hand an die Schläfe.

»Guck mal, Dean!«

Der Angesprochene trat soeben auf das Sonnendeck. »Schrei nicht so, Manu, ich bin ja nicht taub.« Er trug eine dunkle Sonnenbrille, und die Art, wie er sich ebenfalls die Schläfe rieb, verriet Victoria, dass er mindestens so verkatert war wie sie selbst. Machte ihn fast schon sympathisch. Dean griff an die Brust seines Khaki-Hemds, dessen oberste Knöpfe offenstanden, sodass das Brusthaar daraus hervor quoll, und fischte eine angebrochene Packung Schmerztabletten aus der Brusttasche. Ibuprofen von Rothpharm, wie Victoria mit einem zufriedenen Blick auf die Blisterpackung feststellte. Dean drückte zwei Pillen raus, warf sie in seinen Mund, kaute und schluckte sie trocken runter.

»Auch eine?«, bot er ihr an und streckte ihr die Packung über die halbhohe Brüstung zwischen den Sonnendecks entgegen.

»Oder lieber ein Gläschen Schampus?«, rief Manu und schwenkte kichernd eine Flasche Champagner. »Das bringt den Kreislauf in Schwung.«

»Weder noch«, lehnte Victoria ab. Sie brauchte eher so drei bis vier Liter Wasser, um den Alkohol zu verdünnen, der immer noch durch ihre Blutbahn kreiste. Wie spät war es eigentlich? Ein Blick auf die Uhr verriet ihr, dass es erst kurz vor halb acht war. *Scheiß Jetlag!*

»Find isch ja escht super, dat wir Nachbarn sind!«, kreischte Manu wieder im breitesten rheinischen Dialekt und klang dabei verblüffend wie Carmen Geiß. Fehlte eigentlich bloß noch das »Roooooobääärt!«. Irgendwie war Victoria dankbar, dass man »Dean« nicht so langgezogen brüllen konnte.

Hoffentlich waren die Gäste der Suite zur anderen Seite netter. Sie spähte unauffällig rüber. Genau in dem Moment wurde der Vorhang zurückgezogen.

Oh nein! Victoria versuchte noch, hinter der Brüstung in Deckung zu gehen, aber es war zu spät. Kim hatte sie bereits entdeckt und betrat freudestrahlend das Sonnendeck.

»Na so ein Zufall!«

»Aber echt«, entgegnete Victoria lahm. Wirklich ein unglaublicher Zufall, zur einen Seite die Huhus, diese Geißens für Arme, zur anderen ihr Ex mit seiner neuen Flamme. Und irgendwo schwirrte auf diesem

Schiff auch noch der Komiker herum. Ihr blieb auf dieser Kreuzfahrt wirklich nichts erspart!

Ihr Plan, sich in der Suite zu verkriechen, war jedenfalls soeben gescheitert. Nun trat auch Philipp raus. Er trug nur Boxershorts und sah wahnsinnig gut aus, als er sich ausgiebig streckte. Das Licht der Morgensonne spielte reizvoll auf den Konturen seines muskulösen Oberkörpers.

»Wo steckt denn David?«, wollte Philipp wissen.

Woher soll ich das wissen?, schoss Victoria durch den Kopf. »Der schläft noch«, sagte sie laut. In ihrem alkoholisierten Zustand gestern hatte sie nicht so weit gedacht, aber nun wurde ihr die Tragweite ihrer kleinen Flunkerei bewusst. Sie hatte ein echtes Problem. Und sie musste diesen verdammten Komiker auftreiben. Sofort!

»Was soll das heißen, er ist nicht da?« Davids Stimme überschlug sich fast und er zwang sich zur Ruhe. »Ich brauche ihn aber.«

Jeanine, die Rezeptionistin, schüttelte bedauernd den Kopf. »Tut mir leid, er ist anscheinend nicht mitgekommen.«

»Aber wie kann das passieren?« *So eine verfluchte Scheiße!* Er verstand wirklich nicht, wie bei einer komplett durchorganisierten Reise ein Koffer verloren gehen konnte.

»Ich weiß es doch auch nicht. Aber Sie kennen ja die Jamaikaner.« Jeanine rollte vielsagend mit den

Augen. »Die Airline hat mir aber zugesagt, dass er nachgeschickt wird.«

»Nachgeschickt? Wohin?«

»Nach Cartagena.«

Na super! Also konnte er frühestens morgen seinen Koffer mit den Bühnenoutfits in Empfang nehmen. Er musste sofort Chris informieren, damit er den Auftritt heute Abend verschob. Der Entertainment-Manager würde bestimmt nicht begeistert sein.

Das Telefon auf dem Empfangstresen klingelte und Jeanine hob ab. »Stella Maris, Rezeption, guten Morgen. Haben Sie einen Wunsch?« Sie lauschte, nickte und streckte David den Hörer entgegen. »Hier, für Sie.«

Na bitte! Das wurde aber auch langsam Zeit. David nahm den Hörer und brüllte hinein: »Wo steckt das verdammte Ding?«

Am anderen Ende der Leitung herrschte kurz Stille, dann ertönte die melodische Stimme der Rothenberg an seinem Ohr.

»Sie müssen sofort auf meine Suite kommen, es ist dringend. Nummer acht, null, null, zwei.«

Bestimmt ging es um die Sache gestern Abend. War ihr mit Sicherheit peinlich. David grinste in sich hinein. »Wann soll ich da sein?«

»So schnell es geht.«

Sie schien es ja wirklich eilig zu haben. Vielleicht hatte sie es sich ja auch noch mal überlegt. Wegen seines verschwundenen Koffers konnte er gerade sowieso nichts ausrichten, also konnte er genauso gut zu der Rothenberg gehen und sich anhören, was sie von ihm wollte.

»Alles klar, in fünf Minuten bin ich da!«, sagte er, reichte Jeanine den Hörer zurück und seufzte. »Halt mich auf dem Laufenden, wenn es was Neues gibt, okay?«

»Ich bleib dran.«

Er klopfte zum Abschied auf den Tresen und machte sich auf den Weg zur Suite. Besser, er verlor keine Zeit, wenn sich die Sache mit der Klage durch ein vernünftiges Gespräch aus der Welt schaffen ließ.

Mist! Ihr blieben fünf Minuten und sie hatte noch nicht einmal geduscht. Hektisch riss Victoria ein leichtes Sommerkleid aus dem Schrank und verschwand im Bad. Was wollte sie ihm eigentlich sagen, wenn er gleich herkam? Sie hatte absolut keine Ahnung, wie es weitergehen sollte, und das war eine ganz neue Situation für sie. Improvisation war einfach nicht ihr Ding, sie brauchte dringend einen Plan. Das kalte Wasser vertrieb die Müdigkeit und zumindest einen Teil des Katers und half ihr, ihre Gedanken zu sortieren. Am wichtigsten war es, jetzt erstmal diesen Seetag zu überstehen. Ein Klopfen an der Tür riss sie aus ihren Gedanken. *Shit!* Eilig warf sie sich den Bademantel mit dem Logo der Reederei über und hastete zur Tür.

Pünktlichkeit gehörte sonst nicht zu seinen größten Stärken, aber ihre Stimme hatte sich angehört, als wäre das, was sie ihm zu sagen hatte, wichtig. Er straffte die Schultern und klopfte noch mal, diesmal lauter.

Die Rothenberg riss die Tür auf. »Ja, Herrgott!« Ihr goldblondes Haar glänzte feucht und fiel ihr lang über die Schultern. Sie trug nur einen Bademantel und darunter war sie offensichtlich nackt, wie ihm ein Blick in ihren Ausschnitt verriet.

»Stehen Sie da nicht so rum, sondern kommen Sie gefälligst rein«, herrschte sie ihn an und zog ihn nach drinnen.

»Nicht so stürmisch!«

»Ich will nicht, dass jemand Sie sieht.«

»Aha«, entgegnete er verdutzt. »Und was wollen Sie dann?«

»Ich will mit Ihnen frühstücken.«

»Frühstücken?«, fragte er, jetzt ziemlich perplex.

»Ja, frühstücken, Herrgott noch mal. Draußen auf dem Balkon.«

»Und warum, wenn ich fragen darf?«

»Ich will, dass man Sie sieht.«

»Eben wollten Sie noch das genaue Gegenteil.« Er kam langsam wirklich nicht mehr mit.

Die Rothenberg verdrehte die Augen. »Auf dem Flur nicht, aber auf dem Balkon schon. Sind Sie schwer von Begriff? Philipp soll Sie sehen!«

»Ihr Ex?«

»Ja, Herrgott! Er hat die Suite nebenan und vorhin schon nach Ihnen gefragt. Ich habe gesagt, sie schliefen noch und jetzt hopp, ab unter die Dusche.«

»Ich soll duschen?« Die Frau hatte doch nicht mehr alle Latten am Zaun!

»Mein Gott, jetzt seien Sie doch nicht so begriffsstutzig. Er soll denken, wir hätten zusammen geduscht. Und dann gehen wir raus und frühstücken auf dem Balkon.«

David wusste nicht, ob er heulen oder lachen sollte. Das war so ziemlich das Bescheuertste, was er jemals gehört hatte, aber sie sah aus, als meinte sie das wirklich ernst. Die Frau war vollkommen verrückt, total plemplem. Aber leider hing nun mal sein Schicksal von dieser Irren ab.

»Ich gehe also duschen, ja?«, fragte er zur Sicherheit noch mal nach.

»Na bitte, endlich haben Sie es kapiert. Das wurde aber auch Zeit, mein Gott.«

»Sie können ruhig David zu mir sagen.«

Die Rothenberg blinzelte irritiert. »Was?«

»Na, Sie brauchen mich nicht ständig ›Gott‹ nennen. David reicht vollkommen.«

»Herrgott noch mal!«

»Da, sehen Sie, schon wieder!« David konnte sich ein Grinsen nicht verkneifen. »Wobei ich zugeben muss, dass das sehr schmeichelhaft ist«, setzte er hinzu und flüchtete ins Bad, bevor sie ihn mit Blicken erwürgte.

Er inspizierte die Toilettenartikel im Regal neben der Dusche. Teure Kosmetik einer Luxusmarke, daneben eine Dose Haarspray, Elnett. Das hatte seine Großmutter immer benutzt. »Weil es das Beste ist, Schätzchen«, hatte sie immer gesagt. Im Fach darüber lag tatsächlich ein brauner Flakon. David nahm ihn und schnupperte daran. Omnia, ohne Zweifel. Der Duft war vom Markt genommen worden, und er versuchte schon seit Jahren, eine Flasche für Loretta aufzutreiben. Es war ihm nicht gelungen. Alles, was er gefunden hatte, waren billige Imitationen des Parfüms, und keine kam an das Original heran. Im Geiste machte er sich eine Notiz, die Rothenberg bei Gelegenheit zu fragen, woher sie es hatte.

Ein paar Minuten später kam er wieder aus dem Bad und trug einen Bademantel, genau wie sie. Ein Wassertropfen fiel aus seinem noch nassen Haar und rann seinen Hals herunter auf seine Brust. Victoria senkte verschämt den Blick, nicht dass er noch dachte, sie würde ihn angaffen.

»Sie wissen schon, dass das eine totale Schnapsidee ist, oder?«, sagte er und verknotete den Gürtel.

»Haben Sie eine bessere? Sie haben doch selbst gesagt, Philipp sei eifersüchtig.«

»Eines ist mir nur noch nicht so ganz klar«, setzte er an. »Mal angenommen, ich spiele bei dieser Schmierenkomödie mit …« Er machte eine kunstvolle Pause. »Was hätte ich davon?«

Sie schenkte ihm ein schmales Lächeln. »Wenn Sie mitspielen und für den Rest der Reise so tun, als wären Sie mein Freund, wäre ich im Gegenzug bereit, die Anzeige zurückzuziehen und die Sache mit der Klage zu vergessen.«

Sein Unterkiefer sackte herab. »Das ist alles?«

»Ich denke, das ist weit mehr, als eine angemessene Entschädigung, finden Sie nicht? Sie müssten ja auch gar nicht viel dafür tun«, setzte sie schnell hinzu. »Nur morgens hier herkommen und abends so tun, als gingen wir zusammen auf die Kabine, mehr nicht. Das sollte für Sie nicht allzu schwierig sein, oder? Sie haben doch gesagt, Sie seien Schauspieler.«

Er verschränkte die Arme vor der Brust. »Nur unter einer Bedingung.«

»Und die wäre?«, fragte sie gereizt.

Er atmete tief ein und sah ihr fest in die Augen. »Wenn Sie wollen, dass ich mitmache, bekommt meine Tochter einen Platz in der Versuchsgruppe von Immuntez.«

»Das ist Erpressung«, fuhr sie auf. »Außerdem kann ich das gar nicht entscheiden und die Probanden stehen seit Wochen fest.

»Mit Erpressung kennen Sie sich ja bestens aus«, bemerkte er und hielt ihrem Blick stand. »Also, was sagen Sie, ja oder nein? Ihre Entscheidung.«

»Na gut, ich werde sehen, was ich für Sie tun kann.«

»Das reicht mir nicht. Versprechen Sie es.«

»Ich kümmere mich darum, versprochen. Wenn Sie im Gegenzug sämtliche Aktivitäten gegen Rothpharm unterlassen und diese Petition zurückziehen. Deal?« Sie streckte ihm die Hand entgegen.

Er sah sie forschend an, als suchte er in ihrem Gesicht nach dem Haken an der Sache, dann breitete sich ein Lächeln über seine Lippen. »Deal! Er schlug ein. »Na dann, bieten wir den Herrschaften nebenan mal eine ordentliche Show.«

Ha! Hab ich's doch gewusst! Er war eben doch kein Robin Hood. »Gut, kommen Sie.«

Er hielt sie zurück. »Warten Sie, so wird das nichts. Wir müssen uns duzen, wenn uns jemand die Nummer abkaufen soll.«

»Ich heiße Victoria«, flötete sie und klimperte mit den Wimpern. »Sie können auch Schatz oder Liebling zu mir sagen. Oder irgendeinen anderen Quatsch, den Verliebte gern benutzen. Aber sollten Sie mich noch einmal Ficki nennen, bringe ich Sie um.«

Er grinste, ließ es aber nicht auf einen Versuch ankommen. »Okay, Liebling. Bereit?«

Sie atmete tief durch und straffte die Schultern. »Los geht's!« Mit einem siegessicheren Lächeln trat sie hinaus auf den Balkon.

Eine Viertelstunde später servierte der Room-Service ein Frühstück der Extraklasse. Verschiedene Brötchen, Aufschnitt, Croissants, Marmelade in winzigen Gläsern, Rührei, Obst. David biss genüsslich in sein Brötchen und grinste in sich hinein. So konnte man sich das süße Leben schmecken lassen, ein üppiges Frühstück auf dem privaten Sonnendeck einer Suite, dazu ein Glas Champagner. *Kann man sich glatt dran gewöhnen.* Außerdem lief es wie am Schnürchen. Kaum, dass er Platz genommen hatte, war auch schon ihr Ex auf den Plan getreten.

»Na, gut geschlafen?«, rief er zu ihm rüber.

»Wie ein Stein«, antwortete David. »Aber das ist ja kein Wunder, nach der Nacht.« Er warf Victoria einen begehrlichen Blick zu, was ihm in Anbetracht des Ausschnitts ihres Bademantels nicht sonderlich schwerfiel. Daraufhin wurde sie tatsächlich ein bisschen rot, und er fragte sich, ob jemals viel zwischen Philipp und ihr gelaufen war.

Victoria kicherte wie ein Schulmädchen. »Ich hoffe, wir waren nicht zu laut?«

Ihr Ex sah aus, als hätte er in eine Zitrone gebissen. »Die Wände sind hier sehr dick«, gab er verschnupft zurück und straffte die Schultern. »Und außerdem haben wir selbst ja noch ...«

»Ach, komm! Die fünf Minuten«, fiel Kimmie ihm ins Wort.

David unterdrückte ein Lachen, denn jetzt machte Victoria ein Gesicht, als wäre der Honig auf ihrem Croissant unheimlich sauer.

»Ich war müde, es war ein anstrengender Tag«, fauchte Philipp, und David konnte sich nur mit Mühe beherrschen, um nicht laut loszulachen. Das war wirklich zu köstlich! Die reinste Comedy ... *Oh, Shit!* Er warf einen Blick auf die Uhr und biss schnell noch mal in sein Brötchen.

»Ich muss los, ich hab gleich einen Termin!«

»Telefonkonferenz?«, fragte Philipp vom Nachbarbalkon und nickte wissend.

»Entertainment-Manager«, antwortete David wahrheitsgemäß. »Ich arbeite hier.«

»Als Entertainment-Manager?«, echote Philipp und sah Victoria erstaunt an.

»Nein, als Gastkünstler«, warf David ein.

»Ja, stell dir vor, David ist Comedian«, flötete sie. »Er war sogar schon mal im Fernsehen«, fügte sie hinzu und ihre Stimme troff vor Stolz. »Bei Nightwash.«

Dann hatte sie die Show also gesehen? *Donnerwetter!*

Kimmie klatschte vor Aufregung in die Hände. »Oh, das ist super! Ich wollte immer schon mal einen Promi kennen lernen.«

Promi! Ha, der war gut!

»Können wir ein Foto zusammen machen, bitte, bitte?«

»Später vielleicht«, wehrte er ab. »Ich muss jetzt wirklich los. Man wartet bestimmt schon auf mich«, setzte er schnell hinzu, und das war vermutlich das Einzige, was nicht total übertrieben war.

Victoria sah ihm nach und rieb sich die Hände. Das hatte ja wunderbar geklappt.

»Und was machen wir jetzt mit dem angebrochenen Seetag?«, wollte Philipp wissen.

Wir? Victoria warf ihm einen erstaunten Blick zu. Es gab kein *Wir* mehr. Oder falls er mit *wir* meinte, dass sie dabei zusehen sollte, wie er mit seiner neuen Flamme herum turtelte, dann hatte er sich geschnitten.

»*Ich* gehe jetzt ins Spa«, sagte sie nachdrücklich.

Doch Kimmie schien das leider nicht mitzubekommen. »Oh prima, ich liebe Wellness!«, quietschte sie. »Ich komm mit.«

»Da bin isch dabei!«, kreischte Manu von der anderen Seite und schwenkte die Champagnerflasche. »Dat wird prima, wir machen en richtijen Mädelstag!«

Herr im Himmel! Victoria verdrehte die Augen. *Womit habe ich das bloß verdient?* Aber andererseits ... Vielleicht bot sich ja die Chance, mehr über die Beziehung zwischen Kimmie und Philipp zu erfahren.

»Juhu, Mädelstag!«, rief sie und warf die Arme in die Luft, was ihr einen weiteren erstaunten Blick von Philipp einbrachte. *Ja, mein Lieber, da staunst du!* Er würde noch sehen, dass sie sehr wohl in der Lage war, sich zu ändern. Und sie fing genau jetzt damit an.

Kapitel Fünf

»ICH HABE ERFOLGREICH DIE SCHAUSPIELSCHULE ABGESCHLOSSEN.« (JÜRGEN, 52, HAUSMEISTER)

David hetzte zu seiner Kabine, er musste noch sein Kostüm für den Walk-Act aufsammeln, und dieses Frühstück hatte länger gedauert, als er geahnt hatte. So eine hirnrissige Aktion. Es war eine absolute Schnapsidee, ihrem Ex den neuen Lover vorzugaukeln. Aber es war leichtverdientes Geld, beziehungsweise vermiedene Kosten, was im Endeffekt aufs Gleiche hinauslief. Und für seine Tochter war er sowieso bereit, alles zu tun. Wenn es irgendeine Aussicht auf Besserung oder sogar Heilung gab, würde er durchs Feuer gehen. Und jetzt hatte er die Zusage, dass Leonie in die Testgruppe aufgenommen werden würde. Der Gedanke versetzte ihn in Hochstimmung. Endlich hatte er etwas erreicht, das seiner Tochter helfen würde. Er fühlte sich wie ein Held. Und wer wusste schon, ob es nicht vielleicht sogar seine Exfrau dazu brachte, sich mit ihm zu versöhnen. Hektisch zerrte er die Klamotten aus dem Schrank und zog sich um: ausgebeulte Cordhose, Karohemd, grauer Kittel, Perücke, Hut. Wo zum Geier waren die falschen Zähne? Ah, da! David grinste zufrieden in den Spiegel. Vor ihm stand Hausmeister Jürgen Kawallerowski und grinste zurück.

»Jut, wa? Dann woll'n wa mal«, sagte David in feinstem Berliner Dialekt und gluckste das typische Kawallerowski-Lachen, eine Art Goofy-Geräusch, das er sich mal bei einem Gast an Bord abgeschaut hatte, weil es so unfassbar gut zur Figur des Hausmeisters passte. Dann nickte er seinem Spiegelbild zu und verließ die Kabine.

»Das geht ja gut los«, begrüßte Chris ihn, als David im Künstlerbereich eintraf. »Hast du mal auf die Uhr geguckt? Elf hatte ich gesagt, jetzt ist es schon fünf nach.«

»Tut ma leid, wa? 'N alter Mann is ja kein D-Zug und dit Schiff sieht aus wie Sau.«

»Haha, sehr witzig. Na, ich seh schon, du bist voll in Fahrt. Also los, hopp, hopp, ihr werdet hier nicht fürs Rumstehen bezahlt.«

»Gutes Stichwort, wo ist denn eigentlich meine bessere Hälfte?«, erkundigte sich David.

»Wartet oben vorm Wellness-Bereich auf dich«, sagte Chris und schob ihn Richtung Fahrstuhl.

Victoria hatte es sich zwischen Manu und Kimmie auf einer der dickgepolsterten Liegen aus Korbgeflecht bequem gemacht und versuchte, zumindest ein wenig zu entspannen. Das erwies sich schwieriger, als gedacht, denn Manu quasselte ohne Unterbrechung. Diese Frau raubte ihr den letzten Nerv, mit jedem Glas Champagner wurde sie redseliger.

»Ach, ich weiß noch, als ich meinen Dean damals kennengelernt habe«, seufzte sie. »Ich war sofort Feuer und Flamme.«

»Und ihr wart auch mal ein Paar, Philipp und du?«, wollte Kim von ihr wissen.

So hatte Victoria sich das eigentlich nicht vorgestellt. »Ja, waren wir«, sagte sie ausweichend. »Wir haben uns bei der Arbeit kennengelernt.« Philipp war Key-Account-Manager bei einem mittelständischen Maschinenbauer für Verpackungsmaschinen und für die Betreuung der Großkunden zuständig. Schon sehr bald war klargewesen, dass ihre enge Zusammenarbeit weit über das Geschäftliche hinausging. Aber das war ja auch kein Wunder, er war ein Bild von einem Mann: groß, durchtrainiert, lupenreine Umgangsformen, immer wie aus dem Ei gepellt. Vom ersten Moment war sie in ihn verliebt gewesen und sie liebte ihn immer noch. Vor allem hatte sie geglaubt, er empfände genauso. Und um ehrlich zu sein, hatte sie damit gerechnet, dass er ihr zu Weihnachten einen Antrag machen würde. Philipp und sie waren das ideale Paar gewesen, sie ergänzten einander perfekt und waren ein gutes Team. Bis er sie plötzlich verlassen hatte, von einem Tag auf den anderen.

»Na so ein Zufall, wir auch!«, sagte Kim und brachte Victoria in die Gegenwart zurück.

»Ach, arbeitest du auch bei ihm in der Firma?«, fragte sie und nippte an ihrem Champagner.

»Nein, er ist zu mir in den Salon gekommen.« Kim strahlte über das ganze Gesicht. »Ich bin doch Friseurin!«

Großer Gott! Victoria verschluckte sich an ihrem Drink und hustete.

»Das ist ja cool!«, kreischte Manu. »Das hab ich auch mal gelernt. Aber dann war ich eBay-Power-Sellerin und dann hab ich meinen Dean kennengelernt. Seitdem arbeite ich nicht mehr, mein Dean macht sein Geld ja im Netz. Krypto-Mining, Bitcoins scheffeln und so«, setzte sie mit gewichtiger Miene hinzu.

Nun, das erklärte einiges.

»So genau verstehe ich das nicht, aber ist ja auch egal.« Mit einem verschwörerischen Lächeln goss sie sich ein weiteres Glas Champagner ein.

»Und wie war das bei Philipp und dir?«, hakte Victoria nach. Das wollte sie jetzt genau wissen.

»Ach, das war süß. Philipp hatte einen anstrengenden Tag und ist zu uns in den Salon gekommen. Ich arbeite in einem Barbershop und hab ihn rasiert. Und dann hab ich ihm eine schöne Kopfmassage verpasst und hinterher hat er mir ein dickes Trinkgeld gegeben und meinte, er würde jetzt nur noch zu mir kommen, weil ich das so gut gemacht hätte.«

Eine Kopfmassage also. Allein beim Gedanken, wie sich Philipp dabei an Kims große Brüste gekuschelt hatte, wurde Victoria sauer. »Und wie lange kennt ihr euch schon?«

»Dreieinhalb Monate.« Kimmie lächelte versonnen. »Es hat irgendwie gleich gefunkt.«

Victoria sog scharf die Luft ein. Vor dreieinhalb Monaten war sie noch mit Philipp zusammen gewesen.

»Am Anfang haben wir nur getextet«, fuhr Kimmie fort. »Per WhatsApp. Da war er noch mit einer anderen zusammen.«

»So, war er das?« Victoria gab sich größte Mühe, möglichst unbeteiligt zu klingen.

»Ja, aber die war langweilig, sagt Phil.«

Phil!

»Er war ganz schön einsam und hat sich bei mir ausgeheult, weil seine Freundin nur ihre Arbeit im Kopf hatte.« Kim seufzte. »Ich verstehe gar nicht, wie man bei so einem tollen Typen an was anderes denken kann.«

»Verstehe ich auch nicht«, antwortete Victoria lahm.

»Phil ist der tollste Typ, den ich je hatte. Allein, dass er mal eben so diese Reise bezahlt. Das ist doch der Hammer, oder? Ich könnte mir sowas ja nie leisten.«

Kimmie plapperte weiter vor sich hin, aber Victoria hörte ihr schon gar nicht mehr richtig zu, sondern war in Gedanken bei Philipp. Kim hatte Recht, er war der tollste Mann, den man sich vorstellen konnte. Und fast wäre er ihr Mann geworden, wenn er nicht eine Kopfmassage bekommen hätte.

Wohl eher eine Gehirnwäsche. Wobei, mit der Funktionsweise eines Hirns kannte sich Kimmie nun wirklich nicht aus.

»Ach, der feine Herr lässt sich auch mal blicken«, sagte die Frau mit der blonden Langhaarperücke, als David auf Deck 12 den Lift verließ. Sie trug eine lilafarbene Kittelschürze, unter der Leoparden-Leggins hervorlugten, und an den Füßen knallrote Lackpumps, die jeder Pornodarstellerin zur Ehre gereicht hätten.

»Hallo Irina«, begrüßte David seine holde Partnerin, die eigentlich Kassandra hieß, und schenkte ihr ein breites Lächeln.

»Brauchst gar nicht so freundlich tun, Baum.«

»Kawallerowski«, gab David ungerührt zurück. »Bleib in der Rolle.«

»Na klar, unser großer Superstar weiß natürlich wieder alles besser.«

David seufzte. »Nein, tue ich nicht. Und jetzt lass uns das bitte professionell durchziehen und uns wie erwachsene Menschen benehmen, okay?« Seit er auf einer anderen Reise versucht hatte, bei ihr zu landen, war sie nicht gut auf ihn zu sprechen. Dabei wusste er noch nicht mal, was er falsch gemacht hatte, das heißt, er konnte sich nicht dran erinnern. Damals war er ganz schön betrunken gewesen.

»Bittescheen, mache Platz, muss puuutzen chierrr.« Sie feudelte sich ihren Weg zum Eingang des Wellnessbereichs frei. Eine Passagierin mittleren Alters sprang erschrocken zur Seite und sah ihr kopfschüttelnd nach.

David grinste. *Okay, läuft.*

»So, lassen se mich ma durch, Kawallerowski mein Name, Jürgen Kawallerowski. Ick bin hier der Hausmeister, wa?« David folgte Kassandra, die sich mit ihrem Mopp lautstark einen Weg durch den Wellnessbereich bahnte. Die meisten Gäste reagierten mit milder Irritation, viele auch belustigt, aber die wenigsten verstanden auf Anhieb, dass es Comedy war. Ein guter Walk-Act lebte davon, dass Menschen ernst nahmen, was sie ihnen präsentierten. Es ging darum, ihnen ein Bild zu verkaufen, und wenn sie dieses Bild erstmal im Kopf hatten, konnten sie gar nicht anders, als darauf zu reagieren und sich ihrer Natur entsprechend zu verhalten. Kassi näherte sich von hinten einer Reihe Liegen und kreischte beglückt auf.

»Guuuckst du, Jurgen. Frau hat Frrisuuurr genau, wie icchh immer chaben wollte.« Sie zeigte mit ausgestrecktem Finger auf jemanden, und als David sich näherte, erkannte er, um wen es sich bei dem Grüppchen Frauen handelte.

Oh nein! Er blieb wie angewurzelt stehen. Kassandra warf ihm einen verärgerten Blick zu und gestikulierte wild, er solle endlich näher kommen. Für einen winzigen Moment überlegte David, die goldene Regel der Improvisation zu brechen und einfach abzuhauen. Aber dann besann er sich seines Jobs. *Augen zu und durch!*

»Guckst du, Jurgen, Frau hat Strähne in Frrrisuuurrr.«

»Janz toll, wirklich, janz toll!« David reckte anerkennend den Daumen in die Luft.

Manu setzte sich auf. »Hab ich selbst gemacht!«, verkündete sie stolz und strich die blonde Strähne aus ihrer Stirn.

»Sieht echt Chaamerrrr aus!«, sagte Kassi im Brustton der Überzeugung. »Und du, schicke Bikini!« Sie nickte Kim anerkennend zu und hob die Hände vor die Brust. »Gutt Cholz vor dem Chaus. Oder wie cheißt auf deutsch?«

»Holz vor der Hütte«, korrigierte Kim und winkte kichernd ab. »Die sind nicht echt.«

David prustete los und täuschte einen Hustenanfall vor. *Großartig!* Das konnte man sich nicht besser ausdenken!

»Ist Plaastikk?«, fragte Kassandra todernst und musste sich ebenfalls ein Grinsen verkneifen.

»Wirklich?«, kreischte Manu. »Das hätte ich ja nie gedacht!«

»Hat mein Exfreund bezahlt!« Kim nickte zufrieden. »Aber die fühlen sich voll echt an, willste mal anfassen?« Sie beugte sich über Victorias Liege und streckte Manu die Brüste entgegen, die auch sofort beherzt zupackte.

»Wahnsinn, total echt! Los, fühl mal«, forderte sie Victoria auf, die daraufhin mit spitzem Zeigefinger in Kimmies linke Brust pikte. Ihr Gesichtsausdruck sprach Bände, und David hatte Mühe, das Kichern zurückzudrängen, das in seiner Kehle aufstieg. Wenn Kim jetzt auch noch ihn aufforderte, ihre Brüste anzufassen, konnte er allerdings für nichts mehr garantieren.

»So, jetzt ist hier ma Schluss mit der Fummelei, sonst muss ick hier gleich noch n Rohr verlegen, wa?« Er gluckste das typische Kawallerowski-Lachen.

Victoria verdrehte über den plumpen Spruch

entnervt die Augen. Sie hatte einfach Klasse, so viel stand fest.

»Weltklasse«, murmelte David leise.

»Was haben Sie gesagt?« Sie sah irritiert zu ihm auf. Ihre Blicke trafen sich und für einen Moment befürchtete David, sie hätte ihn erkannt. Sein Herz schlug schneller.

»Nix für unjut, schöne Frau«, stieß er hervor. »Ick muss dann ma weiter, mein Typ wird verlangt.«

Kassandra konnte nicht mehr an sich halten. »Das war spitze!«, prustete sie, als sie in den Fahrstuhl stiegen.

»Ganz großes Tennis!«, pflichtete David ihr bei.

»Bist ja doch zu was zu gebrauchen«, sagte Kassi und knuffte ihm gutmütig in die Seite.

David plusterte sich spielerisch auf. »Ich bin halt der geborene Schauspieler, mein Talent wird nur ständig verkannt.«

»Spinner!« Kassi rollte mit den Augen. »Los komm, ich hab einen Bärenhunger. Ich glaub, heut gibt's Schnitzel.«

»Ein Schnitzel ist auch das Mindeste, was uns nach dem Auftritt zusteht!«, rief David theatralisch und folgte ihr in die Crewmesse. Er wollte sich ja nicht selbst loben, aber er war wirklich ein verdammt guter Schauspieler. Die Rothenberg hatte ihn nicht erkannt. Und heute Abend würde sie ihn schick zum Essen ausführen. David lächelte zufrieden. Diese Reise wurde von Minute zu Minute besser.

Sie hatte einen äußerst kraftraubenden und vor allem sehr lauten Tag mit ihren neuen »besten Freundinnen« verbracht. Deshalb war Victoria froh, einen Moment ihre Ruhe zu haben, bevor die Scharade beim Abendessen weiterging. Meine Güte, diese Manu war anstrengend. Aber Kimmie hatte anscheinend echtes Vertrauen zu Victoria gefasst und noch weitere Details aus ihrer Beziehung zu Philipp ausgeplaudert. Es aus ihrem Mund zu hören, hatte sie verletzt. Warum hatte er ihr nicht selbst gesagt, was ihn störte? Dann hätte sie es ändern können. Aber so hatte er sie Knall auf Fall verlassen und sich in die Arme dieser Frisörmaus geflüchtet. Unwirsch feuerte Victoria ihre Strandtasche auf die Couch. Deshalb war Philipp also in letzter Zeit so komisch gewesen und hatte ständig auf seinem Handy rumgetippt. Ihr gegenüber hatte er behauptet, es gebe Probleme mit einer Maschine in Amerika, die seine Kollegen dort gerade aufbauten. Deshalb müsse er ständig für Rückfragen erreichbar sein. Und sie war so blöd gewesen und hatte ihm geglaubt. Eine Welle aus Hitze flutete ihren Körper. Das war alles nur Konstantins Schuld! Victoria schnaubte durch die Nase. Wenn er sich nur ein einziges Mal um die Firma gekümmert hätte, wie es sich eigentlich gehörte, dann wäre nicht immer alles an ihr hängen geblieben. Aber so war sie viel zu beschäftigt gewesen, die feindliche Übernahme abzuwehren, um mitzubekommen, dass in Wahrheit ihr Freund übernommen worden war. Umso fester war sie entschlossen, ihn zurückzuerobern.

Victoria durchstöberte den begehbaren Kleiderschrank auf der Suche nach dem richtigen Outfit. *Vielleicht das lange rote Kleid?* Nein, zu übertrieben, das hatte sie für das Gala-Diner an Silvester vorgesehen. Ansonsten enthielt ihr Schrank nicht viel Brauchbares. Ihre Garderobe erschien ihr auf einmal farblos und langweilig. Seufzend entschied sie sich schließlich für ein schlichtes Kleid aus weißem Leinen und band ihre Haare zu einem lockeren Pferdeschwanz.

David nahm es mit einem anerkennenden Nicken zur Kenntnis, als er sie zum Abendessen abholte.

»Steht Ihnen gut, die Frisur«, sagte er und deutete mit dem Zeigefinger auf seinen eigenen Kopf.

»Sie sehen heute aber auch nicht schlecht aus«, bemerkte sie gnädig.

»Danke. Aber ich fürchte, das ist der einzige Anzug, den ich dabei habe. Ab morgen sollten wir also entweder ins Buffetrestaurant gehen oder getrennt essen.«

»Oder wir kaufen Ihnen einfach was Neues.«

»Das geht doch nicht«, wehrte er ab und sah auf seine Schuhspitzen. Er wollte nicht wie ein armer Schlucker dastehen. Um seine Verlegenheit zu überspielen, hielt er ihr den Arm hin. Die Rothenberg hakte sich unter und er führte sie zum Lift.

»Sie können ja ein richtiger Gentleman sein, David.«

»Ich kann alles sein, was Sie wollen, Victoria«, sagte

er beim Einsteigen und sah sie von der Seite an. »Ich bin ein Mann mit vielen Talenten.«

»Nun, fürs Erste sind Sie meine Begleitung«, entgegnete sie. »Natürlich nur so lange, bis ich Philipp zurückgewonnen habe«, setzte sie schnell hinzu.

»Selbstverständlich.« Seine Stimme klang belegt. Der Fahrstuhl hielt auf Deck 11 vorm Adagio. Er räusperte sich. »So, da wären wir. Und vergessen Sie nicht, mich zu duzen.«

Sanfte Klaviermusik perlte durch den Raum, unterbrochen vom Geklimper von Besteck auf teurem Porzellan. Das Essen war vorzüglich, der Wein exquisit und David hatte sich als perfekter Begleiter erwiesen. Er war charmant und witzig und der Abend hätte so schön sein können. Hätte …

»Guckt Philipp zu uns rüber?«, wollte sie von David wissen, zum bestimmt zehnten Mal an diesem Abend.

Er warf einen Blick über ihre Schulter und hob grüßend sein Glas. »Ja, aber ich fürchte, nicht wegen dir, sondern wegen denen da.« Er nickte unauffällig Richtung Nebentisch.

Anscheinend hatte der liebe Dean seinen Tag damit verbracht, zu tief ins Glas zu schauen, während Manu im Wellnessbereich ausreichend Champagner getankt hatte, um ebenfalls nicht mehr Herrin ihrer Sinne zu sein. Die beiden stritten pausenlos. Es hatte beim Gruß aus der Küche angefangen und steigerte sich mit jedem Gang. Beziehungsweise mit jedem Glas Gin Tonic, das Dean dazu runter stürzte. Jetzt, beim Hauptgang, war die Lage kurz davor, zu eskalieren.

»Dich interessiert nur mein Geld!«, schrie Dean und schlug mit der Faust auf die Tischplatte, sodass die Gläser klirrten.

»Und dich nur der Schnaps, du elender Hurenbock!«, keifte Manu zurück.

Sämtliche Gespräche im Restaurant verstummten, wie bei jedem dieser Ausbrüche, und sechzig Augenpaare richteten sich auf sie.

Der Kellner erschien und tat, als würde er gar nichts davon mitbekommen, während er beflissen die halbvollen Teller abräumte. Essen war eindeutig nicht Deans Ding, er schien flüssige Nahrung zu bevorzugen.

»Noch n Dschinn Tonic«, lallte er. »Aber n bisschen zackich. Pronto Toronto, verstehsu, Kollege?«

Der Kellner verschwand wie der Blitz und tauchte nur Sekunden später mit einem vollen Glas wieder auf.

»Zahlen, bitte!« Victoria nickte ihm diskret zu.

»Sehr wohl, Madam.« Er nahm ihre Bordkarte entgegen und ging in Richtung Kasse.

David sah sie erstaunt an. »Und was ist mit dem Dessert?«

»Ich pfeif auf das Dessert«, entgegnete Victoria heftiger als gewollt. »Aber das da«, sagte sie und deutete unauffällig auf Dean und Manu, »ertrage ich keine Sekunde länger.«

»Gott, war das peinlich!«, stöhnte Victoria, kaum dass

die Türen des Adagio sich hinter ihnen geschlossen hatten.

»Ich fand es eigentlich ganz witzig«, gab David zurück.

Witzig? Sie sah ihn fassungslos an. »Sie fanden das lustig?«

»Na ja, sagen, wir, es war aufschlussreich. Als Schauspieler kann man aus solchen Situationen eine Menge lernen. Das gibt Stoff für neue Figuren.« Er lächelte verschmitzt. »Und außerdem war es doch 'ne spitzenmäßige Show, oder etwa nicht?«

»Ich fand's grauenhaft und wäre am liebsten vor Fremdscham im Erdboden versunken.«

»Sollen wir noch ein paar Meter gehen?«, schlug er vor. »Der Abend ist viel zu schön, um sich zu ärgern.«

Ihr Blick folgte seiner ausgestreckten Hand hoch zum Himmel. Über ihnen funkelten die Sterne, der Fahrtwind war mild und strich sanft über ihre Haut. Ja, wieso eigentlich nicht? Ein bisschen frische Luft würde sicher guttun. Nach den fünf köstlichen Gängen des Menüs war sie ganz schön vollgefuttert. Er bot ihr wieder seinen Arm an und gemeinsam schlenderten sie über das Pooldeck. Sie fanden eine ruhige Stelle im Schutz eines Windfangs und lehnten sich an die Reling.

»Warum ist es Ihnen so wichtig, was andere Leute über Sie denken?«

»Weil es nun mal wichtig ist. Als Geschäftsfrau stehe ich im Blick der Öffentlichkeit, da muss ich auf mein Image achten.«

»Image.« Er lachte leise auf.

»Ist Ihnen das nicht peinlich, wenn sich andere Leute in Ihrer Gegenwart so benehmen?«

»Nein.« Er schüttelte den Kopf. »Ich war an der Schauspielschule, da verliert man ziemlich schnell jegliches Schamgefühl.«

»Schämen Sie sich nie?«

»Wenn, dann nur für mein eigenes Verhalten. Für das der anderen kann ich nichts«, antwortete er schlicht.

»Und wofür schämen Sie sich?«

»Dafür, dass ich Sie eine geldgeile Tussi genannt habe. Ich weiß auch nicht, was mit mir los war, da sind mir einfach die Sicherungen durchgebrannt. Und ich hatte keine Ahnung, dass die das drucken.«

»Na, was dachten Sie denn? Das ist die Presse.«

»Und ich schäme mich, dass ich so wenig Zeit mit meiner Tochter verbringe«, sagte er leise. »Ich bin eigentlich viel zu selten für sie da. Aber irgendwie muss ich Geld verdienen. Und ich kann nun mal nichts anderes.« Er seufzte schwer und sah in die Ferne.

Victoria schluckte. Unter der Oberfläche des gutgelaunten Witzbolds verbarg sich ein erstaunlich einfühlsamer Mann, der wohl eine ganze Reihe von Problemen hatte, die sie sich noch nicht einmal vorstellen konnte. Es war sicher nicht leicht, sich um ein krankes Kind zu kümmern.

»Tut mir leid, ich wollte Sie nicht runterziehen«, sagte sie sanft und legte die Hand auf seinen Arm.

»Na, ihr Turteltauben?«, ertönte Philipps Stimme hinter ihnen. Victoria fuhr zusammen, sie hatte ihn gar nicht kommen gehört. »Bei euch da vorne war ja ganz schön was los!«

»Hör bloß auf!« Victoria verdrehte die Augen. »Ich wusste gar nicht, wie mir geschieht.«

»Echt peinlich«, pflichtete Philipp ihr kopfschüttelnd bei.

David trat einen Schritt näher und legte besitzergreifend den Arm um ihre Schulter. Die Berührung sandte einen wohligen Schauer über Victorias Haut.

David schien es zu spüren. »Ist dir kalt?«, fragte er und strich auf und ab, um sie zu wärmen. Sein forschender Blick ging ihr durch Mark und Bein.

»Ein bisschen«, murmelte sie und bedauerte fast, dass er die Hand wegnahm.

Er zog sein Jackett aus und legte es ihr um die Schultern. »So besser?«

»Ja, danke.« Sie kuschelte sich an ihn und registrierte mit einem zufriedenen Lächeln Philipps eifersüchtigen Blick.

»Gehen wir noch in den Ocean Club?«, quengelte Kimmie. »Ich will tanzen.«

»Was ist, Lust noch eine Runde abzuhotten?« Davids Augen blitzten unternehmungslustig.

Wieso eigentlich nicht? Schließlich hatte sie Urlaub und der Abend war noch jung. Sie hakte sich bei ihm unter.

Die bordeigene Disco war gut besucht. Etliche Gäste drängten sich auf der dicht gefüllten Tanzfläche des Ocean Clubs, aus den Boxen wummerten die letzten

Sommerhits und es herrschte ausgelassene Partystimmung.

»Ich hol uns erst mal einen Drink«, sagte Philipp und verschwand Richtung Bar.

»Tanzen?«, fragte David und nickte rüber zur Tanzfläche, wo auch Kimmie bereits wild herumzappelte.

»Ich weiß nicht«, sagte Victoria gedehnt. »Irgendwie ist das nichts für mich.« Es gab immer irgendjemanden, der ihr Gesicht aus dem Fernsehen kannte und wusste, wer sie war. »Ich glaub, ich geh lieber ins Bett.«

»Na los, kommen Sie schon.« David ergriff ihre Hand und zog sie mit sich. »Machen Sie sich einfach mal locker.«

Locker? Na gut, also schön. Zu ihrem Erstaunen erwies sich David als ausgesprochen guter Tänzer, er machte zu jeder Nummer eine gute Figur. Ganz im Gegensatz zu Philipp. Der gab sich größte Mühe, im Takt mitzuwippen, aber selbst das misslang ihm gründlich. Er sah eher aus wie ein Wackeldackel. Irgendwie tat er Victoria fast ein bisschen leid, wie er am Rand der Tanzfläche stand. Aber nur fast.

Sie schlenderte zu ihm rüber und pflückte ihm den Drink aus der Hand, der eigentlich für seine Freundin bestimmt war.

»Amüsierst du dich?«

»Geht so«, brummte Philipp. »Und du?«

»Blendend!«

Philipp hob fragend eine Augenbraue. Gott, er sah so sexy aus, wenn er das tat. »Seit wann stehst du auf so ein albernes Rumgehopse?«

Er kannte sie und wusste, dass sie für gewöhnlich nicht oft wegging und feierte. Mit wem denn auch, sie hatte ja schließlich kaum Freundinnen.

»Ach, weißt du, seit wir nicht mehr zusammen sind, habe ich erst gemerkt, wie viel ich verpasst habe«, sagte sie zuckersüß, und das kurze Zucken seines Mundwinkels verriet ihr, dass sie ihn getroffen hatte. Sie kannte ihn nämlich auch ganz gut. David und Kim versuchten sich derweil an einer Choreographie zu Pokerface von Lady Gaga. Die beiden sangen lauthals mit und Victoria tanzte zu ihnen rüber und stimmte mit ein. Philipp sah ihr nach, sie konnte seinen Blick in ihrem Rücken spüren. Wenn sie ihn zurückerobern wollte, war es genau das, was sie brauchte. Ein echtes Pokerface. Nichts leichter, als das. Quasi eine ihrer leichtesten Übungen.

Stunden später lag sie mit klopfendem Herzen auf ihrem Bett und sah an die Decke. David hatte recht behalten, es hatte wirklich Spaß gemacht, und sie konnte sich nicht daran erinnern, wann sie das letzte Mal einen so lustigen Abend gehabt hatte. Sie hatten getanzt und gesungen, gefeiert und gelacht und Philipp hatte die ganze Zeit zu ihr rüber gesehen. Wahrscheinlich lag er inzwischen ebenfalls im Bett. Ob er sie wohl auch vermisste und gerade an sie dachte? Victoria streckte die Hand aus und legte sie auf die Wand zur Nachbarsuite, als könnte sie ihm dadurch nah sein. Sie fühlte sich so einsam und gleichzeitig so verbunden und ... Von nebenan ertönte ein spitzer Schrei, gefolgt von einem lauten Poltern. Victoria hielt den Atem an und lauschte angestrengt in die Dunkelheit. Für eine Weile herrschte Ruhe, dann polterte es wieder und danach entwickelte sich das gelegentliche Poltern zu einem rhythmischen Rumpeln. *Moment mal* … Taten die beiden etwa das, wonach es sich anhörte? Eine Welle der Eifersucht spülte heiß durch ihren Körper, ihr Magen ballte sich zu einem glühenden Klumpen. Entnervt zog sie sich die Decke über den Kopf, sie wollte das nicht mit anhören. Allein von der Vorstellung, wie ihr wunderbarer Philipp mit dieser hohlen Nuss schlief, wurde ihr schlecht. Ob Kimmies Plastikbrüste dabei hin und her wippten wie Wackelpudding? *Hör sofort auf damit!* Aber wie sollte sie an etwas anderes denken, wenn sie den beiden dabei zuhören konnte? Victoria riss sich die Decke vom Kopf, schnappte ihr Kissen, klemmte beides unter den Arm und verzog sich auf die Couch im Wohnbereich. Das hielt ja kein Mensch aus!

»Wie die Karnickel«, fauchte sie, rollte sich zusammen und vergrub ihren Kopf unter dem Kissen.

Kapitel Sechs

FRAGT EIN GAST: »WARUM SCHAUKELT DAS SCHIFF DENN SO SEHR? WIR HABEN DOCH GAR KEINEN SEEGANG.«

David strahlte wie das blühende Leben, als sie ihm am nächsten Morgen die Tür öffnete. »Na, gut geschlafen?«, fragte er und schob sich an ihr vorbei in die Suite.

»Grauenhaft!«

»Welche Laus ist Ihnen denn über die Leber gelaufen?«

»Fragen Sie lieber nicht«, gab sie gereizt zurück. »Nebenan wurden die Bettfedern getestet. Und als endlich Ruhe war, haben Manu und Dean gestritten, dass die Wände wackelten.«

Er grinste. »Verstehe!«

»Nein, tun Sie nicht«, widersprach Victoria energisch. Er hatte ja keine Ahnung, wie es sich anfühlte, wenn man dabei zuhören musste, wie der Mann, den man liebte ... Ach, war ja auch egal. »Los, ziehen Sie sich aus.«

David blinzelte irritiert. »Was?«

»Sie sollen sich ausziehen!«, wiederholte sie. »Ich will, dass Sie in Boxershorts eine Runde übers Sonnendeck laufen. Philipp macht das immer. Also los, worauf warten Sie?« Sie wedelte ungeduldig mit den Händen.

»Ich bin doch kein Stripper!« Er starrte sie ungläubig an.

»Und ich bin keine zwölf mehr. Ich habe schon mal einen nackten Mann gesehen.«

»Drehen Sie sich gefälligst um«, verlangte er mit einer knappen Geste.

»Ich dachte, ein Schauspieler kennt kein Schamgefühl?«

»Das ist was anderes.«

Victoria seufzte und wandte sich ab. Aus dem Augenwinkel beobachtete sie verstohlen, wie er sich auszog und seine Sachen ordentlich zusammenfaltete, bevor er die Balkontür öffnete und ins Freie trat. Er reckte und streckte sich ausgiebig, gähnte, sah sich nach allen Seiten um und kam wieder herein. Dann blieb er, drei Meter von ihr entfernt, mit ausgebreiteten Armen stehen.

»Zufrieden?«

Ihr Blick glitt über seine haarlose glatte Brust und seinen flachen Bauch, hinunter zu der Stelle, wo das V seiner Bauchmuskeln im Bund seiner Boxershorts verschwand. An ihm war kein Gramm Fett zu viel. Um ehrlich zu sein, war überhaupt nicht viel an ihm dran. Im Vergleich zu Philipp war er ein schmaler, beinahe zarter Mann, mit heller ebenmäßiger Haut. Das Wort *Spargeltarzan* schoss ihr durch den Kopf und Victoria verbiss sich ein Kichern.

»Und?«

»Was, und?«

»Hat er Sie gesehen?«

»Nein, die schlafen bestimmt noch.«

»Ach, Mist. Dann war die Show also umsonst.«

»Sie sagen es«, entgegnete er genervt. »Darf ich mich jetzt wieder anziehen?«

»Nur zu. Was wollen Sie frühstücken?« Mit einer ausladenden Geste zeigte Victoria auf den gedeckten Tisch in der Sitzecke. Sie hatte einfach die Karte einmal runter bestellt.

»Sie sind echt nicht ganz dicht«, knurrte er und stieg in seine Hosen. »Hat Ihnen das eigentlich schon mal jemand gesagt?«

»Danke für das schöne Kompliment«, gab sie verschnupft zurück und wies auf einen Stuhl.

David setzte sich und inspizierte die Auswahl, entschied sich für ein Brötchen mit Schinken und griff nach der Butter.

»Hätte ich Ihnen eins machen wollen, hätte ich sicher freundlichere Worte gewählt.«

»Ach ja, und welche?«

»Oh, bitte. Fishing for Compliments?« Er warf ihr einen prüfenden Blick zu und biss in sein Brötchen. »Kommen Sie, Victoria«, sagte er kauend. »Das haben Sie doch gar nicht nötig und das wissen Sie auch. Und nebenbei bemerkt, es steht Ihnen nicht.«

»Komisch«, gab sie spitz zurück. »Für einen

Moment habe ich Sie gestern tatsächlich für einen charmanten Mann gehalten.« Sie schenkte ihm ein säuerliches Lächeln. »Aber da habe ich mich wohl getäuscht.«

»Was haben Sie für heute geplant?«, wechselte er auf ein unverfängliches Terrain. »Machen Sie einen Ausflug?«

»Gut, dass Sie es ansprechen.« Sie stand auf und ging rüber zur Kommode. »Wir machen heute eine Stadtrundfahrt. Ich habe heute Morgen bereits eine halbe Stunde mit der Rezeption und der Dame vom Ausflugscounter telefoniert, um noch zwei Tickets zu ergattern.« Sie streckte ihm eines davon entgegen.

Eine heiße Welle aus Ärger stieg in ihm hoch. »Wie kommen Sie auf die Idee, einen Ausflug für mich zu buchen?«

»Kimmie hat mir gestern Abend erzählt, dass sie und Philipp diese Stadtrundfahrt machen, und da dachte ich …«

»Was dachten Sie da?«, schnitt er ihr das Wort ab. »Dass Sie über meinen Kopf hinweg entscheiden und einfach mal buchen?«

»Ja, genau. Und ich weiß wirklich nicht, was daran so schlimm sein sollte.«

Also, das ist ja wohl … »Ich bin kein Callboy, Victoria!« Er schrie jetzt fast und hatte Mühe, sich im Zaum zu halten.

»Keine Angst, ich will bestimmt nicht mit Ihnen ins Bett!«, spie sie ihm entgegen und ihre Augen funkelten zornig.

Nein, natürlich nicht. Der Blick, mit dem sie ihn

gemustert hatte, als er vorhin fast nackt vor ihr stand, war ihm nicht entgangen. Sie hatte beinahe mitleidig ausgesehen. David schnaubte. Er war halt kein Adonis wie ihr Supermanager, für den sie sich so ins Zeug legte, sondern ein ganz normaler Mann. Na gut, so normal nun auch wieder nicht, aber trotzdem ...

»Sie können nicht einfach über meine Zeit bestimmen.« Er verschränkte die Arme vor der Brust. »Denn falls es Sie interessiert, ich habe heute schon was vor.«

»So, was denn?« Was sollte dieser höhnische Unterton in ihrer Stimme?

»Ich muss zum Flughafen«, klärte er sie auf. »Mir fehlt ein Koffer.«

»Ach so.« Sie winkte ab. »Sagen Sie das doch gleich. Den können Sie auch später noch holen. Die Stadtrundfahrt geht nur bis Mittag, gegen eins sind wir zurück.«

»Und was, wenn ich nicht will?«

»Ach, kommen Sie schon.« Sie sah ihn aufmunternd an. »Ich geb Ihnen hundert Euro extra. Na, wie klingt das?«

»Beschissen!«, gab er heftig zurück. »Ich bin nicht käuflich, Victoria.« Für wen hielt sich die Frau eigentlich? Man konnte nicht alles kaufen, und nur weil sie Geld wie Heu hatte, brauchte sie nicht zu glauben, dass ...

»Zweihundert!« Sie sah ihm fest in die Augen. Scheiße, diese Frau konnte hart wie Stein sein, aber sie war Geschäftsfrau und hatte es selbst gesagt: Sie gewann immer.

Diesmal nicht! »Nein!« David straffte entschlossen

die Schultern und hielt ihrem Blick stand. Schließlich hatte er seine Prinzipien.

»Dreihundert?«

Andererseits blieben ihm immer noch vier Stunden, um den Koffer aufzutreiben, nachdem sie wieder zurück waren, und dreihundert Mäuse waren viel Geld. Verdammt viel für einen, der grundsätzlich zu wenig davon hatte und chronisch pleite war. David knickte ein.

»Also schön.« Er seufzte. »Dreihundert.«

»Ich wusste es!« Sie lächelte triumphierend und drückte ihm das Ticket in die Hand. »Jeder ist käuflich. Merken Sie sich das, David. Es ist alles nur eine Frage des Preises.«

Ruhig bleiben! David ballte die Fäuste, um das Zittern in seinen Händen zu kontrollieren, und würgte seinen Ärger runter. »Man kann nicht alles kaufen«, entgegnete er kühl. »Vergessen Sie das nicht.«

Die schlechte Stimmung schwebte über dem Ausflugsbus wie eine dunkle Wolke. Nur Manu und Dean, die leider auch an Bord waren, hatten ihren Streit von letzter Nacht beigelegt und waren quietschvergnügt. Wobei Victoria sicher war, dass Manu unter ihrer überdimensionalen Sonnenbrille ein blaues Auge versteckte.

»Haben Sie das gesehen?« Sie stupste David in die Seite und strich sich unauffällig über das Jochbein.

»Nein, und es ist mir auch egal«, gab er genervt

zurück und starrte aus dem Fenster.

»Sie könnten wenigstens so tun, als hätten Sie Spaß!«, zischte sie ihm zu, als sie aus dem Bus stiegen.

Er verzog den Mund zu einem freudlosen Lächeln. »Sehr wohl, Madame.«

Mein Gott! Seit dem Frühstück war er echt unausstehlich. Schweigend erklommen sie den gewundenen Weg zum Castillo San Felipe de Barajas, das auf einem Hügel über der Stadt thronte. Es war erst kurz vor halb zehn, aber trotz der frühen Stunde lag die Temperatur bereits bei sechsunddreißig Grad im Schatten. Nur, dass es hier keinen Schatten gab. Der Aufstieg zur Festung war steil und die Sonne brannte erbarmungslos auf sie herab. Victoria fühlte, wie sich ein Schweißtropfen aus ihrem Haar löste und über ihren Nacken unter ihrem leichten Kleid den Rücken herunter rann.

»Können Sie mir mal verraten, was heute mit Ihnen los ist?«, fragte sie.

Er stemmte die Fäuste in die Seiten und funkelte sie wütend an. »Okay, ich verrate es Ihnen. Eigentlich wollte ich bloß diesen Scheiß-Koffer abholen. Aber nein, stattdessen trampele ich einer Touri-Tour hinterher«, platzte es aus ihm heraus. »Es ist heiß, ich schwitze und Sie kommandieren mich herum wie ein Schoßhündchen. Das ist los!«

»Ich bezahle Sie schließlich auch dafür«, motzte sie zurück. »Und wenn Ihnen das nicht passt, hätten Sie einfach Nein sagen können.«

»Ich hätte ... Ja sicher!« Er lachte trocken auf und starrte sie an, seine Kiefer mahlten, als wollte er noch was sagen, aber er schluckte den Kommentar hinunter.

Sie hat ja Recht, dachte David. *Ich hätte wirklich Nein sagen können.* Was sie dabei vergaß, war die Tatsache, dass dreihundert Euro kein Pappenstiel waren, zumindest für einen brotlosen Künstler wie ihn. Ja, verdammt, er war käuflich, und sie bezahlte ihn dafür, Zeit mit ihm zu verbringen. Also warum regte er sich darüber auf? Das war der Deal und er sollte sich wie ein Profi benehmen. Aber genau das war der Punkt: Er war nun mal kein Callboy, und es störte ihn, dass sie alles so nüchtern betrachtete, so sachlich und kühl. Als wäre er einfach nur eins ihrer Geschäfte.

Kimmie schleppte sich vor ihr den Berg hoch wie ein lustloses Kind auf dem Weg zur Schule. Die Erklärungen des Tourguides zur Geschichte des Forts, das einst errichtet worden war, um Cartagena vor Piraten zu schützen, perlten an ihr ab. Erst als den Besuchern eine Viertelstunde Freizeit zur Verfügung stand, wurde sie munter, zückte ihr Smartphone und schoss eifrig Selfies. Sie zog eine Schnute, warf ihren Körper in modelverdächtige Posen und die atemberaubende Aussicht auf die malerische Altstadt verkam zur bloßen Kulisse.

»Was zum Teufel macht sie da?«, fragte Victoria mit einer Mischung aus Faszination und Fremdscham.

»Bilder für ihren Instagram-Account«, sagt Philipp seufzend und rollte mit den Augen.

»Los, komm, Phili-Schatz, du musst mit aufs Bild«, quengelte Kimmie.

Phili-Schatz? Victoria verkniff sich einen Kommentar. Philipp würde sich nie für ein solches Foto hergeben, das wäre ihm viel zu gewöhnlich, schließlich war er ein erwachsener Mann und ... *Das ist jetzt nicht sein Ernst!* Fassungslos sah Victoria zu, wie er brav zu Kim rüber dackelte, woraufhin die sich an ihn kuschelte und ihr Gesicht zu einem klassischen Duckface verzog, während sie den Selfiestick wild umher schwenkte.

»Es ist so lächerlich, wie er sich von ihr rumkommandieren lässt«, sagte sie an David gewandt.

Er bedachte sie mit einem säuerlichen Lächeln. »Darin hat er wohl Übung, schätze ich«, sagte er gereizt und ließ sie einfach stehen.

Nach dem Besuch des Castillos stand ein geführter Stadtbummel auf dem Programm. Die Altstadt von Cartagena gehörte zum Weltkulturerbe der UNESCO und die prächtigen Kolonialbauten zeugten vom Glanz vergangener Zeiten. Victoria schlenderte durch die Gassen und bewunderte die bunten Fassaden der Häuser, die für ihre reich verzierten Balkone berühmt waren, während David mürrisch neben ihr her stapfte und nur halbherzig den Erklärungen des Guides folgte. Als der Rundgang vorbei war, stand den Ausflüglern eine Stunde Freizeit zum Bummeln und Shoppen zur freien Verfügung.

»Wir haben noch einen Termin«, verkündete Dean gewichtig, fasste Manu an der Hand und verschwand mit ihr in einer der schmalen Gassen. Sie hatten sich schon den ganzen Tag sonderbar verhalten.

»Oh, guck mal, eine tolle Handtasche! Kaufst du mir die?«, quietschte Kim und zog Philipp in einen Laden.

Victoria sah den beiden nach. »Was findet er bloß an ihr?«

»Na, das ist doch offensichtlich«, gab David gereizt zurück. »Sie ist jung und hübsch.«

»So? Ist sie das?«

»Das hab ich nicht gemeint«, lenkte er ein. »Ich denke nur, Sie könnten mehr aus sich machen. Ich meine, schauen Sie sich an. Sie laufen rum wie Ihre eigene Mutter.« Mit einer abfälligen Handbewegung deutete er auf ihr schlichtes Kleid. »Total langweilig und bieder. Wir sollten dringend shoppen gehen.«

»Und was schwebt Ihnen vor?«

»Keine Ahnung. Aber wir finden schon was, das Ihnen besser steht.«

»Na, vielen Dank auch«, bemerkte Victoria bissig, ließ sich jedoch bereitwillig von ihm in eine Boutique ziehen. Vielleicht hatte er Recht, ihre Garderobe konnte wirklich ein bisschen mehr Farbe gebrauchen.

Entnervt warf er zum bestimmt zwanzigsten Mal einen Blick auf seine Uhr. Victoria probierte seit einer geschlagenen halben Stunde Kleider an und konnte sich nicht entscheiden.

»Das grüne oder lieber das bunte von vorhin?« Sie

drehte sich einmal im Kreis und warf ihm einen fragenden Blick zu.

»Sie stehen Ihnen alle ganz ausgezeichnet«, sagte er seufzend. »Warum nehmen Sie nicht einfach beide?« Schließlich konnte sie es sich erlauben und er wollte hier raus.

»Meinen Sie?«

»Ja, Herrgott!« *Jetzt fange ich auch schon damit an.* Diese Unentschlossenheit konnte einen auch wirklich auf die Palme treiben, und es war Zeit, die Sache zu beschleunigen. »Die Kette da nehmen wir auch noch mit. Und die Schuhe.« Er deutete auf ein paar Riemchensandaletten. »Größe?«

»Siebenunddreißig.«

Nach einem kurzen Blick fischte er den passenden Karton aus dem Stapel und streckte ihn ihr hin.

»Anziehen!«, verlangte er, schnappte sich die beiden Kleider und machte sich auf den Weg zur Ladentheke, wo mit erwartungsvollem Blick die Verkäuferin auf ihn wartete. Während Victoria die Schuhe anprobierte, inspizierte er die Halstücher, entschied sich für einen wildgemusterten Seidenschal und legte ihn auf den Tresen. Damit konnte sie wenigstens ein bisschen Farbe in ihre eigenen Outfits bringen.

»Woher stammen all die Sachen?«, wollte Victoria wissen, als sie endlich zur Kasse kam und den Schuhkarton abstellte.

»Ich habe noch was Passendes rausgesucht.«

»Aber ich habe das gar nicht anprobiert«, sagte sie und streckte ihm ein Top entgegen.

»Müssen Sie auch nicht.« Er hatte ein Auge für

sowas. »Sie werden bezaubernd aussehen, vertrauen Sie mir.«

»Okay«, sagte sie und lächelte. »Ich zahl das schnell und dann nehmen wir ein Taxi zum Flughafen.«

»Im Ernst?«, fragte er verblüfft. »Sie wollen mitkommen?«

»Wieso nicht? Außerdem spreche ich Spanisch, vielleicht beschleunigt das die Dinge ein wenig.«

Das Taxi quälte sich durch den zähen Nachmittagsverkehr. Endlich kam der Flughafen in Sicht. David sprang aus dem Wagen, kaum dass er gehalten hatte, und war schon fast in der Ankunftshalle, während Victoria dem Fahrer sagte, er solle hier warten.

»Können Sie mal stehenbleiben?«, rief sie und flitzte hinter ihm her, doch er strebte weiter zum Schalter der Sondergepäckabfertigung. Mit Händen und Füßen erklärte er der Dame hinter dem Schalter, dass er seinen Koffer abholen wolle, doch sie verstand ihn nicht.

»Lassen Sie mich das machen!« Victoria schob sich an ihm vorbei und erläuterte in fließendem Spanisch ihr Anliegen. Das Gesicht der Angestellten verfinsterte sich, sie gestikulierte wild und ein Wortschwall ergoss sich über den Tresen. Das Wort *bomba* hatte David wohl verstanden, denn er rüttelte ungeduldig an ihrem Arm.

»Was sagt sie?«

Victoria mied seinen Blick. »Sie sagt, man hielt den Koffer für eine Bombe und hat ihn durchsucht.«

»Man hat was?« Sämtliche Farbe wich aus Davids Gesicht. »Da sind meine Bühnenoutfits drin, die sind teuer.«

»Da ist noch was«, druckste Victoria. »Sie sagt, dass der Koffer nicht mehr hier ist.«

»Was heißt, nicht mehr hier?« Seine Stimme überschlug sich fast.

»Weil niemand gekommen ist, um ihn abzuholen, hat man ihn dahin geschickt, wo er herkam.«

»Das ...«, setzte David an. »Ich brauche ihn, heute Abend!«

»Ich fürchte, daraus wird nichts. Ihr Koffer ist auf dem Weg zurück nach Jamaika.«

»Das ist alles nur Ihre Schuld!«

»Meine Schuld?«, fuhr sie auf. »Ich kann doch nichts dafür!«

»Doch!« Er funkelte sie wütend an. »Wenn ich eher hier gewesen wäre, hätte ich vielleicht etwas regeln können. Aber nein, ich musste ja diese bescheuerte Stadtrundfahrt machen.« Er schnaubte und stiefelte in Richtung Ausgang.

»Wo wollen Sie hin?«

»Na, wohin wohl? Zurück zum Schiff. Ich muss dringend telefonieren!«

Während der Rückfahrt entlang der Küstenstraße war David schweigsam und in sich gekehrt. Am Hafen angekommen, zahlte Victoria den Fahrer und hatte Mühe, wieder Anschluss an ihn zu gewinnen, weil er im Stechschritt die Mole entlangeilte.

»Sind Sie sauer auf mich?«

»Ja, und Sie wissen genau, warum.«

»Sehen wir uns trotzdem heute Abend?«

»Natürlich, Mylady, alles, was Sie wünschen«, gab er bissig zurück und legte einen Schritt zu.

»Um acht?«, rief sie ihm nach und sah noch, wie er zur Bestätigung die Hand hob, bevor er die Gangway hoch hetzte und im Innern des Schiffes verschwand. *Meine Güte, der ist ganz schön geladen!* Besser, sie ließ ihn erstmal in Ruhe. Im Fahrstuhl traf sie auf die Rothaarige vom ersten Abend.

»Ach, hallo! Na, amüsieren Sie sich?«

Und wie! »Ja, doch, das Schiff ist wirklich toll.«

»Wie ich sehe, haben Sie schon Anschluss gefunden?«

»Woher wissen Sie ...?« In Victorias Kopf überschlugen sich die Gedanken.

»Ich habe Sie gestern Abend im Ocean Club gesehen.«

»Nein, äh, ja, stimmt.«

»Was ist, hätten Sie Lust, mit uns zu essen? Mein Freund hat heute seinen freien Abend.«

»Ja, wieso nicht?« Schlimmer als mit Manu und Dieter konnte es ja nicht werden. »Sagen wir, um acht im Adagio?«

»Gut, dann bis später, ich freu mich!«

Ist das dann so eine Art Viererdate?, fragte sich Victoria, als sie die Suite betrat. Im Schlafzimmer stellte sie die Tüten ab und breitete ihre Einkäufe auf dem Bett aus. Geschmack hatte David ja, das musste man ihm lassen. Sie hielt das schmale Etuikleid vor ihren Körper und betrachtete sich im Spiegel. Die nachtblaue Seide schmeichelte ihr, und die Farbe der Blüten, die das Kleid bedeckten, passte perfekt zum Rotton der Riemchensandaletten. Also entschied sie, das Outfit heute Abend zum Dinner anzuziehen, und räumte die restlichen Einkäufe in den Schrank. Dann machte sie es sich auf einer Liege auf ihrem Sonnendeck gemütlich, um noch ein wenig an ihrer Urlaubsbräune zu arbeiten.

Es war zu heiß hier drin. Oder war ihm nur so heiß, weil Chris auf hundertachtzig war und aussah wie ein Dampfkessel kurz vorm Explodieren? David wünschte sich bloß eines: möglichst weit weg zu sein, der Entertainment-Manager platzte fast vor Wut.

»Ich kann doch auch nichts dafür, dass der Koffer verschwunden ist«, sagte er zum bestimmt zehnten Mal. Den ganzen Nachmittag hatte er mit Jeanine von der Rezeption am Telefon verbracht, aber keine Chance. Der Koffer war mit der Maschine um 11.27 Uhr zurück nach Montego Bay gegangen und dort verlor sich seine Spur.

»Wir haben dich für vier Auftritte gebucht«, sagte Chris und fuchtelte mit dem Plan vor seiner Nase herum.

»Aber was soll ich denn machen, ohne Bühnenoutfits?«

»Ich dachte, du hattest noch zwei weitere Koffer?«

»Der eine ist privat und in dem anderen waren die Kostüme für den Walk-Act.«

»Ist mir scheißegal! Wir haben vier Auftritte gebucht«, wiederholte Chris. »Also wirst du auch vier machen.«

David bemühte sich um Schadensbegrenzung. »Na gut. Dann streich halt die Nummer mit Loretta morgen Abend«, sagte er und tippte auf den Plan. »Ich gehe als Hausmeister Kawallerowski auf die Bühne.«

»Na bitte, geht doch!«, knurrte Chris. »Und sieh zu, dass du diesen Scheißkoffer wieder auftreibst.«

»Das klappt frühestens in Montego Bay.« David seufzte. »Falls er je wieder auftaucht«, fügte er düster hinzu.

»Am Vierundzwanzigsten ist die große Weihnachtsgala, da sind alle auf der Bühne, sämtliche Stargäste plus Ensemble. Wenn du das vermasselst und diesen Plan nochmal über den Haufen wirfst, werfe ich dich eigenhändig von Bord, verstanden?«

David nickte eilig, denn er verspürte nicht die geringste Lust, auszuprobieren, wie ernst es dem Entertainment-Manager mit seiner Drohung war. Chris wog bestimmt das Doppelte von ihm und war einen Kopf größer. Vermutlich konnte er ihn mit zwei Fingern über die Reling befördern.

»Mach dir keine Sorgen, ab jetzt läuft alles nach Plan.« Zur Bestätigung hob er den Daumen, bemühte sich um ein souveränes Lächeln und trat den Rückzug an.

Eine Durchsage über das Lautsprechersystem ließ sie hochschrecken. Victoria blinzelte, sie musste eingeschlafen sein. Die Sonne stand schon tief, aber in den beiden Suiten nebenan war es immer noch verdächtig still.

»Achtung, Achtung! Vermisst werden die Passagiere Kim Meier und Philipp Brandt aus Kabine acht, null, null, drei sowie die Passagiere Manuela Kaklies …«

Kacklies! Victoria prustete los.

»Und Dieter Pahl aus Kabine acht, null, null, eins. Sollten Sie an Bord sein, werden Sie dringend gebeten, sich umgehend an der Rezeption zu melden! Ich wiederhole …«

Dieter! Das war sogar noch besser. Vor Lachen liefen ihr die Tränen runter. Wenn der coole Dean erfuhr, dass jemand über Lautsprecher seinen richtigen Namen ausgeplaudert hatte, würde er bestimmt mächtig sauer sein. Victoria warf einen Blick auf die Uhr. Kurz vor sieben. In zehn Minuten sollte das Schiff ablegen, die vier waren bereits zwanzig Minuten überfällig. *Mein Dean* hatte ja irgendetwas von einem Termin gefaselt. Aber wo Kim und Philipp steckten? Hoffentlich war ihm nichts zugestoßen.

Von ihrem Sonnendeck hatte Victoria die beste Aussicht, um das Schauspiel zu verfolgen, als schließlich alle vier winkend die langgezogene Kaimauer entlang rannten. Auf den letzten Drücker stiegen sie die Gangway hinauf, fünf Minuten vor dem Ablegen.

Schade eigentlich, dachte Victoria. Wenn Philipp

und Kimmie das Schiff verpasst hätten, hätte sie mit dem Theater aufhören können. Stattdessen stand ihr nun ein weiterer Abend an der Seite des Komikers bevor. *Immerhin ist Philipp nichts passiert,* dachte sie und erinnerte sich daran, dass es Zeit wurde, sich für den Abend fertig zu machen.

Victoria trug eines der neuen Kleider und David kam nicht umhin, sich selbst zu loben. Die nachtblaue Seide bildete einen hübschen Kontrast zu ihrem Haar, das heute offen über ihre Schultern fiel und schimmerte wie flüssiges Gold. Sie sah hinreißend aus, und das wusste sie auch, wie ihm das Leuchten ihrer Augen verriet. Seine Laune hingegen war immer noch unterirdisch, als sie gemeinsam das Adagio ansteuerten.

»Nun machen Sie doch nicht so ein Gesicht«, sagte die Rothenberg und lächelte ihm aufmunternd zu.

Die hat gut reden! Sie hatte ja auch keinen Anschiss bekommen. Stattdessen hatte sie diese Verabredung zum Essen getroffen, mit irgendwelchen Leuten, die er überhaupt nicht kannte. Warum ließ er sich eigentlich von ihr so auf der Nase herum tanzen?

»Wer ist das überhaupt?«

»Marie, ich habe sie am ersten Abend kennengelernt. Ihr Freund arbeitet hier auf dem Schiff.«

»Sind Sie total bescheuert?« Er blieb wie angewurzelt stehen. »Wir können doch nicht mit jemandem von der Crew essen gehen. Die kennen mich doch alle.«

»Oh«, hauchte Victoria und sah ihn betreten an. »Daran habe ich nicht gedacht. Und jetzt?«

»Tun wir das, was wir immer tun. Wir spielen ein Paar.«

»Aber Marie weiß, dass wir uns erst hier kennengelernt haben.«

»Danke für die Info«, sagte er gereizt und hielt ihr die Tür zum Restaurant auf. »Nach dir, mein Schatz!«

»Ah, da drüben sind sie ja«, sagte Victoria und steuerte auf einen Vierertisch zu, an dem eine aparte Rothaarige saß, die ihnen fröhlich winkte.

Also dann, Augen zu und durch! David trat an den Tisch und begrüßte erst die Dame. Dann wandte er sich ihrem Partner zu und erstarrte, als ihm bewusst wurde, um wen es sich dabei handelte.

»Guten Abend, Kapitän Veenhoff«, sagte er. Seine Knie fühlten sich plötzlich an wie aus Gummi. *Na großartig, Victoria!* Der Abend versprach ganz großes Kino zu werden.

Wow. Marie war also mit dem Kapitän zusammen. Damit hatte Victoria nun wirklich nicht gerechnet, Sie warf David einen entschuldigenden Blick zu, und er zog eine Grimasse, als hätte er sie am liebsten erwürgt.

»Ihr kennt euch?«, fragte Marie verblüfft.

Victoria stupste David in die Seite und der rückte ihr einen Stuhl zurecht. »Ja, äh, wir haben schon ein, zwei Reisen zusammen gemacht.«

Der Kapitän nickte bestätigend. »Und wer ist Ihre

bezaubernde Begleitung?«

»Victoria Rothenberg«, sagte sie und reichte ihm die Hand.

Der Kellner kam und servierte Wasser und Weißwein.

Der Kapitän hielt seine Hand über das Glas. »Für mich nicht. Und Sie sind Gast hier bei uns an Bord, Frau Rothenberg?«

»Ja, ich habe eine Suite«, sagte Victoria und wusste selbst nicht, wieso sie das überhaupt erwähnte. Irgendwie machte die Anwesenheit des Kapitäns sie nervös, also trank sie schnell einen Schluck Wasser.

»Ach, eine Suite?« Für einen Moment sah er rüber zu David, bevor sich sein Blick wieder auf Victoria richtete. »Und Sie haben sich hier kennengelernt?«, fragte er und schaute sie interessiert an.

»Ja, äh nein, also doch. Am ersten Abend.« Wieso fühlte sich das nicht wie ein Tischgespräch an, sondern eher wie ein Verhör?

»Und, amüsieren Sie sich gut hier bei uns an Bord?«

»Ja, ganz hervorragend«, beeilte sie sich zu sagen.

»Nun lass uns doch erstmal was essen, Paul«, sagte Marie und deutete mit einem entschuldigenden Lächeln auf den Kellner, der darauf wartete, die Suppe zu servieren.

»Selbstverständlich«, sagte er und erwiderte ihr Lächeln.

Victoria schnupperte. »Hm, Hummercreme.«

Der Kapitän breitete die Serviette über seine Hose. »Macht scheußliche Flecken«, sagte er und griff das

Thema wieder auf. »Aber das ist schließlich das Wichtigste, nicht wahr, David? Dass unsere Gäste sich gut amüsieren.«

»Selbstverständlich. Also ich meine, ja, Unterhaltung ist wichtig.«

»Richtig.« Der Kapitän legte den Kopf schräg. »Und was macht Loretta?«

David verschluckte sich an einem Löffel Suppe. »Der geht's gut«, stieß er zwischen zwei Hustenanfällen hervor.

»Wer ist Loretta?«, schaltete sich Victoria ein.

»Meine Partnerin«, platzte David heraus. »Also rein beruflich natürlich, auf der Bühne.«

»Natürlich. Haben Sie nicht morgen einen Auftritt?«

David schüttelte den Kopf. »Abgesagt«, sagte er. »Mir fehlt ein Koffer.«

»Oh.« Kapitän Veenhoff lächelte amüsiert. »Das wird Loretta aber gar nicht gefallen.«

»Nein, gar nicht«, antwortete David und warf Victoria einen seltsamen Blick zu.

Ja, ja, schon klar, er war immer noch sauer auf sie und diese Loretta war bestimmt auch nicht begeistert. Aber sie konnte nun wirklich nichts dafür, dass man den Koffer zurückgeschickt hatte. Na gut, vielleicht ein bisschen. Okay, eine ganze Menge, um ehrlich zu sein. Es tat ihr auch leid, und sie hatte ein schlechtes Gewissen, ihn so rumkommandiert zu haben. Auch mit dem Abendessen hatte sie ihn in eine blöde Situation gebracht. Das sah sie ein und nahm sich fest vor, ab morgen netter zu ihm zu sein.

Kapitel Sieben

WAS IST DER UNTERSCHIED ZWISCHEN EINER BLONDINE UND DEM PANAMAKANAL?

Victoria warf einen kurzen Blick durch die gläsernen Balkontüren auf den Liegeplatz, an dem die Stella Maris festgemacht hatte. Die Hafenstadt Colón lag auf der karibischen Seite an der Einfahrt des Panamakanals und gehörte eindeutig nicht zu den Städten, die man unbedingt gesehen haben musste. Sie beeilte sich, ins Bad zu kommen, bevor David auftauchte. So langsam waren sie ein eingespieltes Team und die täglichen Abläufe wurden zur Routine. *Fast, wie ein altes Ehepaar*, schoss ihr durch den Kopf, als sie ihm um Punkt acht die Tür zur Suite öffnete.

»Und, was steht heute auf Ihrem Programm?«, fragte er, nachdem er die obligatorische Runde über das Sonnendeck gedreht hatte.

»Ich dachte an eine Fahrt entlang des Panamakanals …«

»Lassen Sie mich raten«, fiel er ihr ins Wort.

»Wahrscheinlich, weil Philipp und Kimmie da hinfahren, richtig?«

»Auch«, gab sie unumwunden zu. »Aber ich dachte, das interessiert Sie vielleicht? Männer stehen ja bekanntlich auf Technik.«

»Ich nicht«, gab er ungerührt zurück. »Außerdem habe ich sowieso keine Zeit. Ich muss proben, für meinen Auftritt heute Abend.«

Victoria winkte ab. »Ach papperlapapp, proben, das machen Sie doch mit links.«

»Stimmt, ich hatte ja gestern Abend genug Zeit, mein schauspielerisches Talent unter Beweis zu stellen.«

»Ich weiß gar nicht, was Sie wollen, das hat doch gut geklappt.« Nach dem etwas holperigen Start war der Abend noch ganz nett verlaufen.

»Oh, na sicher. Es war höchst angenehm, vom Kapitän auseinandergenommen zu werden. Und stellen Sie sich nur vor, da mir ein Koffer fehlt«, sagte er gedehnt, mit Betonung auf *fehlt*, »musste ich mein Programm leider umstellen. Aber ich bin mir sicher, Phili und Kimmie haben dafür vollstes Verständnis, im Gegensatz zu Ihnen.«

»Ja, schon gut, ich hab's verstanden. Dann fahre ich halt allein zum Kanal.«

»Apropos, kennen Sie den? Was ist der Unterschied zwischen …«

»Sparen Sie sich Ihre Witze für später«, unterbrach sie ihn. Vermutlich würde sie heute Abend noch genug davon hören.

»Heißt das, Sie wollen die Show ansehen?«, fragte

er und schaffte es, dabei gleichermaßen schockiert und geschmeichelt zu klingen.

»Natürlich, was dachten Sie denn?«

Er hob überrascht die Augenbrauen. »Ich dachte, Sie mögen keine Witze?«

»Stimmt! Aber den Auftritt lasse ich mir natürlich nicht entgehen, *Liebling*.«

Am Ausflugsschalter hatte sich bereits der übliche Tross Senioren versammelt. Dazwischen entdeckte Victoria Philipp und Kim und, zu ihrem Leidwesen, Manu und Dieter.

»Huhuuuu, wir sind hier drüben!«, plärrte Manu, als hätte Victoria das nicht selbst gesehen. Seufzend ging sie rüber und schloss sich ihnen an.

»Wo steckt denn David?«, wollte Philipp wissen.

»Er probt für seinen Auftritt heut Abend«, entgegnete sie und sagte es so, wie man es halt sagen würde, wenn man wahnsinnig stolz auf jemanden war.

»Na, dann haben wir ja endlich Gelegenheit, deinen neuen Freund mal genauer unter die Lupe zu nehmen.« Philipp lachte, als hätte er einen Scherz gemacht, aber in seinen Augen lag ein aggressives Funkeln. Genau so guckte er immer, wenn er beim Tennis zu verlieren drohte.

Mit einem Reisebus gelangte die Truppe zum Bahnhof von Colón, wo sie einen Panoramazug bestiegen, dessen Strecke direkt am Kanal entlang verlief. Einst war sie errichtet worden, um den Erdaushub, der bei den Arbeiten anfiel, abzutransportieren, und stellte bis heute die einzige Eisenbahnlinie Panamas dar. Victoria teilte sich einen Viererplatz mit Philipp und Kimmie, doch die war während der Zugfahrt still und mürrisch. Sie hockte neben Philipp, sah starr aus dem Fenster und hatte keinen Blick für die Schönheit der tropischen Landschaften, die daran vorüberzogen. Ihre schlechte Laune ging Victoria auf den Geist. Sie fühlte sich wie das fünfte Rad am Wagen, obwohl sich Manu und Dieter vom Viererplatz auf der anderen Seite des Gangs die größte Mühe gaben, sie in ihr Gespräch einzubeziehen.

Nach einer Stunde erreichte der Zug das Ziel ihres Ausflugs, die Schleusen von Miraflores vor den Toren von Panama City. Sie erklommen die Aussichtsplattform und beobachteten, wie sich die gigantischen Containerschiffe langsam durch die Schleuse schoben. Manche der Schiffe waren so gewaltig, dass kaum noch eine Handbreit Platz zwischen Bordwand und der Schleuse blieb.

Der einheimische Tourguide gab sein Bestes, um ihnen das Wunder der Technik näherzubringen, aber Kimmie wurde immer lustloser und stiller.

»Faszinierend!«, schwärmte Philipp mit leuchtenden Augen. »Welch herausragende Arbeit die Ingenieure damals geleistet haben. Einfach unglaublich, nicht wahr?«

Kimmie antwortete mit einem stummen Nicken.

»Was ist los mit dir?«

»Ich hab Bauchweh«, klagte Kimmie und ihre Mundwinkel senkten sich noch ein Stück tiefer. »Ich glaube, ich setze mich unten ins Restaurant.«

»Soll ich mitkommen?«, fragte Philipp und klang ehrlich besorgt.

Um mich hat er sich nie so gekümmert, bemerkte Victoria und der Gedanke versetzte ihr einen Stich.

»Nein, schon okay. Ich warte auf euch.« Kimmie schlich mit hängenden Schultern davon und sah aus wie ein Häufchen Elend.

»Warte auf mich, ich muss mal!«, rief Manu ihr nach und hastete hinterher.

»Ich wollte sowieso ein Bier trinken«, sagte Dieter seufzend und dackelte den beiden nach, sodass sich Victoria ganz unverhofft mit Philipp allein wiederfand. Zwischen ihnen entstand eine unangenehme Stille, also stützte sich Victoria mit den Ellenbogen auf die Brüstung der Aussichtsplattform und sah den Schiffen zu.

»Wie lange wollen wir dieses Theater noch veranstalten?«, platzte es plötzlich aus ihm heraus.

Victoria zuckte ertappt zusammen. Wusste Philipp, dass David und sie ihm nur was vorspielten?

»Wir können nicht so tun, als wäre das mit uns ewig lang her.« In seinen Augen flackerte es.

Victoria atmete auf. »Du hast doch damit angefangen«, rechtfertigte sie sich.

Er schwieg einen Moment, bevor er sie ansah. »Es fühlt sich einfach nicht richtig an.«

Wem sagt er das? Allein, neben ihm zu stehen und ihn nicht in den Arm zu nehmen, war die reinste Qual.

»Sehe ich genau so«, sagte sie leise und griff nach seiner Hand. »Das haben die beiden einfach nicht verdient.« Er seufzte schwer. Victorias Herz machte vor Freude einen kleinen Hüpfer. *Endlich!*

Philipp nickte düster. »Wir müssen es ihnen sagen.«

Ja! Ja! JA! »Wird sicher nicht einfach«, sagte Victoria und tätschelte mitfühlend seine Hand. Sie hatte größte Mühe, das zufriedene Grinsen zu unterdrücken, das sich auf ihrem Gesicht ausbreiten wollte.

»Ich will meine Beziehung zu Kim nicht auf einer Lüge aufbauen«, sagte Philipp und holte Victoria schlagartig auf den Boden der Tatsachen zurück.

»Du willst …« Sie unterbrach sich, ihre Gefühle für ihn fuhren Achterbahn. »Ich denke, das ist keine so gute Idee«, wiegelte sie ab. »Das würde Kimmie sicher nur verletzen.«

Er sah sie nachdenklich an. »Ja, vielleicht hast du Recht. Und es würde sicher das Verhältnis zu David belasten.«

»Ja, vermutlich«, antwortete Victoria lahm. Schön, dass er sich Gedanken machte, wie er mit David auskam.

»Gut, dass wir drüber geredet haben«, sagte Philipp und knuffte ihr freundschaftlich in die Seite. »Los, lass uns nach Kim sehen, bevor sie noch was Falsches denkt.«

Natürlich, was sollte die liebe Kimmie sonst auch denken? Victoria verkniff sich einen Kommentar und folgte ihrem Exfreund, um nach seiner neuen Freundin zu schauen. So hatte sie sich das wirklich nicht vorgestellt.

David stand auf der Bühne und war neben der Spur. Er konnte sich einfach nicht konzentrieren. Das Theatrium war so gut wie ausgestorben an diesem Nachmittag, da die meisten Passagiere ihren Tag an Land verbrachten. Der Kanal zählte zu den touristischen Highlights der Reise und ein Großteil der Gäste war seinem Ruf gefolgt. Das Problem war bloß: Ohne Publikum wusste er nicht so recht, was er machen sollte. Normalerweise ging er nicht als Hausmeister auf die Bühne. Kawallerowski war eine Figur, die spontan auf Dinge reagierte, die sich ergaben. Aber in einem menschenleeren Theater ergab sich halt nichts. Außerdem trug er Shorts und ein T-Shirt, es war normal, nicht im Kostüm zu proben. Aber ohne war er nur irgendein Typ, der auf der Bühne stand und Witze erzählte. David seufzte und warf einen Blick auf die Uhr. Eigentlich hatte er noch vierzig Minuten Zeit, aber wenn er sich jetzt hier hinstellte und einfach ein paar Witze erzählte, waren die Pointen schon für die paar Leute verdorben, die sich trotz des schönen Wetters hierher verirrt hatten. *Das macht doch alles keinen Sinn!* Er entschied, die Probe zu beenden. Er würde einfach improvisieren, darauf konnte man sich nicht vorbereiten.

Als er durch den Vorhang schlüpfte, trat jemand auf ihn zu. *Mist, der Kapitän!*

»Dürfte ich Sie vielleicht einen Moment sprechen?« Das war eine rhetorische Frage, er war der Kapitän, er durfte alles auf diesem Schiff.

»Worum geht es denn?«, fragte David und zupfte

unbehaglich am Saum seines T-Shirts, weil er es sich bereits denken konnte.

»Was läuft da zwischen Ihnen und Frau Rothenberg?« Okay, wenigstens kam er gleich zur Sache.

»Nichts«, antwortete David wahrheitsgemäß und über den Rest wollte er gar nicht sprechen.

»Ich habe mich erkundigt. Das Housekeeping und der Zimmerservice sagen, Sie schwirren ständig bei ihr in der Suite herum.«

»Ich war vielleicht ein, zwei Mal da«, gab David ausweichend zurück.

»Nun, Sie sind Gastkünstler«, begann Kapitän Veenhoff. »Und somit gelten auf diesem Schiff andere Regeln für Sie als für die restliche Mannschaft. Aber das heißt nicht, dass es gar keine gibt.« Sein Blick wurde hart. »Und wenn Sie meinen, dass Sie sich hier an die reichen Damen ranmachen können, um sich als Gigolo noch etwas dazu zu verdienen, dann liegen Sie falsch.«

»Ich bekomme doch kein Geld von ihr!«, sagte David entrüstet. Gut, also nicht direkt, außer den dreihundert Euro, die sie ihm für den Ausflug gestern versprochen hatte. Aber die hatte sie ihm noch nicht gegeben. Und vom Rest ihrer Vereinbarung musste der Kapitän ja gar nichts erfahren. Das ging niemanden etwas an, nur sie und ihn.

»Wenn ich richtig informiert bin, sind Sie verheiratet?« Es klang wie eine Feststellung.

»Bloß noch nicht geschieden«, gab er achselzuckend zurück. Dabei hatte seine Frau seit fast einem Jahr einen neuen Freund und hätte nichts dagegen einzuwenden, wenn er endlich in die Scheidung einwilligen würde. Doch er fühlte sich verpflichtet, seiner Tochter gegenüber. Außerdem hatte er Angst, dass er Leonie gar nicht mehr sehen durfte, wenn er erst von Anna geschieden war. Aber auch das ging den Kapitän nichts an. Der Deal mit der Rothenberg durfte auf keinen Fall gefährdet werden.

»Wir verstehen uns halt gut«, sagte er und bemühte sich um ein Lächeln. »Mehr nicht.«

»Also schön«, sagte Kapitän Veenhoff und nickte. »Aber wenn mir irgendwas zu Ohren kommt, habe ich kein Problem damit, sie im nächsten Hafen von Bord zu werfen. Ist das klar?«

»Absolut!«, sagte David schnell. »Ich versichere Ihnen, es geht allein um aufrichtige Gefühle.« Das war immerhin nicht komplett gelogen. Gefühle waren auf jeden Fall reichlich im Spiel. Zwar nicht für ihn, sondern für Mr. Super-Manager, aber das stand auf einem anderen Blatt.

»Huhuuuu!«, schallte der inzwischen nur allzu vertraute Ruf durch das Le Marché. Ihm folgten Manu und Dean, die plötzlich neben Victorias Tisch auftauchten. *Mist!* Da war sie schon extra ins Buffetrestaurant gegangen, um ihre Ruhe zu haben, und jetzt das!

»Hier steckst du also. Wir haben dich schon gesucht«, klärte Manu sie auf und setzte sich einfach auf den Stuhl neben Victoria. »Aber du hast ja recht, immer dieses Schicki-Micki-Essen ist auch nicht das Wahre.« Manu winkte ab und zeigte auf den Platz gegenüber »Los, Dean, setz dich, dann hol ich dir ein paar Chicken Nuggets. Die mag er doch so gern«, fügte sie an Victoria gewandt hinzu.

»Aha«, antwortete sie lahm.

Manu zischte los und ließ Dieter bei Victoria zurück wie einen kleinen Jungen, auf den man aufpassen musste, damit er keine Dummheiten anstellte.

»Isch geh mir ma n Bier holen«, knurrte er. »Gibt ja sonst nix Anständiges hier.«

Mit *was Anständigem* meinte er vermutlich einen Gin Tonic.

Manu kehrte mit den angekündigten Chicken Nuggets zurück, die sie, zusammen mit einem Berg Pommes, zu einem klassischen Kinderteller »Donald Duck« drapiert hatte.

»Gab's keine Majo?«, fragte Dieter, in jeder Hand ein Bier, das er links und rechts neben dem Teller abstellte. Vom Alter mochte er locker auf die Fünfzig zugehen, seine Essgewohnheiten entsprachen eher denen eines Fünfjährigen.

»Und der David hat heut en Auftritt?«

Manus rheinischer Akzent triggerte Victoria, ihr auf Kölsch zu antworten. »Jenau!«, stimmte sie zu und biss sich auf die Unterlippe.

»Na, da müssen wir doch kucken, oder Dean?«

Der Angesprochene murmelte etwas Undeutliches in seinen Schnauzbart und kramte in der Brusttasche nach einer weiteren Kopfschmerztablette. Das war jetzt die zweite innerhalb von zehn Minuten.

Irgendjemand sollte ihm mal mitteilen, dass man die Dinger nicht ohne Wasser schluckt. Wahrscheinlich war seine Magenschleimhaut schon zerlöchert wie ein Schweizer Käse. Aber Victoria würde sich hüten, ihm das zu sagen. Dean war ganz eindeutig Rothpharms bester Kunde. Sie legte demonstrativ ihr Besteck aus der Hand und stand auf.

»Dann will ich mich mal für den Abend fertig machen«, verkündete sie. Eigentlich war sie das längst, aber lieber ging sie sich noch mal umziehen, als den beiden weiterhin Gesellschaft zu leisten.

Diesmal nahm er sich mehr Zeit. David legte ein professionelles Bühnen-Make-up auf und schminkte sich einen Bartschatten, bevor er die falschen Zähne über seine eigenen steckte. Dann schlüpfte er in den Kittel, zog die Perücke zurecht und setzte den Hut auf. Die Verwandlung war perfekt. Trotzdem war er nervöser, als er es sonst vor einem Auftritt war. Vor lauter Aufregung hatte er eine richtige Konfirmandenblase und alle zwei Minuten das dringende Bedürfnis, zum Klo zu rennen. Er hatte Lampenfieber, wie schon lange nicht mehr, und das alles nur wegen ihr. David stieg die Stufen zur Bühne hinauf und spähte durch den Schlitz im Vorhang. Der Zuschauerraum war gut gefüllt, und tatsächlich, da saß sie, Victoria, in der dritten Reihe, etwas versetzt von der Bühnenmitte, und wippte ungeduldig mit dem Fuß. Neben ihr saßen Kim und Philipp, zwei Reihen schräg dahinter Manu und Dean. Letzterer hielt wie üblich einen Gin Tonic in der Hand und sah als Einziger so aus, als wäre es ihm ziemlich egal, was gleich auf der Bühne stattfinden würde. War es ihm vermutlich auch, so lange der Nachschub an Longdrinks nicht versiegte. Aber da das Theatrium auf jedem Deck über eine eigene Bar verfügte, würde man seine Überreste vermutlich irgendwann aus den Polstern kratzen müssen, wenn Manu ihn nicht zur Suite schleppte.

»Na, alles startklar?« Chris schlug ihm auf die Schulter und David zuckte zusammen.

»Ja, kann losgehen!« Eigentlich wünschte er sich gerade das komplette Gegenteil, aber egal.

Victoria rutschte ungeduldig auf ihrem Platz hin und her. Sie war schon sehr gespannt, was sie erwartete, und den etwa tausend Gästen, die sich im Theatrium versammelt hatten, ging es nicht anders. In der Luft lag ein erwartungsvolles Gemurmel. Eigentlich hätte heute der Auftritt von Loretta del Mar stattfinden sollen, aber man hatte den Programmpunkt auf der LED-Leinwand über der Bühne kurzerhand durchgestrichen und darunter den Schriftzug »David Baum« eingefügt. Einige Passagiere murrten lautstark über den Programmwechsel.

»David Baum? Nie gehört!«, sagte der Mann in der Reihe vor Victoria zu seiner Frau. »Dann wollen wir mal gucken, was der so drauf hat.«

Sie schätzte die beiden auf Mitte, Ende fünfzig. Offensichtlich handelte es sich dabei um große Kreuzfahrtfans, wie der Rückenaufdruck ihrer T-Shirts im Partnerlook verriet. Darauf abgebildet waren sämtliche Reisedaten ihrer bereits gefahrenen Routen.

Von wegen, er wird oft gebucht. So bekannt war David also selbst hier nicht. *Vermutlich kommt er gleich mit einer uralten Nummer um die Ecke,* dachte Victoria und fiel in den Applaus mit ein, als der Entertainment-Manager die Bühne betrat und es endlich losging.

»Meine Damen und Herren, jetzt kommt jemand, der Ihnen vielleicht während dieser Reise schon mal über den Weg gelaufen ist. Bitte begrüßen Sie mit mir unseren Comedy-Hausmeister, Jürgen Kawallerowski.«

Jubel brandete durch den Saal, als ein Mann in einem grauen Kittel und Potthütchen die Bühne betrat. *Oh nein!*

»Den haben wir doch im Wellnessbereich getroffen!«, rief Kimmie aufgeregt, und man konnte förmlich sehen, wie es hinter ihrer Stirn arbeitete, bis der Groschen fiel. »Ist das ... O mein Gott, ist das etwa David?«

Philipp warf ihr einen mehr als erstaunten Seitenblick zu. Victoria rutschte etwas tiefer in das Polster der Sitzbank und wünschte sich, sie wäre jetzt unsichtbar. Das war so ... *peinlich!*

Puh, na gut! David wartete, bis der Applaus abebbte,

atmete ein letztes Mal tief durch und öffnete den Mund.

»Tach auch! Kawallerowski mein Name, Jürgen Kawallerowski. Ick bin der Hausmeister auf dem Pott hier, wa?«

Freundliches Gelächter, das Eis war gebrochen. Außer bei Victoria, deren Blick so kalt war, dass er sich am liebsten ein paar warme Socken geholt hätte.

»Na, warn se heut alle schön am Kanal?«, griff er das Thema des Tages auf. Eifriges Nicken im Zuschauerraum.

»Kennen se den schon? Was ist der Unterschied zwischen einer Blondine und dem Panamakanal?« Er ließ die Frage einen Moment im Raum hängen, bevor er sie selbst beantwortete.

»Der Panamakanal ist verdammt eng.«

Vereinzelte Lacher im Publikum, Dean prustete los und bekam sich fast nicht mehr ein, und Victoria sah aus, als wollte sie ihn erwürgen. *Okay, keine Blondinenwitze!* Dann halt was anderes. David kämpfte sich weiter durch die Show, versuchte es hiermit und damit, aber nichts wollte so recht klappen. Er feuerte einen Gag nach dem anderen ab, aber der Funke sprang einfach nicht mehr über, die Stimmung zündete nicht.

Verdammt, es liegt nicht am Publikum, es liegt an mir. Er war heute nicht gut, weil er sich von Victoria beobachtet fühlte. Vielmehr von ihrem Ex. Dieser höhnische Blick von oben herab war einfach unerträglich. Er sah genau, was Philipp gerade durch den Kopf ging. Dass er eine Lachnummer war und eine Frau wie Victoria gar nicht verdient hatte. Und sie sah aus, als würde sie am liebsten im Erdboden versinken. Eigentlich sollte es ihm egal sein, was diese beiden Super-Bosse von ihm dachten. Schließlich war alles nur Theater und er tat das sowieso nur für Leonie. Aber was ihn am meisten aus dem Konzept brachte, war die Tatsache, dass es ihm eben nicht egal war. Er wollte ihr gefallen und in Victorias Augen bestehen, als Mann. Doch ganz offensichtlich hatte er versagt, denn kurz vor Ende der Show flüchtete sie von ihrem Platz und rannte zu den Fahrstühlen. Zumindest musste er sie heute nicht zu ihrer Kabine begleiten. *Also hab ich wohl den Rest des Abends frei*, dachte David und sehnte sich nach einem Drink an der Bar.

Kapitel Acht

SITZEN ZWEI PASSAGIERE AUF DEM SONNENDECK UND TRINKEN KAFFEE. SAGT DER EINE: »SIEHT NACH REGEN AUS.«

Der Blick durch die Balkontüren verhieß nichts Gutes. Es musste in der Nacht geregnet haben, die Teakholzdielen des Sonnendecks glänzten feucht. Die Wolken hingen schwer über der kleinen Hafenstadt Puerto Limón, und es sah nicht so aus, als ob sich das Wetter bessern würde. Es entsprach in etwa Victorias Laune, die an diesem Morgen genau so grau und düster war. Obwohl sie direkt nach der Show ins Bett gegangen war, hatte sie schlecht geschlafen. Noch lange hatte sie wachgelegen, während die Scham in ihr brannte. David hatte sie komplett lächerlich gemacht, und jetzt dachte Philipp, sie wäre mit diesem ... *Idioten* zusammen! Mit einem Mann, der sich als Hausmeister verkleidete und sein Geld damit verdiente, blöde Witze zu erzählen. Das war sowas von peinlich! Sie wusste gar nicht, wie sie ihm in die Augen schauen sollte, als sie ihm die Tür öffnete.

»Guten Morgen«, begrüßte er sie düster. »Eigentlich hatte ich gehofft, Sie hätten sich wieder eingekriegt. Aber anscheinend nicht.«

»Sie hätten es mir sagen müssen!«, fuhr sie ihn an.

»Hab ich doch«, entgegnete er ungerührt. »Vom ersten Augenblick an wussten Sie, dass ich Komiker bin.«

»Ja, aber doch nicht so einer! Comedy-Hausmeister!« Victoria stöhnte auf. »Allein, wenn ich an diese Nummer im Wellnessbereich denke.«

Er grinste. »Was denn? Das war total witzig, wie Sie Kimmies Brüste angefasst haben.«

»Erinnern Sie mich bloß nicht daran!«, fauchte Victoria. »Das war total peinlich und Sie haben mich erst in diese Situation gebracht. Sie finden es lustig, andere Leute zu blamieren. Aber ich sag Ihnen was, das ist es nicht.«

»Wow!« Er starrte sie mit offenem Mund an. »Jetzt kommen Sie mal wieder runter. Das ist mein Job. Und wenn Ihnen das nicht passt, dann suchen Sie sich doch einen anderen Dummen, mit dem Sie die Show für Ihren Ex abziehen können.« Seine Augen funkelten zornig. So sauer hatte sie ihn noch nie gesehen.

»Tut mir leid«, gab Victoria kleinlaut zurück. »Ich wollte Sie nicht beleidigen.«

»Haben Sie aber.«

Er hatte ja Recht, es stand ihr nicht zu, über seinen Job zu urteilen, und nur deshalb eignete er sich perfekt, um Philipp den neuen Lover vorzuspielen. Und außerdem kam sie aus der Nummer sowieso nicht mehr raus. Sie brauchte ihn. Victoria atmete tief durch. »Ich entschuldige mich, wirklich.«

»Entschuldigung angenommen.«

»Gut, fein«, sagte sie schnell und wollte sich ihre Erleichterung nicht anmerken lassen. »Ich hoffe, Sie mögen Sport?«

»Kein Stück. Wieso?«

»Wir machen heute eine Aktiv-Tour durch den Regenwald.«

Er hob die Hände und breitete sie zu einer theatralischen Geste. »Na großartig, Schlamm und Insekten, genau das hab ich mir gewünscht.«

Meine Güte! Dieser Mann konnte eine richtige Diva sein. Aber um ehrlich zu sein, hatte sie selbst keine Lust darauf und hatte den Ausflug nur gebucht, weil ... Genau, aus dem gleichen Grund wie jeden Tag, weil Kim und Philipp ihn machten. Und heute würde sie ihm beweisen, dass sie viel tougher und sportlicher war als das jammernde Blondchen.

Philipps Outfit erinnerte David heute an ein Model für Outdoor-Bekleidung. Passend zur Dschungel-Tour hatte er sich in ein verwaschenes Jeans-Hemd, lange Cargo-Hosen mit aufgesetzten Taschen und derbe Schnürboots geworfen. Im Gegensatz zu ihm. In seinem Koffer befand sich keine Survival-Ausrüstung, sondern Shorts und T-Shirts. Denn eigentlich hatte er vorgehabt, seine Freizeit an Bord der Stella Maris zu verbringen und die Annehmlichkeiten eines Vier-Sterne-Schiffs zu genießen. Damals, bevor ihm diese Irre begegnet war! Victorias Entschlossenheit, mit der sie durch den Dschungel stapfte, erinnerte ihn an die junge Meryl Streep in *Jenseits von Afrika*. Ebenso wie Philipp trug sie lange Hosen und eine langärmelige weiße Bluse. Wahrscheinlich war das so ein Reiche-Leute-Ding, immer korrekt gekleidet zu sein. Kimmie jedenfalls hatte ein pinkfarbenes Top mit Spaghetti-Trägern an, dessen leuchtende Farbe die Insekten anzog, die sich gleich scharenweise darauf niederließen. Passend dazu hatte sie sich für Hotpants entschieden und glitzernde Flip-Flops, in denen sie auf dem matschigen Pfad ständig ausrutschte.

»Jetzt wartet doch mal!«

»Ich hab dir gleich gesagt, nimm die Turnschuhe«, fuhr Philipp sie an und ging einfach weiter. Victoria schloss zu ihm auf, während Kimmie zurückfiel. David seufzte und blieb stehen. Als sie ihn eingeholt hatte, streckte er Kim den Arm hin und sie hakte sich dankbar ein.

»Ich hab überhaupt keinen Bock auf den Scheiß. Scheiß-Dschungel, Scheiß-Viecher.« Sie schlug nach einem Moskito. »Das ist alles total ätzend. Ich mache das nur wegen Philipp.«

»Frag mich mal.« David seufzte und sah den beiden nach. Victoria und Philipp waren das perfekte Paar. Zwei Alpha-Tiere, bereit, die Welt zu erobern, während Kimmie und er hinterher tappten wie lästiges Fußvolk. Irgendwie tat Kim ihm leid. Es war nur eine

Frage der Zeit, bis Philipp begriff, dass er einen Fehler gemacht hatte, und sie fallenließ. *Mir wird es genauso ergehen,* dachte David. Nur mit dem Unterschied, dass er schon wusste, was auf ihn zukam. Und außerdem waren bei ihm keine Gefühle im Spiel. *Das ist nur ein Job und ich mache das alles nur für Leonie,* redete er sich zum bestimmt hundertsten Mal ein. Aber tief in seinem Innern wusste David, dass das nicht stimmte. Er fand Victoria mehr als nur ein bisschen scharf. Am besten, er schlug sie sich wieder aus dem Kopf. Sofort, bevor es noch schlimmer wurde. Das gab sowieso nur Ärger, wie das Gespräch mit dem Kapitän eindrucksvoll bewiesen hatte. Er musste sich jetzt zusammenreißen. Sich noch ein bisschen ins Zeug legen und die Nummer durchziehen, damit Victoria ihren Supermann bekam. Und außerdem war die Frau einfach eine Nummer zu groß für ihn.

Gott sei Dank! Victoria plumpste auf die harte Bank an der Längsseite des Ausflugsboots. Nach der anstrengenden Dschungelwanderung stand nun eine gemächliche Bootsfahrt durch die Kanäle von Tortuguero auf dem Programm, und es war eine Wohltat, endlich zu sitzen.

David ließ sich neben sie fallen. »Na, hattest du Spaß mit deinem Ex, Liebling?« Wie immer, wenn sie in der Öffentlichkeit waren, duzte er sie.

»Pst, nicht so laut.« Victoria sah sich verstohlen um,

aber Philipp war mit Kimmie beschäftigt, die jammernd ihre Moskitostiche zur Schau stellte. »Ich denke, es lief ganz gut.« Victoria lächelte zufrieden in sich hinein. Während der Wanderung hatte es sich angefühlt, als wären sie wieder zusammen. Sie hatten geredet und Philipp hatte sie auf ein Faultier hingewiesen, das er hoch über ihren Köpfen in den Baumkronen entdeckt hatte. Dabei hatte er den Arm um Victorias Schulter gelegt und mit dem anderen nach oben gezeigt. Die Berührung hatte sich gut angefühlt, warm und vertraut. Ihm war es gar nicht aufgefallen, er hatte es ganz selbstverständlich getan, so als wären sie immer noch ein Paar. Er war fast so weit, das konnte sie in seinen Augen lesen. Philipp brauchte nur noch einen winzigen Schubs.

Das Boot tuckerte los, vorbei an Mangroven und dichtem Buschwerk, Libellen tanzten über der Wasseroberfläche. Ein romantischer Ort, perfekt, um jemanden eifersüchtig zu machen. Victoria kuschelte sich an David und sah ihn verliebt an.

»Showtime«, raunte sie ihm zu.

»Also schön, tun Sie so, als hätte ich etwas wahnsinnig Witziges gesagt.«

»Fällt mir schwer«, gab sie zurück, warf den Kopf in den Nacken und lachte laut, bevor sie sich noch enger an David schmiegte. Das kleine Manöver zeigte Wirkung, wie Philipps Blick verriet.

»Wo habt ihr beide euch eigentlich kennen gelernt?«, fragte er und schüttelte den Kopf, als könnte er es nicht verstehen.

»Ja, äh, wo ...?« Die Gedanken in Victorias Kopf überschlugen sich.

»Durch eine Interview-Anfrage für *Aufgedeckt!*«, kam ihr David zu Hilfe. »Es hat gleich gefunkt.«

Das war wohl die mit Abstand dreisteste Lüge, die sie jemals gehört hatte.

David hob die Hand und strich ihr über die Wange. In dieser Geste und seinem Blick lag so viel Zärtlichkeit, dass man beinah glauben konnte, er wäre wirklich in sie verliebt.

Er ist ein verdammt guter Schauspieler. Aber für einen Moment fühlte es sich so echt an.

In den flacheren Zonen am Ufer stocherten Reiher auf der Suche nach Futter, und als sich das Boot näherte, schreckte ein Alligator von einer Sandbank hoch und tauchte ins trübe Wasser des Kanals.

»Kennt ihr den schon?«, fragte David in die Runde.

»Oh, bitte, kein Witz«, wehrte Victoria ab.

»Ich will ihn hören!« War ja klar, dass Kimmie mal wieder dazwischenfunken musste.

»Kommt ein Zauberer mit 'nem Krokodil auf die Bühne, öffnet dem Tier das Maul, legt sein bestes Stück rein.« Er untermalte seine Worte mit der entsprechenden Geste. »Das Krokodil schnappt zu, er schlägt ihm mit der Faust auf den Kopf, das Krokodil macht das Maul wieder auf und er zieht sein Teil raus, alles okay. ›Fünfhundert Euro für den, der das nachmacht!‹, ruft er ins Publikum, aber keine Reaktion.« David machte eine kunstvolle Pause. »Nach fünf Minuten meldet sich eine Blondine und sagt ›Okay, ich mach's! Aber nur, wenn Sie mir nicht so fest auf den Kopf hauen!‹«

Der war ausnahmsweise wirklich mal komisch, Victoria prustete los.

Kimmie blinzelte verwirrt. »Häh? Den kapier ich nicht.«

Während David ihr den Witz erklärte, sah Victoria rüber zu Philipp. Ihre Blicke trafen sich, und sie fragte sich, wie viele Signale er noch brauchte, um endlich zu begreifen, dass sie die bessere Frau für ihn war.

Aber wenn nicht alles täuschte, war sie ganz dicht dran, sie durfte jetzt nur nicht locker lassen. Und was wäre besser dafür geeignet, als die Poolparty heute Abend?

Victoria öffnete den begehbaren Kleiderschrank und zog das Outfit hervor, das sie vorhin im Bordshop gekauft hatte. Sie musste umwerfend aussehen und der Jumpsuit war perfekt dafür geeignet. Vorne war er hochgeschlossen, aber das Rückendekolleté war mehr als gewagt und endete knapp über dem Po. Man konnte nur ein winzig kleines Höschen darunter anziehen, damit es nicht hervor blitzte. Oder keins. Victoria zwinkerte ihrem Spiegelbild zu, schlüpfte in ihre High Heels, drehte sich vor dem Spiegel um die eigene Achse und begutachtete ihr Werk. Perfekt! Philipp würde Augen machen. Ach was, ausfallen würden sie ihm!

David starrte sie an und sie griff seine Hand und zog ihn zu sich in die Suite.

»Na los, kommen Sie schon rein. Oder wollen Sie da Wurzeln schlagen?«

»Wow«, hauchte er. »Sie sehen hinreißend aus!«

»Nicht zu gewagt?« Sie drehte sich um und präsentierte ihm ihre Rückseite.

Er schluckte hörbar. »Nein, absolut perfekt.«

Die Poolparty war gut besucht, eine Band spielte Live-Musik und etliche Paare schoben sich über die dicht gefüllte Tanzfläche in der Mitte des Pooldecks.

»Och, nee, wie ätzend!«, rief Kim enttäuscht. »Ich wollte doch tanzen.«

»Kannst du doch«, entgegnete Philipp achselzuckend.

»Aber doch nicht zu so einer Scheißmusik!« Kimmie zog einen Flunsch wie ein beleidigtes kleines Kind.

»Also mir gefällt's«, meinte Victoria und konnte in Philipps Augen lesen, dass es ihm ebenso ging. Er wollte es bloß nicht zugeben.

»Darf ich bitten?«, fragte David und streckte ihr die Hand entgegen. Victoria ergriff sie und ließ sich von ihm zum Rand der Tanzfläche ziehen, wo er korrekte Haltung einnahm. Dann zog er sie an sich und seine Hand legte sich auf ihren Rücken. Durch den tiefen Ausschnitt des Jumpsuits landete sie direkt auf ihrer Haut. Sanft, warm, als ob sie genau da hingehörte. Ein Kribbeln durchfuhr sie und er nahm es mit einem feinen Lächeln zur Kenntnis.

Die Musik setzte ein, *Something stupid* von Sinatra. *O nein!* Das war ihr Lied gewesen, also die Version von Robbie Williams. Victoria sah rüber zu Philipp, ihre

Blicke trafen sich und sie las in seinen Augen, dass er gerade dasselbe dachte.

»Rumba«, stellte David fest. »Der Tanz der Liebe.« Wieder dieses Lächeln. Victorias Knie wurden weich, aber er hielt sie fest im Arm und führte sie gekonnt über das Parkett.

Victoria sah ihn verblüfft an. »Ich hätte nicht gedacht, dass Sie so gut tanzen können.«

Seine Augen blitzten belustigt auf. »Ich sagte doch, ich bin ein Mann mit vielen Talenten. Und es gibt da so einiges, das Sie noch nicht von mir wissen.« Er lächelte vielsagend und eine warme Welle durchlief ihren Körper. Sie schloss die Augen und lehnte sich an seine Brust, ließ sich von ihm führen und gab sich der Musik hin. Ihre Körper bildeten eine Einheit, wiegten sich sanft im Takt. Warum hatte Philipp nie so mit ihr getanzt? Seine Hand wanderte tiefer, ihren Rücken hinab und ihr Herz schlug schneller.

»Gehört das zur Rolle?«, murmelte sie.

»Wer weiß?«, entgegnete er und sah ihr tief in die Augen. In seinem Blick lag ein begehrliches Funkeln, und ein Flattern wie von tausend Schmetterlingen tobte durch ihren Magen.

Was mache ich hier eigentlich? Victoria riss sich zusammen. David war ein verheirateter Mann, er hatte eine Frau und eine kranke Tochter und sie tat das doch alles nur wegen Philipp.

»Guckt er zu uns rüber?«, wisperte sie ihm zu.

»Die ganze Zeit«, raunte David an ihrem Ohr. »Er hat nur Augen für Sie. Wie übrigens alle Männer hier.« Seine Hand wanderte noch tiefer und verharrte knapp über ihrem Po. »Dieses Outfit ist echt 'ne Wucht!«

Sie räusperte sich. »Gehört das immer noch zur Rolle?«

»Oh, Verzeihung!« Er zog seine Hand weg, als hätte er sich an ihr verbrannt, und Victoria wünschte, sie hätte einfach den Mund gehalten. Aber den Rest des Abends blieb sie oben, genau auf ihrem Schulterblatt. Egal was die Band spielte, Samba, Salsa, Cha-Cha-Cha, nie verlor David die korrekte Haltung. Und die ganze Zeit sah er ihr dabei in die Augen. Mit diesem Blick, der ihre Knie weichwerden ließ und die Schmetterlinge in ihrem Magen zum Tanzen brachte.

Schweigend standen sie nebeneinander im Fahrstuhl, aber es war keine unangenehme Stille. Mit einem leisen *Pling* stoppte der Lift auf Deck 8, die Glastüren glitten geräuschlos auseinander.

»Soll ich Sie zur Kabine bringen?«, fragte David und deutete den Gang hinab.

»Die anderen sind ja noch in der Disco«, antwortete Victoria, »ich denke, das können wir riskieren.«

Er ließ ihr den Vortritt, und wieder einmal konnte er nicht anders, als den Blick über ihren makellosen Rücken wandern zu lassen, hinab zu den beiden entzückenden Grübchen über ihrem perfekt geformten Po. Dieses Outfit konnte einen ganz schön ins Schwitzen bringen. Ob sie wohl etwas darunter trug? Himmel, die Frau war heiß. Und er musste höllisch aufpassen, sich nicht die Finger an ihr zu verbrennen. Gemeinsam schlenderten sie den Flur entlang und der dicke Teppich dämpfte ihre Schritte. Victoria schwankte auf ihren hohen Absätzen, sie hatte einen Schwips, aber das machte sie nur noch attraktiver. Viel nahbarer, sie war nicht so steif wie sonst und strahlte förmlich von innen.

Vor der Tür zu ihrer Suite blieb sie stehen. »Danke für den schönen Abend.« Victoria sah zu ihm auf und in ihrem Blick funkelten tausend Sterne.

Scheiß auf den Kapitän!, dachte David. Wenn sie ihn jetzt fragte, ob er noch mit reinkommen wolle, würde er nicht nein sagen. Wann hatte er eigentlich das letzte Mal Sex gehabt? Es war eine gefühlte Ewigkeit her. Mit einem kranken Kind blieb einem Paar nicht viel Zeit für Zweisamkeit. Es war also kein Wunder, dass zuerst die Leidenschaft und dann die Beziehung auf der Strecke geblieben war. Seit Anna hatte er mit keiner anderen Frau geschlafen und das machte ihn überraschend nervös.

»Ja, also dann.« Er fummelte an seinem Kragen, weil er plötzlich das Gefühl hatte, keine Luft mehr zu bekommen.

Sie senkte den Blick und sah kurz auf ihre Fußspitzen, bevor sie ihn wieder hob. Etwas war anders, die Verwandlung hatte keine zwei Sekunden gedauert, aber er spürte, dass die Magie des Moments verflogen war.

»Ich denke, es ist besser, wenn wir das Ganze auf einer professionellen Ebene halten, finden Sie nicht?«

»Ja. Ja, sicher, seh ich genau so«, stammelte er.

»Dann bis morgen«, sagte sie schnell und steckte ihre Bordkarte in das elektronische Türschloss. »Frühstück um acht, hier?«

Er nickte ergeben und hielt ihr die Tür auf. »Gute Nacht, Victoria!«

»Schlafen Sie gut, David.« Sie schlüpfte an ihm vorbei und drehte sich noch mal um. »Und seien Sie pünktlich.«

Herr im Himmel! *Was war das denn?* Victoria lag im Bett, doch sie konnte nicht schlafen. Dazu war sie viel zu aufgewühlt. Es musste an den Cocktails liegen, der Alkohol hatte ihr wohl die Sinne vernebelt. Anders konnte sie es sich nicht erklären, warum ihr Herz so heftig schlug, wenn sie an den Tanz mit David dachte. Dabei war es Philipps und ihr Lied gewesen. Genau, nur daran lag es, dass die Schmetterlinge in ihrem Bauch Rumba tanzten.

»Es geht um Philipp«, flüsterte sie in die Dunkelheit des Schlafzimmers. Und er war so kurz davor, nachzugeben. »So kurz!«, setzte sie mit Nachdruck hinzu, als wollte sie sich vergewissern, dass sie noch wusste, weshalb sie das alles tat.

David war einfach ein verdammt guter Tänzer. Okay, das war ganz schön sexy gewesen. Und er sah auch noch gut aus. Welche Frau würde da nicht schwach werden? *Jetzt reiß dich mal zusammen!* Schließlich war er ein verheirateter Mann und hatte ein krankes Kind. Außerdem tat er das sowieso alles nur seiner Tochter zuliebe. *Und er ist Schauspieler, vergiss das nicht!* Aber wie er sie angesehen hatte, mit diesem Blick ... Victoria rollte sich auf die Seite und umarmte das zweite Kopfkissen. Sie war einfach nur einsam, das war's. Da konnte man seltsam reagieren, wenn einem ein Mann das Gefühl gab, die tollste Frau der Welt zu sein.

Kapitel Neun

EIN PAAR MACHT FERIEN AUF EINEM LUXUSDAMPFER …

David wirkte nahezu beschwingt, als er am nächsten Morgen ihre Suite betrat. »Na, diesmal besser geschlafen?«

»Ja, danke«, murmelte Victoria und senkte verschämt den Blick. Sie hatte von ihm geträumt. Und dieser Traum war nicht gerade jugendfrei gewesen, sie erinnerte sich noch gut, wie er …

»Alles okay? Sie sehen ein wenig erhitzt aus.« Er deutete auf ihr Gesicht. »Haben Sie Fieber?«

Wenn er jetzt die Hand ausstreckt und meine Stirn fühlt, schreie ich. Vielleicht sollte sie einfach Ja sagen, denn wenn sie noch dunkler anlief, bekam ihr Körper tatsächlich Übertemperatur. Ihre Wangen glühten. Victoria schnappte nach Luft. »Geht so, nur ein wenig schwül hier drin, finden Sie nicht?« Sie tippte hektisch auf dem Bedienpanel der Klimaanlage herum.

David zuckte mit den Schultern. »Ich find's ganz normal. Soll ich duschen, und dann wieder …?« Er ließ das Ende der Frage offen im Raum hängen und deutete stattdessen mit dem Daumen über die Schulter Richtung Sonnendeck.

»Nein, schon gut«, wehrte sie schnell ab. »Ich würde vorschlagen, wir frühstücken heute drin.«

»Gut«, antwortete er knapp. »Wir müssen reden.«

»Worüber?«

»Über uns.«

Für einen Moment dachte sie, sie hätte sich verhört. Hatte er eben *uns* gesagt? Was ...

»Das geht so nicht weiter, Victoria«, fuhr er fort, und sie öffnete dem Mund, um zu widersprechen, aber er schnitt ihr mit einer knappen Geste das Wort ab. »So etwas wie gestern darf nicht wieder passieren.«

»Aber warum ...«, stammelte sie. Sie hatten doch nur miteinander getanzt, sie verstand wirklich nicht, was daran so schlimm war.

»Wir können nicht weiter so tun, als wären wir zusammen, wenn wir nichts übereinander wissen«, sagte er und schüttelte den Kopf. »Als Philipp gefragt hat, wo wir uns kennengelernt haben, bin ich ganz schön ins Schleudern gekommen. Seit vier Tagen tun wir nun so, als wären wir ein Paar, und ich weiß eigentlich nichts über Sie. Daran müssen wir arbeiten, wenn wir glaubwürdig sein wollen.«

Victoria atmete auf. »Also schön, reden wir.«

Während der nächsten halben Stunde erzählte Victoria von ihrer Kindheit, der Schulzeit, ihrem Studium und dem Tod ihres Vaters. Von den Blicken der Angestellten, als Konstantin und sie zur ersten Vorstandssitzung nach der Beerdigung erschienen waren und als neue Chefs vorgestellt wurden, weil das Testament ihres Vaters das so wollte. Von der Verantwortung, die sie plötzlich übernehmen musste und die seitdem schwer auf ihren Schultern lastete. Sie erzählte von ihrem Bruder und seinen Eskapaden, die natürlich auch David in den Medien verfolgt hatte. Und schließlich von der feindlichen Übernahme und dem zähen Ringen, die Macht zu behalten, das sie schließlich sogar ihre Beziehung gekostet hatte.

Sie ließ alles raus und David ließ sie reden. Er hörte einfach nur zu, fragte ab und an nach, wenn ihm etwas unklar war, aber ansonsten saß er einfach da und nahm ihre Schilderungen mit aufmerksamem Blick zur Kenntnis.

»Wow, ganz schön hart«, sagte er, als sie geendet hatte. »Ich dachte immer, man hätte weniger Sorgen, wenn man so reich ist wie Sie, und weiß, wie man seine Rechnungen bezahlen kann. Aber so, wie Sie das sagen, klingt das echt nicht leicht.«

Victoria seufzte. »Ach, was heißt hart? Es gibt mir ja auch viel zurück, die Firma ist wie eine Familie für mich.« Viele der Mitarbeiter kannte sie persönlich, mit Namen. Auch wenn es natürlich nicht das Gleiche war wie eine echte Familie. »Aber genug von mir. Was ist mit Ihnen?« Schließlich hatte sie mehr als genug von sich preisgegeben, fast schon zu viel. Aber es hatte gut getan, mal drüber zu reden.

»Was wollen Sie denn wissen?«

»Wo haben Sie so gut tanzen gelernt?«, fragte sie

das Erste, was ihr in den Sinn kam. Er tanzte wirklich ausgesprochen gut.

»Von meiner Großmutter.« Ein wehmütiges Lächeln huschte über sein Gesicht. »Sie hatte eine Tanzschule, da bin ich früher immer nach der Schule hingegangen. Meine Eltern hatten wenig Zeit, die waren ja beide ständig bei den Proben.«

»Auch Schauspieler?«

»Ja. Das heißt, nein, nur mein Vater. Er war sogar recht bekannt, Max Baum, falls Ihnen das etwas sagt?« Er sah sie fragend an und sie schüttelte den Kopf. Nie gehört.

»Ist ja auch egal«, fuhr er fort. »Meine Mutter ist Musikerin, sie hat Oboe bei den Düsseldorfer Symphonikern gespielt. Auf jeden Fall hatten meine Eltern beide wenig Zeit für mich. Deshalb war ich oft bei meiner Großmutter. Sie war eine so großartige Frau, sie liebte die Musik und den Tanz. Von ihr habe ich auch meine Schwäche für die alten, amerikanischen Musicalfilme geerbt, mit Ginger Rogers und Fred Astaire.« Seine Augen leuchteten vor Begeisterung. »So wollte ich auch immer sein.«

»Wie Fred Astaire?«

»Nein, wie Ginger«, gab er trocken zurück und sie musste lachen. »Deshalb bin ich auch an die Schauspielschule gegangen.«

»Was ist passiert?«

»Wie meinen Sie das?«

»Warum sind Sie ...« Sie unterbrach sich.

»Sie wollen wissen, warum ich nur Komiker geworden bin, statt ein gefeierter Bühnenstar?«

»Ja, so in etwa«, antwortete sie schlicht. »Was ist dazwischen gekommen?« Sie sah ihn aufmerksam an.

David seufzte schwer. »Das Leben, schätze ich.«

David knibbelte mit dem Fingernagel am Saum seiner Serviette herum und suchte nach den passenden Worten, mit denen er Victoria erklären konnte, was in seinem Leben alles schief gegangen war.

»Ich wollte mich nicht auf dem Ruhm meiner Eltern ausruhen, sondern es allein schaffen«, sagte er schließlich. »Ich hatte ein paar Rollen an kleineren Schauspielhäusern, aber dann habe ich Anna kennengelernt.«

»Ihre Frau?«

David nickte. »Genau. Ein Jahr später ist sie schwanger geworden. Es war ein Unfall, nach einer Premierenfeier. Wir waren beide ziemlich betrunken, und sie hat wohl vergessen, die Pille zu nehmen.« Er erinnerte sich noch genau an Annas Gesicht, als sie es ihm gestanden hatte, diese Mischung aus Hoffnung und Furcht.

»Auf jeden Fall war das Kind unterwegs«, fuhr er fort. »Und als Leonie auf die Welt kam, war klar, dass es nicht so weitergehen konnte, mit den ständig wechselnden Engagements. Ich musste sesshaft werden und brauchte einen festen Job. Aber die Festanstellungen sind am Theater dünn gesät. Nur die wenigsten Häuser können sich heutzutage noch ein eigenes Ensemble leisten, sondern setzen auf wechselnde Produktionen.«

»Klingt ziemlich unsicher«, stellte Victoria fest und sah ihn mitfühlend an.

»Genau. Und außerdem stellten wir ziemlich bald fest, dass Leonie an Asthma litt, deshalb kam eine Wohnung in der Stadt nicht mehr infrage. Schon als Kleinkind hatte sie ständig Anfälle, also haben wir uns was auf dem Land gesucht und das war der Anfang vom Ende.« Er seufzte schwer. »Da erschien die Möglichkeit, vielleicht als Comedian Fuß zu fassen, gar nicht so verkehrt. Ich bin schon immer gerne in andere Rollen geschlüpft, früher beim Kinderkarneval, zum Beispiel.« Er zuckte mit den Schultern.

Victoria lächelte verschmitzt. »Halt ein echter kölsche Jung.«

»Das sagt die Richtige«, gab er lächelnd zurück. »Bei Ihnen ist davon nicht viel zu spüren, dass sie Kölnerin sind.«

»Was?«, fragte sie entrüstet. »Ich mag zwar mit Karneval nicht viel am Hut haben, aber wenn es um den FC geht, auf jeden Fall. Ich verpasse so gut wie kein Heimspiel.«

Sieh mal an, dachte David und lächelte in sich hinein. So hätte er sie wirklich nicht eingeschätzt.

Sie warf ihm einen irritierten Blick zu. »Was gibt's denn da zu grinsen?«

»Entschuldigung.« David schüttelte den Kopf. »Aber Sie im Stadion, das kann ich mir beim besten Willen nicht vorstellen, höchstens in der VIP-Loge, mit Schampus und Häppchen.«

»Tribüne natürlich!« Victoria verdrehte die Augen. »Ich hab sogar einen Schal.«

Die Frau überrascht einen doch immer wieder. David hätte es nicht für möglich gehalten, aber jetzt war er sprachlos.

Victoria lächelte geheimnisvoll. »Auch Sie wissen vieles von mir noch nicht.«

Er lächelte zurück. »Deshalb ist es ja gut, wenn wir miteinander reden. Und vielleicht können wir dieses alberne Gesieze lassen und endlich Du zueinander sagen.«

Sie streckte ihm die Hand über den Frühstückstisch entgegen und er ergriff sie und schüttelte sie feierlich.

»Victoria«, sagte sie und der Klang ihres Namens war wie Musik in seinen Ohren. Ihre Hand lag warm in seiner, und er hielt sie noch einen Moment fest, vielleicht etwas länger als nötig, bis Victoria sie ihm entzog.

»Kommen Sie«, sagte sie und bemerkte ihren Fehler. »Komm mit.« Sie nickte Richtung Sonnendeck. »Wollen wir nicht raus gehen? Der Tag ist viel zu schön, um nur hier drin zu hocken.«

Mindestens genau so schön wie du! »Natürlich«, antwortete er und seine Stimme klang belegt. David riss sich von ihrem Anblick los, stand auf und schnappte sich ein Pooltuch. Victoria hatte ja Recht, das Wetter war phantastisch. Aber er hätte noch stundenlang mit ihr hier sitzen und sie einfach nur anschauen können.

Für den Rest des Seetags pendelten sie zwischen dem Sonnendeck der Suite und dem Pooldeck, denn in der

Sonne hielt man es ohne Abkühlung kaum aus, auch wenn hier vorne, hoch über dem Bug, der Fahrtwind zumindest für einen Hauch von Abkühlung sorgte.

»Und, was steht bei euch morgen auf dem Programm?«, rief Philipp ihnen zu.

Er war heute auffällig interessiert, wie Victoria zufrieden feststellte. Anscheinend hatte ihn die Sache mit ihrem Lied doch nicht kalt gelassen. Deshalb war es gut, dass sie heute Morgen mit David gesprochen hatte, er hatte vollkommen Recht. Die Zurückeroberung Philipps und somit ihr Triumph über Kim stand kurz bevor. Da wäre es nahezu fahrlässig, das durch eine Unachtsamkeit zu gefährden. Aber über ihre vermeintlichen Pläne für die nächsten Tage hatten sie natürlich nicht gesprochen.

»Oh, wir wollen einfach nur zum Strand«, antwortete Victoria deshalb vage. »Der Seven Mile Beach soll traumhaft sein.«

»Wollen wir uns anschließen?«, fragte Philipp an Kimmie gewandt.

Ach, sieh an, dachte Victoria. Das lief ja wie am Schnürchen.

»Au ja, und danach gehen wir shoppen«, rief Kimmie aufgeregt.

»Und was macht ihr morgen, Manu?«, rief Kimmie über Victorias Sonnendeck hinweg, doch an Manus Stelle antwortete Dean.

»Wir haben morgen einen Banktermin«, sagte er großspurig und rückte seine überdimensionale goldene Zuhälter-Sonnenbrille zurecht.

»Nicht schlecht.« Philipp pfiff anerkennend durch die Zähne. »Laufen gut, deine Bitcoins, was?«

»Ich kann dir ja mal ein paar Tipps geben.«

Philipp konnte sich offenbar nicht vorstellen, welche Art von Tipps ein Mann wie Dieter ihm geben wollte. Sein Gesichtsausdruck sprach jedenfalls Bände, doch er fing sich recht schnell und spielte den Ball an David weiter.

»Und wie steht's mit dir? Ein paar Tipps könnten dir sicher auch nicht schaden.«

»Geld?« David zuckte mit den Schultern. »Da bin ich raus.«

»Ach, natürlich«, bemerkte Philipp mit gehässigem Unterton. »Du bist ja Komiker, verstehe. Brotlose Kunst.«

»Danke, ich komme zurecht«, gab David kühl zurück.

»Und wenn nicht, hast du ja Victoria. Die hilft dir sicher über die Runden.« Philipp grinste fies und schien diesen Seitenhieb wirklich zu genießen.

Wow, dachte Victoria. Sie hätte wirklich nie geglaubt, dass er sich dazu hinreißen ließ, David so herabzuwürdigen. Das hatte Philipp doch gar nicht nötig. Aber es zeigte ja nur, wie eifersüchtig er war. Zufrieden lächelte sie. Bald, sehr bald hatte sie ihn so weit.

David saß an der Sea Bar und starrte in seinen Drink.

Marcus warf ihm einen forschenden Blick zu. »Alles gut bei dir?«

»So weit«, antwortete er ausweichend. Er hatte keine Lust zu reden. Zum Beispiel darüber, dass er ein Loser war und niemals eine Frau wie Victoria bekommen würde. Sie hatte es ja selbst gesagt, Männer interessierten sich oft nur für ihr Geld. Von ihm würde sie bestimmt das Gleiche denken und konnte mit Sicherheit auf einen Partner verzichten, der ihr nur auf der Tasche lag. Dabei wusste er gar nicht, warum er das überhaupt an sich ranließ. Es war nur ein Job und sie hatten eine Vereinbarung. Wenn es so weiter ging, war er Victoria in spätestens zwei Tagen los. Dann würde sie mit wehenden Fahnen in die Arme ihres Ex zurückkehren. Dahin, wo sie gehörte. Er war ein Narr, wenn er sich einredete, es könnte anders sein. Was sollte sie schon mit einem wie ihm? *Einem brotlosen Künstler.* Philipps Worte hatten ihn getroffen. Wie spitze, kleine Pfeile hatten sie sich in sein Herz gebohrt und nagten nun an ihm.

»Hat deine Laune zufällig etwas mit dieser Luxus-Blondine zu tun?«, holte Marcus ihn in die Realität zurück.

David zuckte zusammen. »Du weißt davon?«

»Alle wissen es.« Marcus bedachte ihn mit einem nachsichtigen Blick. »Ihr wart ja gestern Abend auf der Tanzfläche nicht zu übersehen. Und jeder, der Augen im Kopf hat, hat gemerkt, was da läuft.«

David lachte trocken auf. Es lief eben nichts zwischen ihnen, genau das war ja das Problem. Aber er würde sich hüten, das Marcus gegenüber einzugestehen. Der Barkeeper tat zwar immer so verschwiegen, aber im Grunde genommen war er eine schreckliche Tratschtante, wie alle Angestellten hier an Bord. »Wir verstehen uns halt gut, mehr nicht.«

»So, so, ihr versteht euch gut, ja?« Marcus grinste anzüglich. »So gut, dass das Frühstück inklusive ist.«

»Der Bordfunk funktioniert ja wieder mal bestens«, gab David schnippisch zurück.

»Immer.« Marcus zwinkerte ihm vergnügt zu, aber dann wurde seine Miene ernst. »Ich geb dir nen guten Tipp, David, hüte dich vor dem Blitz!«

»Wie meinst du das?«

»Sagen wir mal, es ist einigen Leuten bereits aufgefallen, dass du ständig bei ihr in der Suite rum lungerst.«

Seine Hand zitterte, als er nach seinem Glas griff. »So? Wem denn?«

»Dem Kapitän, zum Beispiel.«

»Woher weißt du das?«

»Ich habe gestern Abend ein Gespräch mitbekommen, zwischen Chris und ihm. Kapitän Veenhoff war nicht sehr begeistert. Er ist ein absolut korrekter Typ.«

David stöhnte auf. »Ich weiß. *Korrekt* ist vermutlich sein zweiter Vorname.«

»Mach dir mal keine Sorgen, unser Kapitän hat gerade anderes im Kopf.« Marcus nickte ihm aufmunternd zu.

»Wieso?«

»Seit seine neue Freundin an Bord ist, ist er richtig gut drauf.« Marcus senkte vertraulich die Stimme. »Wegen ihr hat er neulich fast das Schiff verpasst, da war ganz schön was los, sag ich dir.« Der Barkeeper hob vielsagend die Augenbrauen.

»Ach was?« David grinste breit.

»Ja, aber das hast du nicht von mir.«

»Das beruhigt mich.« David atmete auf. Der Job an Bord war viel zu wichtig, als dass er ihn für Victoria aufs Spiel setzen wollte. Aber Marcus hatte Recht, worüber sorgte er sich eigentlich? In ein, zwei Tagen war er sie sowieso wieder los. Und wenn er in Montego Bay endlich seinen Koffer bekam, musste er sich um seine Auftritte kümmern. Spätestens dann war der ganze Spuk vorbei und ihm graute jetzt schon davor.

»Hebt auf jeden Fall die Stimmung in der Crew«, fuhr Marcus fort. »Unser Käpt'n ist total durch den Wind. Frisch verliebt, das erste gemeinsame Weihnachten ... Aber wem erzähl ich das?«

»Meinst du mich? Ich bin doch nicht verliebt.«

»Nee, ist klar.« Marcus zwinkerte ihm zu, dann senkte er verschwörerisch die Stimme. »Weiß sie von Loretta?«

David zuckte zusammen. »Um Himmels willen!« Panisch sah er sich um, als rechnete er damit, dass Loretta hinter ihm stehen könnte. »Und ich will auch, dass das so bleibt, verstanden?«

»Von mir erfährt sie es nicht«, sagte Marcus und sah ihn ernst an. »Aber dir ist schon klar, dass das hier ein Schiff ist, oder?«

»Natürlich, wieso?«

»Zu wenig Platz, um sich aus dem Weg zu gehen«, antwortete Marcus und nickte wissend. »Glaub mir, früher oder später werden die beiden aufeinandertreffen.«

Eigentlich hatte er Recht, das war wohl unvermeidbar. Aber wenn es nach ihm ginge, trafen sie sich lieber später. Noch besser, sie begegneten einander nie.

Marcus deutete auf Davids leeres Glas. »Noch einen?«

»Nein, lass mal.« Er wollte seine Rolle morgen überzeugend spielen, damit Philipp, dieser Hornochse, endlich aus der Hüfte kam. Also besser, er behielt einen klaren Kopf. Die Sache mit Victoria musste endlich ein Ende haben. Und so lange war es besser, dem Thema »Loretta« aus dem Weg zu gehen.

Kapitel Zehn

DAS KREUZFAHRTSCHIFF SINKT WÄHREND EINER NILKREUZFAHRT. VON ALLEN SEITEN KOMMEN DIE KROKODILE ANGESCHWOMMEN. SAGT EIN ÄLTERER GAST: »DAS IST JA MAL WIEDER TYPISCH. NICHTS ZU ESSEN HABEN DIE HIER, ABER …«

Die leuchtend gelben Rettungsboote, die sonst in den Nischen an der Bordwand hingen, dienten heute als Tenderboote, um die Gäste an Land zu bringen. Grand Cayman, die Hauptinsel der Cayman Islands, war zu klein, als dass ein Kreuzfahrtschiff dieser Größe hätte anlegen können. Also lag die Stella Maris auf Reede und dümpelte im türkisblauen Wasser, etwa eine halbe Seemeile von der eigentlichen Insel entfernt.

Gestern hatten sie sich mit Philipp und Kim an der Tenderluke verabredet und die beiden erschienen pünktlich um zehn. Kimmie war heute ein wenig blass um die Nase, wie Victoria fand, und die Überfahrt in dem kleinen, schwankenden Rettungsboot bekam ihr auch nicht. Ihre Gesichtsfarbe hatte einen grünlichen Stich, und sie sah aus, als ob sie sich gleich übergeben würde.

»Bist du seekrank?«, hakte Victoria nach und mimte Besorgnis.

»Mir ist nur ein bisschen schlecht«, murmelte Kimmie und klammerte sich an Philipp. Der rollte mit den Augen, drehte sich um und warf einen Blick durch das winzige Fenster in der Bordwand. »Wir sind ja gleich da«, brummte er.

Sobald Kimmie wieder festen Boden unter den Füßen hatte und die vielen Geschäfte sah, die die Hauptstraße von George Town säumten, blühte sie förmlich auf.

»O bitte, können wir jetzt schon shoppen gehen? Nur mal gucken«, quengelte sie und zog Philipp in einen der unzähligen Schmuckläden, deren Schaufenster mit der allgegenwärtigen Weihnachtsdeko aus Metallicfolie um die Wette glänzten. David und Victoria schlenderten hinterher und folgten den beiden zwischen dutzenden blankpolierten Vitrinen entlang, aus denen ihnen exquisite Schmuckstücke entgegen funkelten. Das Glitzern der Diamanten und Edelsteine war so hell, dass es beinahe in den Augen wehtat. Victoria machte sich nicht viel aus Schmuck und steuerte direkt die Schaukästen mit den Uhren an. Die entsprachen eher ihrem Interesse.

David warf einen Blick auf die Auslage. »Kann ich mir sowieso alles nicht leisten«, bemerkte er mit einem schiefen Grinsen. »Ich warte draußen.«

Wie aus dem Nichts erschien eine Verkäuferin hinter dem gläsernen Verkaufstresen. »May I help you?«

»Ich schaue mich bloß um«, antwortete Victoria auf

Englisch und das professionelle Lächeln der Angestellten zuckte für den Bruchteil eines Moments.

»Die da würde dir gut stehen«, sagte plötzlich Philipp neben ihr und deutete auf eine schwere Rolex mit einem Zifferblatt aus Roségold.

»Die ist schön.« Victoria lächelte. Er kannte ihren Geschmack, die Uhr gefiel ihr wirklich gut.

Ach, was soll's, morgen ist Weihnachten, dachte sie und winkte einem plötzlichen Impuls folgend die Angestellte zu sich. »Darf ich die da mal anprobieren, bitte?«

»Gute Wahl«, bemerkte Philipp und sah sie von der Seite an, sein Blick sandte ein Kribbeln über Victorias Haut.

»Oh, guck mal, Phili-Schatz, die Bunten sind ja toll«, quietschte es hinter ihnen. Kimmie hatte die Vitrine mit Bulgari-Schmuck entdeckt und deutete aufgeregt auf die farbenfrohen Colliers.

»An deiner Stelle würde ich sie da wegholen«, bemerkte Victoria trocken. »Könnte sonst teuer werden.«

»Wieso?« Philipp sah sich nervös um. »Was kostet sowas?«

»Och, so zwischen hundertfünfzig und dreihundertfünfzig.«

»Tausend?«, fragte er entsetzt. Victoria nickte und er spurtete los.

Mit einem milden Lächeln reichte sie der Verkäuferin ihre Kreditkarte. »Ich nehme die Uhr. Würden Sie sie mir bitte zurücklegen? Wir wollen an den Strand.«

»Natürlich, Madame.«

Und mit demselben Argument, mit dem Victoria ihren Einkauf vorerst beendete, redete Philipp ihn Kimmie wieder aus. »Schau mal, Liebling, das wäre doch total bescheuert, wenn wir jetzt was kaufen. Hinterher beklaut uns noch jemand, wenn wir am Strand sind, und das willst du doch nicht?«

Nein, das wollte Kimmie natürlich nicht, fürs Erste hatte Philipp gewonnen, und er hatte es wirklich eilig, den Laden zu verlassen und für sie ein Taxi zu rufen.

Am Strand fiel Kimmie wieder ein, dass es ihr ja eigentlich nicht gut ging. Sie hockte missmutig auf ihrer Liege, an einem der schönsten Strände der Welt, und jammerte vor sich hin. »Ich glaube, ich habe mein Frühstück nicht vertragen«, klagte sie und hielt sich den Bauch.

»Wieso, was hast du denn gegessen?«

»Bohnen«, sagte Kimmie. »Genau wie die anderen Tage auch.«

O Gott! Victoria schlug die Hand vor den Mund und unterdrückte ein Kichern. Bohnen zum Frühstück, das war einfach zu köstlich. Kein Wunder, dass Kim ständig Bauchweh hatte. *Vermutlich hat sie nur einen Furz quersitzen*, dachte Victoria mit einem gehässigen Grinsen. Aber umso besser, wenn Kimmie wegen einer solchen Lappalie schlecht drauf war. Diese Quengelei konnte Philipp auf den Tod nicht ausstehen.

»Los, heitere sie auf«, zischte sie David zu.

»Was, ich?«

»Nun mach schon. Erzähl ihr ein paar Witze, geh mit ihr ins Wasser, macht ein paar Fotos, was weiß ich. Ich will mit Philipp allein sein, wenn's recht ist.«

»Na gut.« David seufzte, rappelte sich von seiner Liege hoch und ging rüber zu Kim. »Hey, Kimmie, kennst du eigentlich schon meinen Lieblingswitz?

»Hm-hm.« Sie schüttelte den Kopf wie ein kleines Kind.

»Ein Mann sitz auf dem Sofa, es klingelt. Er macht auf, steht ein Typ vor der Tür und sagt: ›Hallo Herr Fischer, mein Name ist Umberto und ich bin hier, um ihre Tochter zu vögeln!‹ Fragt der Mann: ›Um was?‹ Antwortet der Typ: ›Um-berto!‹«

Sie waren zu viert am Strand. Einer hatte den Witz erzählt, zwei hatten ihn auch verstanden, nur Kimmie checkte es mal wieder nicht. »Häääh?«

»Ach, egal«, sagte David gutmütig. »Los komm, lass uns ins Wasser gehen, wir knipsen ein paar Selfies!«

Allein, dass Philipp nichts dagegen einzuwenden hatte, verriet Victoria alles, was sie wissen musste.

»Schon seltsam, oder?«, fing sie an.

»Was?«

»Na, eigentlich passen die beiden viel besser zueinander, findest du nicht?« Sie deutete auf Kim und David, die in den seichten türkisblauen Wellen für die Handykamera posierten.

»Ja, stimmt schon, irgendwie«, druckste Philipp, senkte den Blick und fummelte an einem ausgefransten Loch im Bezug seiner Sonnenliege herum.

»Warum hast du mich verlassen?«, fragte sie geradeheraus.

»Um ehrlich zu sein, frage ich mich das auch manchmal«, entgegnete er und sah sie von der Seite an.

»Ich hatte eigentlich gedacht, du machst mir einen Antrag. Aber stattdessen hast du Schluss gemacht.«

Er seufzte. »Du warst doch schon mit deiner Arbeit verheiratet. Ich bin da irgendwie auf der Strecke geblieben.«

»Und Kimmie gibt dir etwas, das ich dir nicht geben konnte?«, hakte sie nach und kostete den Moment weidlich aus. Endlich würde Philipp zugeben müssen, dass sie die bessere Frau für ihn war. Sie nippte zufrieden an ihrem sündhaft teuren Cocktail. Neunzehn Dollar nahmen die hier für ein Becherchen in der Größe einer Urinprobe.

»Ich bin auch nur ein Mann«, antwortete Philipp achselzuckend. »Manchmal ist es ganz schön, nach einem stressigen Tag von der Arbeit nach Hause zu kommen und sich einfach einen blasen zu lassen.«

Victoria verschluckte sich an ihrem Drink und hustete. Kleine, klebrige Cocktail-Tröpfchen sprenkelten ihren Bauch.

»Du meinst, weil du ... Also weil ich nicht ...?« Sie brach ab und machte eine hilflose Geste.

»Jetzt sei doch nicht so prüde!«

»Ich bin nicht ...«, setzte Victoria an und fing sich wieder. »Nur weil ich dich nicht halbnackt auf Knien neben der Couch erwarte, machst du mit mir Schluss? Tut mir leid, aber wenn das deine Vorstellung einer guten Ehefrau ist, kann ich sie wirklich nicht erfüllen.«

»Ich hab doch nur gesagt, dass es manchmal ganz schön ist, sich als richtiger Mann fühlen zu dürfen.«

Victoria kniff die Augen zusammen. »Wie meinst du das?«

Philipp seufzte. »Begreifst du das denn nicht? Du bist schön, intelligent und obendrein verdienst du locker das Fünffache von mir.«

»Na und? Ich dachte immer, Geld wäre nie ein Thema zwischen uns gewesen.«

»Für dich vielleicht nicht«, entgegnete Philipp bitter. »Aber verstehst du das nicht? Du bist einfach zu perfekt. Neben dir kann man sich als Mann nur klein und mickrig fühlen.«

»Das war nie meine Absicht und ich habe es dich auch nicht spüren lassen.«

»Das stimmt«, räumte er ein. »Und trotzdem habe ich es so empfunden.«

»Das wollte ich nicht«, sagte sie leise.

»Ich auch nicht.« Er senkte den Blick und strich den Rand seines Pooltuchs auf der Liege glatt, bevor er Victoria wieder ansah. »Vielleicht habe ich mich da einfach in was reingesteigert. Das war dumm von mir, das weiß ich jetzt.«

»Soll das heißen, du hast es dir noch mal überlegt?« Victoria hielt die Luft an, von seiner Antwort hing alles ab.

»Ja, schon, irgendwie.« Philipp legte den Kopf schräg und lächelte schief. Victorias Herz machte einen Hüpfer. *Endlich!* »Das heißt, natürlich nur, wenn du mich noch willst«, fuhr Philipp fort. »Ich meine, immerhin bist du jetzt mit David zusammen und ...«

»Das bedeutet mir nichts«, schnitt sie ihm das Wort ab.

»Um ehrlich zu sein, habe ich sowieso nicht verstanden, was du mit dem willst.«

»Gleichfalls«, gab sie trocken zurück. »Wann sagst du es Kim?«

»Das kommt jetzt ein bisschen plötzlich.«

»Wir sollten reinen Tisch machen, alles andere wäre unfair.«

»Aber morgen ist Weihnachten und …« Er brach ab und sah rüber zu Kim und David, die für die Kamera Grimassen schnitten.

»Dann versüß ihr den Trennungsschmerz mit einem Bling-Bling.« Um etwas anderes ging es Kimmie ja eh nicht. »Wir müssen sowieso noch im Schmuckladen vorbei.«

Er kratzte sich am Ohr. »Aber während der Reise, das wäre doch irgendwie mies. Und wie soll das überhaupt gehen, rein praktisch?«

»Alles ganz einfach. Sie bleibt in deiner Suite, du ziehst zu mir, und David hat eine eigene Kabine, die die Reederei bezahlt.«

Philipp schüttelte den Kopf. »Du hast das schon genau geplant, oder?« In seiner Stimme lag eine Mischung aus Erstaunen und Bewunderung.

»So bin ich eben, du kennst mich doch.« Sie lächelte.

»Und genau für diese praktische Herangehensweise liebe ich dich«, sagte er und erwiderte ihr Lächeln.

Er liebt mich noch. Victoria schmolz dahin wie die Eiswürfel in ihrem Cocktail.

»Also, wann redest du mit ihr?«

»Heut Abend, versprochen.«

Sie lehnte sich auf ihrer Liege zurück und genoss den Moment ihres Triumphs. Es war unwirklich, beinahe surreal. Aus den Boxen der Beachbar dudelte *White Christmas*, die Sonne funkelte von einem strahlend blauen Himmel und vom Meer wehte eine sanfte Brise und strich zart über ihre Haut. Die Wellen plätscherten leise an den weißen Puderzuckerstrand und genau in dem Moment tanzte ein leuchtend blauer Schmetterling durch ihr Blickfeld. Alles war perfekt, und Victorias Herz drohte, vor lauter Glück zu zerspringen. Das war besser als Weihnachten und Ostern am selben Tag, und dieses Jahr würde sie das schönste Weihnachtsgeschenk bekommen, das sie sich vorstellen konnte. Denn morgen bekam sie ihren zukünftigen Ehemann zurück.

»Gibt's was zu feiern?« David beäugte neugierig den Sektkühler, der auf dem Tisch in der Sitzecke der Suite stand und in dem eine Flasche Champagner bereitlag.

»Das kann man so sagen«, antwortete Victoria und wies ihn mit einer Geste an, sich zu setzen und die Flasche zu entkorken.

David kam ihrer Aufforderung nach, schenkte ihr ein Glas ein und reichte es ihr. Sie ergriff es, wartete, bis er sich auch eins gefüllt hatte, und sah ihn mit feierlicher Miene an.

»Ab morgen bist du frei«, verkündete sie. »Ich brauche deine Hilfe nicht mehr.«

»Hast du endlich eingesehen, dass es keinen Sinn hat?«

»Ganz im Gegenteil.« Sie nippte an ihrem Champagner. »Philipp hat es eingesehen und will sich von Kim trennen. Noch heute Abend spricht er mit ihr.«

Was sagt man dazu? »Herzlichen Glückwunsch«, krächzte David und trank einen hastigen Schluck, um das Kratzen aus seiner Kehle zu spülen. Sie fühlte sich plötzlich staubtrocken an.

»Danke.«

Wow, das ging schnell. Wie lange waren wir im Wasser? Zehn Minuten? »Das habt ihr vorhin am Strand mal eben so entschieden?«, hakte er nach.

»Sagen wir mal so, wir waren uns einig.« Victoria lächelte zufrieden. Sie hatte mal wieder gewonnen.

Einig! Als handelte es sich um ein Geschäft oder einen Vertrag. David besann sich auf das Wesentliche und räusperte sich. »Gut, dann wäre ja mein Teil der Abmachung erfüllt. Ich hoffe, du erinnerst dich noch an deinen. Jetzt, wo du alles hast, was du wolltest.«

»Natürlich«, gab sie zurück. »Wofür hältst du mich? Die Anzeige ist längst zurückgezogen, meine Assistentin hat sich darum gekümmert. Und die Klage wäre somit gegenstandslos, wenn du im Gegenzug deine Initiative gegen Rothpharm einstellst.«

»Und was ist mit der Testgruppe?«

»Was soll damit sein?«, entgegnete sie ausweichend.

»Bekommt Leonie einen Platz?«

Victoria verdrehte die Augen. »Also schön, ja, sie hat einen. Ich wollte es dir eigentlich erst morgen sagen, es sollte mein Weihnachtsgeschenk für dich sein.«

»Wirklich?« Sein Herz drohte, zu zerspringen, Tränen stiegen ihm in die Augen. »Danke!« David fiel ihr um den Hals und gab ihr einen spontanen Kuss auf die Wange.

Victoria verschüttete etwas von ihrem Champagner. »Vorsicht, die Couch!« Sie wischte an den Flecken auf dem Polster herum.

»Nein echt.« Er griff ihre Hand, damit sie damit aufhörte und ihn ansah. »Ich meine das ernst, ich weiß nicht, wie ich dir danken soll.«

»Schon okay«, wehrte sie ab und senkte den Blick. Anscheinend war ihr seine Dankbarkeit unangenehm, aber sie musste gar nicht so bescheiden sein. Das war das Beste, was jemals in seinem Leben passiert war, zumindest seit Leonies Geburt. Und er hätte nie gedacht, dass es ausgerechnet Victoria Rothenberg sein würde, der er diese Wendung des Schicksals zu verdanken hatte. Jetzt würde endlich alles gut werden.

So ein Mist! Victoria eilte zu ihrem Laptop. Zwar hatte sie Klaus Rompers, dem Leiter der Forschungsabteilung, eine Mail geschrieben und sich vorsichtig erkundigt, ob sich an der Zusammensetzung der Testgruppe noch etwas ändern ließe. Aber sie hatte einfach noch keine Zeit gefunden, seine Antwort zu lesen. *Bullshit*! Natürlich hätte sie Zeit gehabt, sie hatte sich bloß nicht getraut. Weil sie die Antwort von vornherein gekannt hatte. Sie lautete *Nein*, egal, auf welche Frage. Weil Leonie ein Mädchen war.

Da der Hormonhaushalt im weiblichen Körper im Laufe des Zyklus schwankte und somit die Ergebnisse verfälschte, wurden Medikamente grundsätzlich nur an Männern getestet. Bei der Dosierung eines Wirkstoffs ging man dann von einem achtundsiebzig Kilo schweren Durchschnittsmann aus und rechnete die Werte entsprechend um. Was Frauen betraf, war die Medizin quasi im Blindflug unterwegs. In der Praxis führte das zu allerlei Problemen, weil die meisten Entzündungskrankheiten, wie Rheuma oder eben Asthma, typisch weibliche Krankheiten waren. Trotzdem wurden Medikamente nur an Männern getestet, und schon gar nicht an Kindern. Aber das hatte sie David nicht gesagt, sondern ihn im Glauben gelassen, seine Tochter hätte eine Chance.

Ich bin ein schlechter Mensch, dachte Victoria und öffnete das Mailprogramm. Wie zu erwarten gewesen war, fiel die Antwort negativ und entsprechend knapp aus. Nein, es ließe sich nichts mehr an der Testgruppe ändern, die Liste der Probanden sei vollständig.

Was sollte sie jetzt tun? Victoria schlang ihre Finger umeinander und knetete ihre Hände. Sie hatte ihn angelogen, es gab keinen Platz für seine Tochter. Aber David hatte so glücklich ausgesehen, als er die Suite verließ. Er hatte sich an seinen Teil der Abmachung gehalten und seine Sache gut gemacht. In der Nachbarsuite war Philipp vermutlich gerade dabei, sich von Kim zu trennen, und Victoria würde alles bekommen, was sie sich gewünscht hatte. Und David würde leer ausgehen. Es würde ihm das Herz brechen. Nur weil seine Tochter ein Mädchen war.

In Victoria regte sich Widerstand, sie wusste selbst gut genug, wie es war, wegen ihres Geschlechts diskriminiert zu werden. Das war eine himmelschreiende Ungerechtigkeit! *Vielleicht ist es an der Zeit, eine Lanze zu brechen,* dachte Victoria und verfasste eine Antwort an Klaus Rompers. *Ich bin seine Chefin!* Da konnte er sich ihrem Wunsch schlecht widersetzen. Außerdem war Weihnachten, oder etwa nicht? Dies war die Zeit, in der sich Wünsche erfüllten. Da durfte man also auch auf ein Wunder hoffen. *Andererseits* ... Victoria las noch mal durch, was sie geschrieben hatte. Das führte doch sowieso zu nichts. Mit einem Schnauben verwarf sie den Entwurf und tippte eine Weihnachtsmail an ihre Mutter.

Kapitel Elf

EINE DAME MACHT IHRE ERSTE KREUZFAHRT UND FRAGT DEN JUNGEN OFFIZIER: »UND, WAS IST IHRE POSITION?« ANTWORTET ER: »ICH BIN DER DECKOFFIZIER.«

Meine Güte, dachte Victoria. *Die haben hier ja wirklich an alles gedacht.* Über Nacht musste eine Armee von Angestellten dafür gesorgt haben, das gesamte Schiff zu dekorieren. Auf jedem Deck standen Weihnachtsbäume. Echte, wohlgemerkt, kein Plastik. Aus den Lautsprechern in den Fahrstühlen dudelten Weihnachtslieder, und vor dem Adagio empfing sie ein Lebkuchenhaus in der Größe eines Kleinwagens, als Victoria zum Frühstück ins Restaurant ging.

»Merry Christmas, Madam«, begrüßte der Kellner sie und führte sie zu ihrem Tisch. »Husband coming later?«

»Nein, wir haben uns getrennt«, gab Victoria zurück und musste die schlechte Laune nicht einmal spielen. Den ganzen Abend hatte sie darauf gewartet, dass Philipp sich meldete. Hatte er aber nicht. Es war nichts passiert, und sie hatte miserabel geschlafen, weil sie die ganze Nacht mit einem Ohr darauf gelauert hatte, dass sich etwas tat. Umso überraschter war sie, die beiden in trauter Eintracht vorzufinden, und warf Philipp einen fragenden Blick zu. Der verzog den Mund zu einer Grimasse und hob in einer entschuldigenden Geste die Hände. Also war er noch nicht dazu gekommen, das zu klären? War das sein Ernst?

»Wo geht es denn heute hin?«, sprach sie die beiden nach dem Frühstück an. Auf die Antwort war sie wirklich gespannt.

»Oh, nichts Besonderes«, wehrte Philipp ab und nestelte nervös am Saum seines Poloshirts.

Kim strich sich eine Strähne hinters Ohr, die sich aus ihrem platinblonden Pferdeschwanz gelöst hatte, und plapperte munter drauf los. »Wir wollen in den Ort, ein bisschen shoppen und ein paar Souvenirs kaufen. Und danach zum Strand.«

»Na, da komme ich doch glatt mit«, entgegnete Victoria.

Philipp räusperte sich. »Und wo steckt David?«

»Wir haben uns getrennt«, sagte sie und sah ihm direkt in die Augen. Philipp blinzelte nervös.

»O nein, wieso denn?« Kimmie schlug die Hand vor den Mund. »Ihr ward doch so ein schönes Paar!«

»Genau wie ihr«, gab Victoria zurück und schenkte ihr ein zuckersüßes Lächeln. Philipp zuckte zusammen und komplimentierte Kim mit einer hilflosen Geste aus dem Restaurant.

»Also dann, bis später!«, rief Victoria ihnen nach. Sie war wirklich gespannt, wann er es ihr sagen würde.

Die Sonne brannte auf den Souvenirmarkt von Montego Bay herab. Victoria schlenderte lustlos zwischen den Ständen umher, an denen der übliche Ramsch feilgeboten wurde. Bunte Hemden und Strandtaschen, Schnitzereien aus Holz und angeblich selbstgemalte Bilder, die vermutlich ebenso aus China stammten wie der Rest der Souvenirs, die ihnen bisher auf jeder Station ihrer Reise begegnet waren.

»Hier gibts ja gar keine echten Läden«, quengelte Kimmie. »Ich will was Richtiges kaufen.«

Philipp seufzte. »Dann müssen wir in den Ortskern.« Er gestikulierte vage in eine Richtung und steuerte den Ausgang des Souvenirmarkts an.

Die Downtown von Montego Bay entsprach nicht gerade dem, was man unter einem Shopping-Paradies verstand, und konnte auch nicht mit einer malerischen Altstadt aufwarten. Zwischen den maroden Häusern scharrten Hühner im Dreck, es wimmelte von Menschen, die Einheimischen gingen ihren gewohnten Tätigkeiten nach und erledigten letzte Besorgungen vor dem Fest. In der Luft hing der beißende Geruch von verwesendem Fisch, der an den Marktständen in der Sonne vor sich hin briet, und auch das Obst und Gemüse hatte schon bessere Tage gesehen. Eine typische Stadt eines Dritte-Welt-Lands eben, sie war schmutzig, laut und sie stank. Selbst die allgegenwärtige Deko aus metallicbuntem Plastik vermochte nicht darüber hinwegzutäuschen, dass es um die hygienischen Bedingungen hier nicht zum Besten bestellt war.

»Hier stinkt's«, maulte Kimmie und zog an Philipps Arm. »Ich will zurück zum Schiff.«

»Aber wir sind doch gerade erst angekommen.«

»Ich fühle mich aber hier nicht wohl und mir ist schlecht.«

»Du solltest vielleicht wirklich besser zurück zum Schiff«, entgegnete Victoria und schützte Besorgnis vor. »Weißt du was, du ruhst dich ein wenig aus und wir kommen dann später nach.«

Philipp nickte. »Das ist eine gute Idee.« Er streckte die Hand aus und stoppte ein Taxi.

Kimmie kletterte auf die Rückbank »Aber ich will nicht allein zurück zum Schiff«, jammerte sie.

»Kommst du mit?«, fragte er an Victoria gewandt.

Sie schüttelte trotzig den Kopf. »Nein, ich bleibe.«

Philipp stand an der Tür und schien einen Moment zu überlegen, ob er mit Kim fahren oder bei ihr bleiben sollte.

Der Moment der Entscheidung, dachte Victoria.

»Sie oder ich«, sagte sie leise und sah Philipp fest in die Augen.

Sein Blick schwankte zwischen Kim und ihr. »Ich kann sie doch jetzt nicht allein lassen«, zischte er Victoria zu.

»Sie oder ich«, wiederholte sie mit Nachdruck. »Entscheide dich.«

Philipp schüttelte den Kopf. »Tut mir leid, ich kann nicht«, sagte er und stieg in das Taxi.

So ein Schlappschwanz! Victoria sah dem davonfahrenden Wagen nach. Es dauerte einen Moment, bis sie realisierte, dass er sie wirklich stehen gelassen hatte. Irgendwo mitten in Montego Bay. Wo war sie hier eigentlich? Sie sah sich um und entdeckte Bierdosen und Schnapsflaschen an einer grob zusammen gezimmerten Theke an einer der Hütten auf dem Markt. Der Verkäufer nickte ihr zu und deutete auf eine der Flaschen. »Rum?«

Victoria nickte. »Double.« Auf den Schock brauchte sie einen Doppelten. Sie deutete die Größe mit Daumen und Zeigefinger an und er füllte einen Plastikbecher und reichte ihn über den Tresen. In einem Zug kippte sie ihn runter. Der Alkohol brannte scharf in ihrer Kehle, sie schüttelte sich und hustete.

Der Verkäufer lachte und seine zotteligen Dreadlocks wippten fröhlich. »Come in«, sagte er und deutete auf seine Bar. »Not good for a beautiful woman, to be alone in the street«, fügte er mit einem Kopfschütteln hinzu.

Nein, man ließ keine Frau mitten auf der Straße stehen, das wusste selbst der Jamaikaner. *Nur Philipp anscheinend nicht,* dachte Victoria grimmig und trat ins Halbdunkel der Hütte.

Unterdessen fragte sich David quer durch den Flughafen. Seit einer geschlagenen Stunde wurde er von Pontius zu Pilatus geschickt, aber jetzt schien er endlich am richtigen Schalter angekommen zu sein. Wenigstens ging hier alles auf Englisch und er war nicht wieder auf Victorias Hilfe angewiesen. Die rundliche Flughafenangestellte bedachte ihn mit einem mürrischen Blick, als er sein Anliegen vortrug, stand auf und verschwand gemächlich durch eine Tür hinter dem Tresen. Nach einer gefühlten Ewigkeit kehrte sie mit einem Zettel in der Hand zurück und bedeutete David, ihr zu folgen. Das Schaukeln ihres gewaltigen Hinterteils hatte etwas Hypnotisches und David war sich sicher, dass sie, wenn sie noch langsamer gingen, in der Zeit zurückreisen würden. Endlich blieb sie vor einer weiteren Tür stehen, die zu einem Raum führte, der bis auf einen Tisch in der Mitte vollkommen leer war.

»Wait here«, sagte sie und ließ ihn allein.

David setzte sich auf die Tischkante und starrte auf das verblichene Linoleum des Fußbodens. Die Minuten krochen dahin. Eine Viertelstunde später erschien ein Kofferträger, gefolgt von zwei Männern in Uniform. Der Aufnäher auf der Brust ihrer Hemden wies sie als Zollbeamte aus.

»Is that your suitcase?«, fragte einer der beiden und sah ihn streng an.

David schwante nichts Gutes, er nickte beklommen. Jemand musste das Schloss aufgebrochen haben. Vermutlich die Flughafenmitarbeiter in Cartagena, um den Inhalt zu inspizieren. *Kolumbien*, schoss David durch den Kopf, und er hoffte inständig, dass niemand den Koffer dazu benutzt hatte, darin Drogen zu schmuggeln.

»Open it!«, forderten die Zöllner, nachdem der Träger ihn auf den Tisch gewuchtete hatte. David kam der Anweisung nach, öffnete den Reißverschluss und schlug den Deckel zurück. Mit klopfendem Herzen sah er dabei zu, wie sie sein Gepäck durchwühlten.

»Funny style«, bemerkte einer der Beamten und

hob mit spitzen Fingern ein glitzerndes Jackett in die Höhe. Er musterte David argwöhnisch. »Are you gay?«

Schwul? »No, not gay«, wehrte David ab. Allein der Verdacht konnte einen in der Karibik in Schwierigkeiten bringen. »Showmaster!«, setzte er deshalb schnell hinzu, denn er verspürte keine große Lust auf ein blaues Auge.

»What Show?«

»On the ship.« Er gestikulierte vage in die Richtung, in der er den Hafen vermutete. »Stella Maris, you know?«

»Ah, that ship.« Ein Leuchten der Erkenntnis glitt über das Gesicht des Beamten. »Only crazy people on that boat«, sagte er und winkte mit der flachen Hand vor seiner Stirn.

Sein Kollege verdrehte die Augen. »Tourists.« Er schüttelte den Kopf.

So ganz unrecht hatten sie damit vermutlich nicht. Sollten sie doch denken, was sie wollten, David für seinen Teil wollte einfach nur seinen Koffer nehmen und so schnell wie möglich verschwinden.

Es war eher ein Verschlag als eine Bar. Zwischen zwei Hauswänden standen zwei winzige Tische und ein paar wackelige Hocker. Auf einem davon hockte Victoria, sie war der einzige Gast. Ihr gegenüber saß der Verkäufer, ein hochgewachsener Einheimischer mit tiefdunkler Haut und blendend weißen Zähnen, und schenkte ihr eifrig nach. Der Rum war stark und um die frühe Uhrzeit stieg er ganz schön zu Kopf. Es war nicht mal Mittag, stellte sie fest und der Jamaikaner warf einen begehrlichen Blick auf ihre Uhr. Gott sei Dank die alte. Die neue lag gut gesichert auf der Stella Maris, in einer Geschenkschachtel im Safe ihres Kleiderschranks.

»Your're a sexy lady«, sagte er und griff nach ihrer Hand.

Victoria lachte trocken auf. Ja, nur anscheinend nicht sexy genug, denn Philipp, der Mistkerl, hatte sie stehen gelassen, und war mit einer anderen davon gefahren.

»Look into my eyes«, sagte der Jamaikaner und sah sie mit einem tiefen Blick an, von dem er wohl dachte, dass er Frauenherzen zum Schmelzen brachte. »What do you see?«

Sie blickte in seine Augen, deren Augäpfel einen deutlichen Gelbstich hatten. *Hepatitis!*, schoss ihr durch den Kopf. *Gott sei Dank bin ich geimpft!* Schlagartig wurde sie nüchtern und entzog ihm ihre Hand. Was tat sie hier eigentlich?

Er stand auf und kam um den Tisch herum, seine Hände legten sich auf ihre Schultern.

»You wanna make love to me?«, fragte er mit rauer Stimme und hob die blaue Plane an, die sie bis eben für die Rückwand des Verschlags gehalten hatte. Victorias Blick fiel auf eine schmuddelige Matratze, die auf dem nackten Lehmboden lag. »Hundred Dollar an' I make you a very happy lady.«

Das entwickelte sich in eine ganz ungute Richtung, sie hatte bestimmt nicht vor, sich in diesem Loch von einem wildgewordenen Loverboy beglücken zu lassen. Mit einem Satz war sie auf den Beinen, fischte einen Zwanzig-Dollar-Schein aus ihrem Portmonee und floh aus der Bar. Der Verkäufer kam ihr nach. Victoria rannte los. Sie lief, bis sie das Gefühl hatte, dass er ihr nicht mehr folgte, und wurde langsamer, bis sie schließlich stehen blieb. Wo war sie? Sie hatte keine Ahnung, aus welcher Richtung sie vorhin gekommen waren, und sah sich nach allen Seiten um. Plötzlich wurde ihr bewusst, dass sie seit bestimmt einer Stunde keine Touristen mehr gesehen hatte. *Keine Weißen.* Mit einem Mal begriff Victoria, wie es war, wegen seiner Hautfarbe aufzufallen und angestarrt zu werden. Auf einmal kamen ihr die Menschen auch gar nicht mehr so freundlich vor. Ganz im Gegenteil, sie musterten Victoria aus verschlagenen Augen wie einen Fremdkörper. Sie war eine Touristin, sie gehörte hier nicht her. Das spürte sie ganz deutlich und wollte bloß noch eines: weg von hier!

Die beiden Einheimischen, die vor ihr gingen, wurden langsamer. Victoria wollte die Männer überholen, aber das ging nicht, denn plötzlich war jemand an ihrer Seite, an der anderen auch. Victoria sah sich panisch um, doch auch hinter ihr waren zwei Männer. Junge Burschen mit Dreadlocks und wilden Augen, sie grinsten sie herausfordernd an. Ohne, dass Victoria es bemerkt hatte, hatten sie sie eingekreist. Nun schoben sie sich näher, sie waren zu sechst und drängten Victoria in eine Nische zwischen zwei Häusern. Panik stieg in ihr auf. Eine Hand griff nach ihrer Strandtasche und zerrte daran. Eine andere schob sich unter ihr

Kleid. Aus Leibeskräften schrie Victoria um Hilfe. Einer der Männer hielt ihr den Mund zu, während die anderen über sie herfielen. *Das war's*, dachte sie resigniert und machte sich auf das Schlimmste gefasst.

»Gotta buy something«, verkündete Marvin, sein Taxifahrer, und setzte tatsächlich mal den Blinker. Der Name hätte nicht treffender sein können, wie David fand. Alles an dem Jamaikaner erinnerte ihn an Marvin the Martian, den kleinen schwarzgesichtigen Marsianer aus den Loony-Tunes-Cartoons. Fehlte eigentlich nur noch der Helm. Stattdessen trug Marvin eine ausgeblichene Baseballmütze der San Francisco Giants, was angesichts seiner Körpergröße auch irgendwie komisch war.

David winkte ab. »Go ahead.« Nur zu, er hatte jetzt alles, was er brauchte. Sein Koffer lag im Kofferraum, und er hatte noch fünf Stunden Zeit, bis die Stella Maris ablegte. Ihm war es egal, wenn der Fahrer einen kleinen Umweg nahm.

Marvin bog in eine der Straßen, die Richtung Zentrum führten. Auf den Gehsteigen herrschte Hochbetrieb. Wie überall im englischsprachigen Raum wurde Weihnachten auf der Insel erst am fünfundzwanzigsten gefeiert, und es schien, als wäre ganz Montego Bay auf den Beinen, um noch etwas zu erledigen. David saß auf dem Beifahrersitz, sah aus dem Fenster und ließ das bunte Treiben an sich vorbeiziehen. Die Bars füllten sich langsam mit Menschen, die dem morgigen Feiertag entgegenblickten. In ein paar Stunden würde der gesamte Ort eine einzige laute, alkoholgeschwängerte Party sein. Aus dem Augenwinkel sah er etwas Blondes aufleuchten, nur einen winzigen Moment, aber er hätte diesen Blondton unter Tausenden erkannt.

»Stop!«, brüllte er. »Stop the car!«

Marvin kam seiner Aufforderung so unmittelbar nach, dass David sich den Kopf an der Windschutzscheibe stieß, als das Taxi mit quietschenden Reifen zum Stehen kam.

»What?« Der Fahrer sah ihn fragend an. Doch David hatte keine Zeit für Erklärungen, sondern sprang aus dem Wagen und rannte zurück zu der Stelle, an der er glaubte, die Frau gesehen zu haben.

»Go away!«, donnerte eine zornige Stimme. Die Männer ließen von ihr ab und rannten davon. Der Spuk war ebenso schnell vorbei, wie er begonnen hatte. Victoria richtete mit zitternden Fingern ihr Kleid, bevor sie zu ihrem Retter aufsah und in Davids besorgtes Gesicht blickte. Sie war noch nie so froh gewesen, ihn zu sehen, und schluchzte auf. Er hockte sich neben ihr auf den Gehsteig und nahm sie in den Arm, hielt sie einfach nur fest und streichelte ihren Kopf, während sie an seiner Brust weinte.

»Was machst du denn für Sachen?«, murmelte er an ihrem Haar, als ihre hysterischen Schluchzer langsam verebbten.

»Ich … Die waren ganz plötzlich da«, stammelte sie und schloss die Augen. Sofort schoben sich die Bilder der Männer davor, die ihr das Kleid hochzogen und …

»Warum bist du denn auch ganz allein hier unterwegs?«, fragte David kopfschüttelnd und half ihr hoch.

»That was dangerous, woman«, bekräftigte der Taxifahrer mit ernster Miene, als David sie sanft in das Taxi schob. Tss, als ob sie das nicht selbst gewusst hätte!

»Philipp hat mich hier stehen lassen.« Victoria schniefte und wischte sich die Tränen fort.

David stemmte die Fäuste in die Seiten und sah sie entrüstet an. »Dem werde ich ein paar Takte erzählen, wenn wir zurück auf dem Schiff sind.«

»Später.« Victoria nickte grimmig. »Erst müssen wir zur Polizei.«

David legte den Kopf schief und sah sie zweifelnd an. »Und was soll das bringen? Du kannst doch nichts beweisen.«

»Die haben mich ausgeraubt. Tasche, Geld, Handy, Kreditkarte, alles weg.«

»Nichts, was man nicht ersetzen könnte«, stellte David nüchtern fest.

»Hier geht's ums Prinzip«, entgegnete Victoria trotzig. »To the Police Station«, wies sie den Taxifahrer an.

David seufzte ergeben. Aber wo kam man denn hin, wenn diese Typen ungestraft am helllichten Tag eine Frau überfallen konnten?

Der wachhabende Polizist sah das auf jeden Fall

ähnlich und nahm die Sache sehr ernst, als er den Vorfall mit quälender Langsamkeit zu Protokoll nahm. Victoria schilderte die Ereignisse jetzt zum bestimmt zehnten Mal und David fragte sich ernsthaft, was das bringen sollte. Aus seiner Sicht verschwendeten sie hier ihre Zeit, das führte doch zu nichts. Aber Victoria wiederholte geduldig ihre Aussage, die der Polizist in einen altersschwachen PC tippte. Mit zwei Fingern, wie sich das für einen anständigen Polizeibeamten gehörte. Sein jüngerer Kollege hing unterdessen an seinem Handy und telefonierte irgendwelche Kontakte ab, sofern David das beurteilen konnte, er verstand kein Wort.

»Hey, Bugsy, wha goan?« Der Polizist sprach Patois, den einheimischen Dialekt, redete schnell auf seinen Gesprächspartner am anderen Ende der Leitung ein und lauschte. Nach einer Weile erhellte sich seine Miene. »Eben hat Daffy versucht, in Bugsys Bar ein nagelneues iPhone zu verkaufen«, sagte er, jetzt wieder auf Englisch.

»Schnapp ihn dir, Donald«, knurrte sein Vorgesetzter und lächelte zufrieden, während der junge Officer nach den Autoschlüsseln griff.

Warum haben auf dieser Insel eigentlich alle so bescheuerte Comicnamen?, fragte sich David und sah ihm nach, als er gemächlich zur Tür hinaus schlurfte.

»Sehen Sie«, sagte der ältere Polizist an Victoria gewandt. »Die jamaikanische Polizei ist sehr fähig und leistet ganze Arbeit.«

Natürlich, was auch sonst?, dachte David, hütete sich jedoch, das laut auszusprechen. Er warf einen

Blick auf die Uhr. Wenn das hier noch länger dauerte, konnten sie es sowieso vergessen, denn so langsam mussten sie sich auf den Weg zum Schiff machen, wenn sie es nicht verpassen wollten. In etwas über einer Stunde legte die Stella Maris ab.

Die Minuten tickten dahin, und es kam ihm wie eine Ewigkeit vor, bis sich endlich die Tür zur Polizeistation öffnete und der Beamte erschien. Mit einem selbstgefälligen Lächeln reichte er Victoria ihr Handy zurück und schilderte wortreich, wie er den kleinen Ganoven überwältigt hatte, um ihm das Telefon abzunehmen.

»Und was ist mit den anderen fünf Männern, die mich überfallen haben?«

Der Polizist zuckte mit den Schultern. »No idea.«

»Wo ist er jetzt?«, wollte sein Kollege wissen.

»Hab ihn laufen lassen«, antwortete er. »It's Christmas, man.«

»Und damit kommen die jetzt durch?«, fuhr Victoria auf. »Weil Weihnachten ist?« Sie schüttelte offensichtlich fassungslos den Kopf.

»Genau«, schaltete David sich ein. »Weihnachten ist ein sehr gutes Stichwort. Wir sollten uns beeilen, aufs Schiff zurückzukommen. Sonst verbringen wir die Feiertage nämlich hier.«

»Just a moment«, sagte der Polizist und deutete auf seinen PC. »Ich muss erst noch das Protokoll zu Ende bringen.«

Weitere wertvolle Minuten verstrichen, so langsam wurde David nervös. »Wir müssen jetzt wirklich los!« Er achtete nicht auf Victorias Protest, sondern fasste sie an der Hand und zog sie einfach mit sich nach draußen. Die Sonne war schon untergegangen, aber immerhin hatte Marvin geduldig vor der Wache auf sie gewartet und lehnte an seinem zerbeulten Taxi. *Guter Mann*, dachte David und seufzte erleichtert. Wenn der Koffer wegen diesem Mist noch mal verschwunden wäre, hätte er für nichts garantieren können.

Das Taxi quälte sich durch die verstopften Straßen. Heute Nachmittag war es schon voll gewesen, aber jetzt ging nichts mehr. Im Zentrum Montego Bays herrschte Ausnahmezustand. Vermutlich hatte sich die gesamte Bevölkerung der Insel ins Auto gesetzt, all die Duffys und Bunnys und Jerrys. Jetzt kurvten sie herum, auf der Suche nach einem Parkplatz oder einfach nur, um ihre fahrbaren Untersätze zur Schau zu stellen. Aus den Boxen wummerten die Bässe und vermischten sich mit der Musik aus den Bars. Halbnackte Frauen in Bikinioberteilen und Shorts tanzten auf den Straßen mit Männern mit freiem Oberkörper und Weihnachtsmann-Mützen. Die Stadt glich einem Hexenkessel. Und sie waren mittendrin. Das Taxi kam nicht mehr voran, sie standen im Stau. Victoria griff nach Davids Arm und warf einen bangen Blick auf seine Armbanduhr.

»Das wird knapp«, sagte sie unnötigerweise, als hätte er das nicht selbst gewusst.

»Ich hab's dir gleich gesagt, aber du wolltest ja unbedingt zur Polizei gehen«, fuhr David auf. »Und jetzt haben wir den Salat!« Er war kurz davor, seinen Koffer zu nehmen und zu Fuß zu gehen.

Das Taxi rollte einen Meter nach vorn, noch einen, sie fuhren wieder. »Na bitte. Siehst du, wir schaffen es!«

»Noch sind wir nicht da.«

»Aber fast, ich kann das Schiff schon sehen. Für einen Komiker bist du ganz schön pessimistisch, weißt du das eigentl…« Das Tuten des Schiffshorns unterbrach sie jäh. Victoria fuhr zusammen. »Was war das?«

»Na was wohl?« David stöhnte auf. »Die Stella Maris. Sie legt ab.«

Kapitel Zwölf

WEIHNACHTEN IM IRRENHAUS. KOMMT DER WEIHNACHTSMANN ZU DEN IRREN UND SAGT ...

»Aber das können die doch nicht machen!« Victoria sprang aus dem Taxi und stürmte ins Hafenterminal.

»Und ob sie das können!«, rief David ihr nach und bat den Taxifahrer zum dritten Mal an diesem Tag, auf ihn zu warten. Dann folgte er Victoria ins Innere des Gebäudes, wo sie bereits aufgebracht mit einem Sicherheitsmann diskutierte.

»Er will mich nicht durchlassen«, sagte sie an David gewandt.

»Wozu auch? Das Schiff ist weg.«

»Immerhin habe ich mein Telefon zurück.« Victoria bedachte David mit einem triumphierenden Lächeln und schwenkte es vor seiner Nase. »Ich werde jetzt die Rezeption anrufen und ihnen sagen, dass sie umkehren müssen.«

»Viel Glück«, bemerkte er sarkastisch. »Machen die sowieso nicht.«

»Wir werden ja sehen. Los, gib mir deine Bordkarte, ich brauche die Notfall-Telefonnummer.«

Seufzend reichte er ihr seine Karte und sah zu, wie sie die Ziffern auf das Display hämmerte.

»Ja, hallo, hier ist Victoria Rothenberg. Sie haben uns vergessen«, sagte sie, als die Rezeptionistin ranging. »Sie müssen sofort umdrehen und uns aufsammeln.«

Sein Blick glitt über das Schaufenster eines Souvenirgeschäfts und blieb an einem Herz in Rastafarben hängen. »Jamaika me crazy« war darauf gedruckt, ein Wortspiel von *You make me crazy*. *Genau*, dachte David mit einem ironischen Lächeln. *Diese Insel macht mich noch verrückt. Und die Frau auch.*

Victorias Gesichtszüge verfinsterten sich. »Was heißt das, es geht nicht? Ich bin Gast einer Suite ... Aha, mir egal, dann schicken Sie halt ein Rettungsboot ... Wo soll ich denn jetzt ein Lotsenboot hernehmen? Ich verlange, sofort Kapitän Veenhoff zu sprechen ... Wie, nicht da? Dann holen Sie ihn halt ans Telefon, wir kennen uns persönlich! ... Es ist mir egal, ob er gerade beim Essen ist!«

David verfolgte das Telefonat mit zunehmender Belustigung und wandte sich an die Hafenangestellte, die auf ihn zukam und ihm ihre Pässe in die Hand drückte. Ihr Name war Minnie, wie ihm ihr Namensschild verriet. *Na klar, was auch sonst?*

»Sagen Sie, ist es möglich, jetzt noch ein Lotsenboot zu finden, das uns zum Schiff bringt, Minnie?« Es war immer gut, den Namen zu benutzen, wenn man etwas von jemandem wollte.

Sie schüttelte bedauernd den Kopf. »It's Christmas.«

Natürlich, alle hatten bereits Feierabend, nur Minnie nicht. Und die arme Rezeptionistin an Bord der Stella Maris ebenfalls nicht, sie musste Victoria immer noch Rede und Antwort stehen.

»Ich glaub es nicht«, sagte sie schließlich und ließ das Telefon sinken. »Sie sagt, wir sollen ein Lotsenboot nehmen.«

»Heut nicht mehr, keine Chance.«

»Woher willst du das wissen?«

»Von ihr«, sagte David und deutete auf die Hafenangestellte. »Sie hat uns unsere Pässe gebracht und hätte jetzt sicher auch gern Feierabend. Merry Christmas, Minnie.«

»Same to you, Sir. And good luck!«

»Und was jetzt?«

David setzte sich in Bewegung. »Keine Ahnung«, rief er ihr über die Schulter zu. »Ich schätze, wir werden uns erstmal ein Hotel suchen müssen. Oder hast du eine bessere Idee?«

Marvin sah ihn an, als käme er von einem anderen Stern, als David ihm erklärte, wo sie nun hinwollten. »It's Christmas, man!«

Okay, das hatten wir schon. So langsam klangen die alle wie eine springende Schallplatte. »Es muss doch irgendwo ein freies Zimmer geben!«

»Die ganze Insel ist ausgebucht, Mann, alles voller

Amerikaner«, sagte Marvin und zuckte mit den schmalen Schultern.

Victoria wollte das offenbar so nicht hinnehmen. »Fahren Sie, wir finden schon was.«

Doch nachdem sie stundenlang umhergekurvt waren, nur um eine Absage nach der anderen zu kassieren, sah auch sie es endlich ein. »Und was nun?«, fragte sie, den Tränen nahe.

David dachte nach. Wenn Chris gerade als Entertainment-Manager auf dem Schiff war, dann bedeutete das ...

»Ich habe eine Idee.«

»Sollen wir etwa den Taxifahrer fragen, ob wir bei ihm auf der Couch schlafen können?«

»Couch ist ein gutes Stichwort«, sagte er, und beugte sich vor zu Marvin. »Kennst du Steven Acer?«

»That's a joke, right?« Der Marsianer drehte sich zu ihm um, und David wünschte, er würde wieder auf die Straße sehen. »Jeder kennt Steven Acer.«

Volltreffer! »Und weißt du auch, wo er wohnt?«

»Yeah, man. Jeder auf der Insel weiß, wo er wohnt.«

»Gut, dann bring uns dahin.« Das war immerhin eine Idee. Blieb nur zu hoffen, dass Steven auch zu Hause war.

Die Straße schlängelte sich den steilen Berg hinauf. »Und wer soll das sein, dieser Steven?«, fragte Victoria und starrte aus dem Fenster. Zu beiden Seiten der Fahrbahn erkannte sie spärlich beleuchtete Wellblechhütten, die sich zwischen dichtem Buschwerk an den Hang schmiegten. Die Gegend machte keinen vertrauenerweckenden Eindruck.

»Ein Freund«, entgegnete David geheimnisvoll.

Na super! Von schmuddeligen Matratzen hatte sie für heute genug.

Das Taxi hielt vor einer Einfahrt, die mit einem schmiedeeisernen Tor gesichert war, und hupte. Zwei Rottweiler schälten sich aus der Dunkelheit und ihr Gebell hallte durch die karibische Nacht, bis ein riesiger Schwarzer am Tor erschien.

»Who's there?«, verlangte er zu wissen und seine Stimme klang genau so tief und knurrend wie die der Hunde.

»Ich bin's, David«, sagte David auf Deutsch und trat näher an das Tor. »Kennst du mich noch?«

»Natürlich, alter Freund«, antwortete der Jamaikaner, ebenfalls auf Deutsch. »Was machst du hier?« Er schien zwar überrascht, David zu sehen, aber wirkte ehrlich erfreut. »Und wen hast du da mitgebracht?«

»Darf ich vorstellen? Victoria Rothenberg«, sagte David und fügte an Victoria gewandt hinzu: »Und der gutaussehende schwarze Kerl dort ist Steven Acer, seines Zeichens zweiter Entertainment-Manager der Stella Maris, wohl einer der besten Barry-White-Imitatoren der Welt und Gott sei Dank gerade im Urlaub.«

Während der Fahrer Davids Koffer aus dem Kofferraum wuchtete, zählte der sein letztes Geld ab.

»Jetzt sind wir pleite«, stellte er achselzuckend fest.

Steven öffnete das Tor und hielt die Hunde zurück.

»Meine sicherste Alarmanlage«, bemerkte er und

führte sie die gewundene Einfahrt hinab zu seinem Haus.

Victoria blieb vor Staunen der Mund offenstehen, denn es handelte sich um eine moderne Villa, die ebenso gut in die Hollywood Hills gepasst hätte. Jetzt wusste sie, was der Fahrer damit gemeint hatte, als er sagte, dass jeder hier wisse, wo Steven Acer wohne.

David pfiff leise durch die Zähne. »Nicht schlecht!«

»Kommt erstmal rein«, sagte Steven gutmütig und deutete auf die Treppe zum ersten Stock. »Ich zeig euch euer Zimmer. Aber es ist winzig. Das Haus ist voll, die Kinder sind über die Feiertage da.«

»Das macht doch nichts«, beeilte sich David zu sagen. »Hauptsache, wir müssen nicht draußen schlafen, oder?« Er nickte Victoria aufmunternd zu, als er ihr den Vortritt ließ.

Das Zimmer war klein, wie angekündigt, und enthielt neben einem Schrank nur ein schmales französisches Bett, über dem ein Moskitonetz hing. Unter der Decke surrte ein Ventilator. Es würde also eng werden heute Nacht, und heiß. Aber das war ihr inzwischen auch egal.

»Wir haben unten auf der Terrasse eine kleine Party. Wenn ihr Lust auf ein Bier habt …« Steven hob vielsagend die Augenbrauen und wies mit dem Daumen über die Schulter Richtung Treppe.

Victoria schüttelte den Kopf. »Danke, für mich nicht.« Es war kurz vor eins, sie war müde und wollte einfach nur noch ins Bett.

»Ich bin auch hundemüde«, stimmte David ihr zu.

»Das Bad ist dort drüben, dritte Tür links.« Steven

zeigte den Flur hinunter. »Ich lege euch ein paar Handtücher hin. Und wenn ihr morgen früh aufsteht, geht einfach nach unten. Irgendjemand wird schon wach sein und Frühstück machen.«

»Das ist wirklich sehr nett von Ihnen, Steven«, sagte Victoria und gähnte.

»No Problem«, entgegnete er und lachte dröhnend. »Gastfreundschaft wird hier großgeschrieben. Welcome to Jamaica, my friends.« Wieder ein dröhnendes Lachen und dann war er verschwunden.

Na großartig! Victoria ließ sich aufs Bett plumpsen. *Welcome to Jamaica!* Sie zückte ihr Handy.

»Was machst du da?«

»Na wonach sieht's denn aus?«, fragte sie gereizt. »Ich rufe meine Assistentin an, irgendwie müssen wir hier ja wieder wegkommen.« Andreas Nummer war die zweite in der Anrufliste, direkt unter der Notfall-Nummer der Stella Maris. Es gab sonst auch nicht viele Leute, die Victoria anrief. Sie tippte und lauschte dem Tuten, als der Ruf durchging. Nach dem zehnten Klingeln hob Andrea ab.

»Wissen Sie eigentlich, wie spät es ist?«, maulte sie verschlafen.

Oh, Mist, in Deutschland war es gerade kurz vor sieben! »Tut mir leid, ich habe die Zeitverschiebung vergessen«, gab Victoria kleinlaut zu und schilderte ihr in knappen Worten, was vorgefallen war. »Wir brauchen zwei Flüge nach Puerto Rico.«

»Sie wissen schon, welcher Tag heute ist?«, stöhnte Andrea am anderen Ende der Leitung. »Es ist Weihnachten, und eigentlich habe ich frei, wenn ich Sie daran erinnern darf.«

»Bitte Andrea, Sie sind unsere letzte Rettung. Wir müssen das Schiff erreichen.«

»Also schön, jetzt bin ich ja sowieso wach. Ich gucke, was ich für Sie tun kann. Aber versprechen kann ich nichts.«

»Sie sind ein Engel, Andrea.«

»Jaja, ich weiß«, maulte ihre Assistentin. »Ihnen auch ein frohes Fest.« Dann legte sie auf und aus der Leitung schallte das Freizeichen. Zumindest das wäre erledigt.

Seit dem Überfall besaß Victoria nichts mehr, außer ihrem Handy und den Klamotten, die sie am Leib trug. Dann würde sie heute Nacht wohl im Bikini schlafen müssen. Seufzend zog sie das zerrissene Kleid über den Kopf. In Davids Augen blitzte es auf und er senkte verschämt den Blick.

»Was stehst du da so rum?«, fuhr sie ihn an und schlüpfte unter das dünne Laken, das als Decke diente. »Los jetzt, ich bin müde. Und mach endlich das Licht aus, sonst kommen die Moskitos rein.«

Immer dieser Kommando-Ton! »Oui, mon Général!«, antwortete er sarkastisch und löschte das Licht, bevor er das Fenster öffnete und sich auszog. Statt einer Decke gab es lediglich ein dünnes Laken, und als er sich, nur mit Boxershorts bekleidet, neben Victoria legte, drehte sie sich demonstrativ von ihm weg und rollte sich darin ein.

Na gut, dann schlafe ich halt ohne Decke. Es war sowieso warm genug. *Trotzdem ...*

»Kannst du mir mal verraten, warum du so sauer bist?«

»Na, warum wohl?«, schnappte sie. »Ich wurde heute sitzengelassen, ausgeraubt und habe das Schiff verpasst.«

»Stimmt«, stellte er fest. »Aber was hat das mit mir zu tun? Eigentlich bin ich doch derjenige, der allen Grund hat, sauer zu sein.« Er hatte ebenfalls das Schiff verpasst und Chris würde ihn vermutlich auf links krempeln. *Wird er auf jeden Fall*, korrigierte sich David in Gedanken, morgen war Seetag und er würde wieder einmal einen Auftritt verpassen. Seinen Job konnte er jedenfalls vergessen. »Du wolltest ja unbedingt zur Polizei gehen.«

»Jetzt bin ich wieder schuld?«, fauchte sie und drehte sich zu ihm hin. Selbst im Dunkeln konnte er spüren, dass sie ihn gerade böse anfunkelte.

»Ja, schon irgendwie, oder siehst du das anders? Und überhaupt, wenn ich nicht zufällig vorbei gekommen wäre ...« Er unterbrach sich und der Satz hing unvollendet zwischen ihnen im Raum.

»Was willst du damit sagen?« Ihre Stimme hatte einen scharfen Unterton.

»Ich finde, du könntest ruhig etwas dankbarer sein.«

»Dankbar!« Sie lachte auf. »Na, schönen Dank auch!«

»Um das mal klarzustellen, dein Philipp war jedenfalls nicht da, um dir zu helfen.« Es war unfair, noch mal nachzutreten, das wusste er selbst. Aber dieser Kerl hatte sie doch gar nicht verdient. *Und ich auch nicht.*

»Oh, danke, dass du mich noch mal daran erinnerst.«

Er dachte einen Moment darüber nach. »Das ist es, was dich so wütend macht, oder?« *Na klar!* »Dass er dich sitzengelassen hat. Du hast ein Problem damit, zu verlieren, stimmt's? Aber sieh es ein, du kannst nicht immer gewinnen, Victoria«, setzte er nach und zog ihren Namen absichtlich in die Länge.

»Weißt du was, David, du kannst mich mal!«, fauchte sie und drehte sich wieder zur Wand.

Durch das geöffnete Fenster wehte Musik herein. Bob Marleys Stimme drang an sein Ohr, der darüber sang, dass er eine Frau lieben und gut behandeln wolle. Eigentlich wollte David das ja auch, und es tat ihm leid, dass er Victoria so angefahren hatte. Unter ihrer harten Schale verbarg sich ein weicher Kern. Tief in ihrem Inneren war sie verletzlich, auch wenn sie das nicht zugeben wollte. Noch vor einer Woche hätte er es nicht für möglich gehalten. Aber in den vergangenen Tagen hatte er so viel Zeit mit ihr verbracht, dass er sich gar nicht mehr vorstellen konnte, sie zu hassen. Ganz im Gegenteil. Der Überfall hatte ihm Angst eingejagt, und er durfte sich gar nicht ausmalen, was passiert wäre, wenn er nicht vorbei gekommen wäre, um sie zu beschützen.

Draußen sang Bob von einem Paar in der Zuflucht eines schmalen Betts. *Genau, wie wir.* Ihre Nähe und die Wärme ihres Körpers wurden David so deutlich bewusst, dass er kaum zu atmen wagte.

Bob fragte, ob das Liebe war, die er fühlte, und David fragte sich das auch. Was war es, das ihn so zu ihr hinzog? Victoria, die Siegerin, antwortete mit einem leisen Schnarchen. Vorsichtig rutschte er ein Stück näher und legte behutsam den Arm um sie. Ihn jedenfalls hatte sie längst gewonnen.

Kapitel Dreizehn

SITZEN EIN WEISSER UND EIN SCHWARZER AM POOL …

Das Klingeln ihres Handys riss Victoria aus dem Schlaf. Für einen Moment wusste sie nicht, wo sie war, der Raum erschien ihr fremd und außerdem war es stockdunkel. Sie tastete nach der Quelle des Geräuschs, und ihre Hand berührte fremde Haut, warm, weich. *David!* Er seufzte wohlig, als sie sich über ihn beugte und ihr Telefon vom Nachtschränkchen angelte. Im Display leuchtete Andreas Nummer.

»Es ist mitten in der Nacht, Herrgott!«, begrüßte Victoria ihre Sekretärin.

»Na, dann sind wir ja quitt«, antwortete Andrea ungerührt und kam direkt zur Sache. »Ich hab zwei Flüge für Sie. Morgen früh um zehn, von Montego Bay nach San Juan.«

»Gott sei Dank!«

»Danken Sie nicht Gott, sondern mir. Das war echt nicht leicht, das können Sie mir glauben.«

»Ach, noch etwas. Meine Kreditkarte wurde gestohlen, können Sie wohl …«

»Alles schon erledigt«, unterbrach Andrea sie. »Ich habe Ihre Karte sperren lassen und Ihnen per Blitzüberweisung Geld geschickt. Sobald Sie an Bord der Stella Maris sind, sind Sie wieder flüssig. Und bis dahin müssen Sie sich irgendwie durchschlagen, mehr kann ich von hier aus nicht machen.«

»Das ist schon mehr als genug. Ich weiß gar nicht, wie ich Ihnen danken soll?«

»Kleine Gehaltserhöhung wäre nicht schlecht«, sagte Andrea und Victoria konnte das Grinsen durchs Telefon hören.

»Bekommen Sie. Ich muss Schluss machen«, sagte Victoria und legte schnell auf, bevor sie David noch aufweckte.

Es war erst kurz nach fünf, wie die Uhr auf dem Display ihres Handys verriet. Aber an Schlaf war jetzt sowieso nicht mehr zu denken. Sie stieg leise aus dem Bett, griff nach ihrem Kleid und schlich auf Zehenspitzen zur Tür.

In der Villa war noch alles ruhig, vermutlich schliefen alle und nach einem kurzen Zwischenstopp im Bad machte sich Victoria auf den Weg nach unten. Die erste Tür in der unteren Etage führte zu einer offenen Wohnküche im amerikanischen Stil, die sich an ein großzügig geschnittenes Wohnzimmer schloss, von dem aus man durch raumhohe Glastüren Zugang zur Terrasse hatte. Victoria trat hinaus und die karibische

Nacht umfing sie mit samtiger Dunkelheit und fremdartigen Geräuschen. In den Büschen sangen die Zikaden und der beleuchtete Pool schimmerte verlockend in einem strahlenden Blau. *Wieso eigentlich nicht?* Victoria entschied sich für ein frühes Bad und deponierte ihre Sachen auf einer der Sonnenliegen.

Das Wasser war herrlich und Victoria zog einige gemächliche Bahnen. Erfrischt ließ sie sich danach auf die Liege sinken, um den Bikini trocknen zu lassen, und sah hinab auf die glitzernden Lichter der Stadt, bis über der Bucht von Montego Bay die Sonne aufging. Die Aussicht war atemberaubend.

»Schön, nicht wahr?«, fragte Stevens sonore Stimme hinter ihr und Victoria zuckte zusammen. Sie hatte ihn gar nicht kommen gehört.

»Entschuldigung, ich konnte nicht mehr schlafen und da dachte ich, ich gehe raus, dann störe ich niemanden.«

»Du kannst von Glück reden, dass die Hunde dich nicht gehört haben.«

Die Hunde! An die hatte sie gar nicht mehr gedacht.

Steven steckte zwei Finger in den Mund und pfiff. Kurz darauf kamen die Rottweiler angestürmt. »Keine Angst.« Steven lachte. »Darf ich vorstellen? Das sind Bob und Marley, und wenn man erstmal auf dem Grundstück ist, sind sie eigentlich ganz friedlich, die beiden Schlafmützen.«

»David hat mir erzählt, dass Sie auf dem Schiff arbeiten.«

»Ja, das stimmt, seit beinahe zehn Jahren.«

»Können Sie deshalb so gut deutsch?«

»Meine Mutter war Deutsche. Ist hier hergekommen und hat sich in einen schwarzen Mann verliebt.« Er lachte wieder sein tiefes, kehliges Lachen.

»War er Musiker?«

»Nein, Politiker, ein ziemlich hohes Tier.«

»Ach, deshalb kennt Sie hier jeder auf der Insel.«

»Genau, eigentlich haben alle damit gerechnet, dass ich in seine Fußstapfen trete, aber das ist nichts für mich. Genau wie Bob Marley schlägt auch mein Herz nur für die Musik. Und für schöne Frauen«, setzte er hinzu und sah ihr tief in die Augen.

»Äh, ja.« Victoria senkte verschämt den Blick. Warum mussten eigentlich alle Einheimischen auf Teufel komm raus mit ihr flirten?

»Jamaikanische Männer sind die besten. Wir wissen, wie man eine Frau glücklich macht«, schnurrte er mit seiner Barry-White-Stimme.

»Hör nicht auf ihn«, warf David ein, der offensichtlich inzwischen auch aufgestanden war. »Er lügt wie gedruckt und ist zum vierten Mal verheiratet.«

»Zum dritten Mal«, korrigierte Steven. »Hey, David, kennst du den schon? Sitzen ein Weißer und ein Schwarzer am Pool und lassen die Schwänze ins Wasser hängen. Sagt der Weiße: ›Ganz schön kalt, höchstens zwanzig Grad.‹ Meint der Schwarze: ›Genau, und eins zwanzig tief.‹« Er lachte dröhnend und Victoria konnte gar nicht anders, als in sein Gelächter einzustimmen.

»Warum lachst du über seine Witze, und über

meine nicht?«, fragte David und hob die Hände, als wollte er sagen »Erklär's mir?«.

»Vielleicht, weil sie komisch sind, im Gegensatz zu deinen.«

»Na bitte, da hörst du es.« Steven grinste zufrieden. »Die Lady hat Geschmack. Also wenn Sie Ihr deutsches Milchbrötchen mal gegen einen richtigen Mann eintauschen wollen, stelle ich mich zur Verfügung.«

»Er ist nicht mein ...«, setzte Victoria an und biss sich auf die Zunge. War ja auch egal, bevor Steven noch auf falsche Gedanken kam. »Milchbrötchen klingt prima«, sagte sie und zwinkerte David zu. »Wann gibt's Frühstück? Ich habe einen Bärenhunger.«

Während des Frühstücks lernten sie Stevens Frau Keisha kennen, eine attraktive Jamaikanerin etwa in Davids Alter, also mindestens fünfzehn Jahre jünger als ihr Mann. Nach und nach gesellten sich auch immer mehr Kinder hinzu, bei zehn hörte David irgendwann auf, zu zählen. Die Kinder waren sowieso nicht an ihnen interessiert, sondern damit beschäftigt, einen Berg von Weihnachtsgeschenken auszupacken.

»Sind das alles deine?«, staunte Victoria, als zwei verschlafene Teenager die Wohnküche betraten.

»Na ja, fast. Ein paar von den Rotzlöffeln gehören meiner Schwester. Sie besucht mit ihrer Schwiegermutter die Kirche, die beiden kommen später zum Essen.«

»Hör mal, wir wollen keine Umstände machen«,

sagte David. »Wir können auch was essen gehen.« Er hatte ja noch seine EC-Karte, vielleicht konnte er irgendwo an einer Bank ein wenig Geld abheben.

»Unsinn, ihr stört doch nicht«, wiegelte Steven ab. »Ihr seid natürlich eingeladen und es kommen auch noch ein paar Nachbarn rüber. Mein Weihnachts-Barbecue ist legendär.«

Innerlich atmete David auf, denn auf seinem Konto sah es sowieso düster aus.

Nach dem Frühstück zog Victoria sich zurück. Den Trubel einer so großen Familie war sie nicht gewohnt und wollte einen Moment allein sein. Vor allem gab es noch etwas, das sie klären musste. Aber erstmal ... Sie zückte ihr Handy und wählte die Nummer ihrer Mutter.

»Victoria!«, erklang ihre Stimme.

»Hallo Mama, frohe Weihnachten.«

»Das wünsche ich dir auch, mein Kind. Und, genießt du deine Kreuzfahrt?«

Victoria verdrehte die Augen. »Ja, echt schön«, flunkerte sie.

»Wo bist du denn gerade?«

»Auf Jamaika«, antwortete sie wahrheitsgemäß. Gott sei Dank war ihre Mutter nicht über den genauen Reiseverlauf informiert. »Und wie ist Genf?«, wechselte sie unauffällig das Thema.

»Ach, ganz wunderbar und ich konnte ein paar großartige neue Kontakte knüpfen ...«

Mama plauderte vor sich hin, aber Victoria hatte keine Zeit dafür. »Ich muss Schluss machen«, sagte sie und legte schnell auf, dann wählte sie Philipps Nummer. Nach dem zweiten Klingeln hob er ab.

»Ist gerade ganz schlecht«, flüsterte er.

»Ich wollte auch gar nicht lange stören«, sagte sie bissig. »Sondern dir nur mitteilen, dass wir das Schiff verpasst haben.«

»Ich weiß, ich hab die Durchsagen gehört, sie haben euch ausgerufen.«

Das war alles? Mehr hatte er dazu nicht zu sagen? Keine Frage nach dem Warum, kein: Wie geht's dir? Anscheinend war es ihm ja wirklich scheißegal.

»Ich wurde überfallen und ausgeraubt, falls es dich interessiert. Und wenn du mich nicht stehengelassen hättest, wäre das nicht passiert.«

»Selbst schuld, du hättest ja mit zum Schiff kommen können.«

Selbst schuld? Victoria fühlte Zorn in sich hochkochen. Ja, es war leichtsinnig gewesen. Trotzdem hätte sie sich ein bisschen mehr Empathie gewünscht.

»Hast du inzwischen mit Kimmie gesprochen?«

Philipp zögerte. »Das ist alles nicht so einfach«, sagte er. »Lass uns in Ruhe darüber reden, wenn ihr wieder auf dem Schiff seid, okay?«

»Nein, nicht okay.«

»Hör mal, ich kann jetzt wirklich nicht ... Oh, hi Kim! Rate mal, wen ich dran habe? Wo steckt ihr denn jetzt eigentlich, Victoria?«

»Immer noch auf Jamaika«, entgegnete sie gereizt. Das war ja wohl wirklich das Letzte!

»Na dann, viel Spaß. Und schöne Grüße an David!«

In Victorias Ohr erklang das Freizeichen. Er hatte einfach aufgelegt. *Viel Spaß und schöne Grüße an David?*

»Du kannst mich mal kreuzweise, Philipp«, fauchte sie und feuerte ihr Handy aufs Bett. Und ob sie Spaß haben würde!

Sie verbrachten den Tag am Pool, tobten mit den Kindern durchs Wasser und planschten herum. Dabei kamen sie sich unweigerlich näher, und immer, wenn sich ihre Körper unbeabsichtigt berührten, prickelte seine Haut an der Stelle, wo ihr Arm ihn gestreift hatte, oder noch schlimmer, ihr Bein. David musste sich mehr als einmal beherrschen, Victoria nicht einfach an sich zu ziehen und zu küssen. Wobei er heute vielleicht wirklich eine Chance gehabt hätte, sie war so gelöst, wie er sie nie zuvor erlebt hatte. David sah zu ihr rüber, sie stand am Grill und plauderte mit Steven. Keisha hatte ihr ein Kleid geliehen, es war Victoria ein wenig zu groß, aber das machte nichts. Die buntgemusterte Seide umschmeichelte ihre Figur und der locker geflochtene Zopf stand ihr ausgezeichnet. Die Frisur machte sie weiblicher, weicher. Überhaupt, sie strahlte eine entspannte Zufriedenheit aus. Sie sah auf und bemerkte seinen Blick, hob eine Hand und winkte ihn zu sich. Er schlenderte zu ihr rüber und sie legte den Arm um ihn. *Fühlt sich gut an.* Ein warmes Kribbeln lief durch seinen Körper.

»Steven sagt, das Essen ist gleich fertig.«

David hob die Nase und schnupperte. »Hmm, was gibt's denn?«

»Mein weltberühmtes Jerk Chicken«, antwortete Steven. »Über frischen Piment-Zweigen geräuchert.«

»Riecht köstlich«, sagte David und meinte nicht nur das Huhn, sondern auch die Frau an seiner Seite. Er nippte an seinem Bier. Warum konnte das Leben nicht immer so einfach sein?

Das Essen war hervorragend. Zu den Hühnerkeulen gab es kreolischen Reis mit Bohnen sowie frittierte Kochbananen und Brotfrucht und *Festivals*, kleine gebackene Teigtaschen aus Maismehl, dazu Berge von Salat und Gemüse. Mit beiden Händen wehrte Victoria ab, als Keisha ihr den dritten Nachschlag auftun wollte.

»Um Himmels willen, ich platze gleich.«

»Dann brauchst du was zur Verdauung.« Steven zwinkerte ihr zu und schenkte ihr einen Rumpunsch ein. »Kleiner Sundowner.« Er deutete hinaus auf die Bucht, über der der Himmel in allen Tönen von orange und gelb leuchtete, als würde er in Flammen stehen. Die Dämmerung war kurz, so nah am Äquator, und die Nacht senkte sich über die Stadt. In den Häusern gingen die Lichter an, sie funkelten tief unter ihnen an den

Hängen der Berge, wie abertausende Glühwürmchen.

Immer mehr Familienmitglieder und Nachbarn trafen ein, und das Fest entwickelte sich zu einer fröhlichen, lauten Weihnachtsparty.

Zum ersten Mal in ihrem Leben fühlte sich Victoria absolut frei. Hier gab es niemanden, der ihr Gesicht aus einer Talkshow im Fernsehen kannte und deshalb bereits eine vorgefasste Meinung über sie hatte. Keine Impfgegner, keinen Aufsichtsrat, keine Aktionäre, keinen Bruder. Hier war sie einfach nur Victoria, sie hatte nicht einen Cent in der Tasche und trug ein geliehenes Kleid, und es fühlte sich verdammt gut an.

Der Abend war lau und die Musik heiß. Steven gab eine Kostprobe seines Gesangstalents und beglückte seine Gäste mit einer Nummer von Barry White, und Keishas selbstgemachter Rumpunsch sorgte für die nötige Stimmung. Irgendwo kreiste ein Joint, der zwischen den jüngeren Familienmitgliedern herumgereicht wurde. Malcolm, Stevens zweitältester Sohn, streckte ihn ihr entgegen und Victoria griff beherzt zu. Eigentlich hatte sie seit ihrem Studium nicht mehr gekifft, aber nun war es auch egal.

»Damit hätte ich nun wirklich nicht gerechnet«, sagte David und schüttelte mit einem belustigten Lächeln den Kopf.

»Hast du nicht gesagt, ich soll mich mal lockermachen?«, fragte Victoria und zog. Der süßliche Rauch strömte heiß durch ihre Kehle und füllte ihre Lungen. Sie konnte ihn nicht einhalten und hustete, was den Effekt noch verstärkte. Nach etwa zehn Sekunden fühlte sich ihr Hirn an, als wäre es in Watte gepackt. Grinsend hielt sie David den Joint hin.

»Auch mal ziehen?«

»Nein, danke. Auf dem Schiff gibt es Drogenkontrollen.«

Victoria sah ihn entsetzt an. »Auch für die Gäste?«

»Nein, so lange du nichts an Bord bringst, ist alles okay, du Hippie-Girl.«

Victoria kicherte und nahm Davids Hand. »Lass uns tanzen.«

»Enger«, kommentierte Steven. »Meine Güte, ihr Weißen immer mit eurem Sicherheitsabstand. So geht das.« Er zog Victoria an sich, so eng, dass kein Blatt mehr zwischen sie gepasst hätte, und tanzte ein paar Schritte mit ihr. Das war kein Tanz, das war Sex mit Klamotten, und was auch immer über die Ausstattung schwarzer Männer behauptet wurde, es war definitiv wahr. Das Blut schoss Victoria in die Wangen und sie war froh, als Steven von ihr abließ und sie mit einem breiten Grinsen an David zurückreichte. »Jetzt ihr.«

Davids Tanzkünste standen denen von Steven in nichts nach, aber das wusste sie ja bereits. Trotzdem war es heute anders, mit ihm zu tanzen. Es war heiß, es war sexy und zwischen ihnen knisterte es gewaltig. Ein Schweißtropfen rann über ihre Schläfe, die Wange hinab. David wischte ihn weg, doch er zog seine Hand nicht fort, sondern ließ sie liegen und sah Victoria an, als suchte er nach einer Antwort auf die unausgesprochene Frage, die plötzlich zwischen ihnen schwebte.

Ihr Lachen war Musik in seinen Ohren, sie war so wunderschön, so wild und ungezügelt und David bekam eine Ahnung davon, wie Victoria als junges Mädchen ausgesehen hatte, bevor der Ernst des Lebens sie zu der Frau gemacht hatte, die sie heute war. Aber jetzt, in diesem Augenblick war es egal, der Moment war perfekt. Nichts stand zwischen ihnen, kein Geld, kein komischer Job, kein Philipp und vor allem keine Rolle. Das war nicht gespielt, sie waren einfach sie selbst, ein Mann und eine Frau, zwischen denen es eindeutig funkte. *Jetzt oder nie*, dachte David, beugte sich zu ihr und küsste sie.

Victoria erwiderte seinen Kuss. Ihre Lippen waren warm und weich, sie schmeckten nach Rumpunsch und mehr.

»Gehört das immer noch zur Rolle?«, fragte sie, etwas atemlos, zwischen zwei Küssen.

Statt einer Antwort zog er sie noch enger an sich. »Fühlt sich das an, als wäre es gespielt?«

Victoria schüttelte kaum merklich den Kopf. Ein wissendes Lächeln umspielte ihre Lippen. In ihren Augen funkelten tausend Sterne, und plötzlich wusste David, dass es heute Nacht passieren würde.

»Komm mit«, flüsterte er ihr ins Ohr, nahm ihre Hand und zog sie mit sich ins Haus.

Schon auf dem Weg nach oben konnten sie die Finger kaum voneinander lassen, und sobald sich die Tür zu ihrem Gästezimmer hinter ihnen geschlossen hatte, fielen sie übereinander her. Mit einer Leidenschaft, die er ihr nicht zugetraut hatte, küsste sie ihn, ihre Hände wanderten unter sein T-Shirt und er half ihr und zerrte es über den Kopf. Sie schlüpfte aus dem Kleid und ließ es achtlos auf den Boden fallen, dann zog sie ihn mit sich zum Bett. Mit fliegenden Fingern nestelte sie an seiner Hose und kämpfte mit dem Reißverschluss.

»Shhht, langsam«, unterbrach er sie und betrachtete sie einen Moment. Sie war so wunderschön, wie sie da lag. Das Mondlicht spielte auf den Konturen ihres Körpers und er zeichnete sie mit den Fingerspitzen nach.

»Was ist los? Willst du nicht?«, fragte sie in die Dunkelheit des Zimmers, und er hörte die Unsicherheit, die dabei in ihrer Stimme schwang. Sie hielt sein Zögern wohl für etwas anderes. Dabei wollte er sich bloß ihren Anblick einprägen, damit er sich für immer daran erinnerte.

»Unsinn!« David stöhnte gequält auf. »Seit du im Flieger neben mir gesessen hast, kann ich an nichts anderes mehr denken.«

»Worauf wartest du dann noch?« Sie zog ihn zu sich runter und er vergrub sein Gesicht in ihrem Haar. Ihr Duft füllte seine Nase und der Geruch brachte ihn fast um den Verstand. Sie roch so unfassbar gut, auch ohne das teure Parfüm. Einfach nur nach Victoria, einhundert Prozent pur und unverfälscht.

»Du machst mich wahnsinnig«, murmelte er an ihrem Hals.

»Merry Christmas«, flüsterte sie ihm ins Ohr und streckte ihm ihr Becken entgegen. Die Gedanken hinter seiner Stirn setzten aus und David ließ sich allein von seinen Gefühlen treiben.

Die dunkle Schwüle der tropischen Nacht umfing sie wie eine samtene Decke. Bob Marley sang wieder von Liebe, und sie liebten sich im Rhythmus der Musik, die zum Fenster herein wehte. Lustvoll, sinnlich, fordernd, bis Victoria in seinen Armen erschauerte. Hinter ihren Augen explodierten Sterne und kurz darauf kam auch er. Mit einem Stöhnen sackte er zusammen und rollte sich von ihr runter. Arm in Arm lagen sie nebeneinander, atemlos, verschwitzt, und lauschten ihren klopfenden Herzen und dem Zirpen der Zikaden in den Bäumen, bis ihr Atem wieder gleichmäßig ging.

»Das war das beste Weihnachtsgeschenk, das ich je bekommen habe«, sagte er und küsste zärtlich ihre Stirn.

»Danke, gleichfalls. Kann ich nur zurückgeben.«

»Hat es dir gefallen?«

Sie stutzte. »Fragst du mich gerade, ob du gut warst?«

»Ich frage dich, ob ich noch etwas für dich tun kann. Oder bist du glücklich?«

Glücklich? Was für eine seltsame Formulierung für diesen Zustand entrückter Zufriedenheit. Aber ... *Ja, ich bin glücklich*, stellte Victoria fest, als sie in sich hineinspürte. »Sehr sogar«, flüsterte sie und kuschelte sich an seine Brust. »Oder hat es sich angefühlt, als wäre das nur gespielt gewesen?«

»Nein«, sagte er, und sie konnte hören, dass er lächelte.

Kapitel Vierzehn

MEIN EX WILL SEINE NEUE VERLASSEN. VOR LAUTER MITGEFÜHL IST MIR FAST DIE VOODOO-PUPPE AUS DER HAND GEFALLEN.

Es war früh, es war hell, und David hatte keine Lust, aufzustehen. Am liebsten wäre er liegengeblieben, und auch Victoria schien es ähnlich zu gehen, denn als er sich zu ihr drehte und einen Kuss auf ihre nackte Schulter hauchte, seufzte sie wohlig.

»Los, aufstehen. Sonst verpassen wir noch unseren Flieger«, sagte sie.

»Das wäre mir gar nicht so unrecht«, antwortete David und zog sie an sich. »Lass uns einfach hierbleiben«, raunte er und knabberte an ihrem Ohrläppchen. »Und da weitermachen, wo wir gestern Nacht aufgehört haben.«

»Das können wir auch auf dem Schiff.«

»Können wir das?« Er rückte ein Stück von ihr ab, damit er ihr in die Augen sehen konnte. »Und was ist mit Philipp?«

Victoria runzelte die Stirn und legte den Zeigefinger auf die Unterlippe, als ob sie nachdenken wollte, was irgendwie wahnsinnig süß aussah. Zum Anbeißen.

»Wer ist Philipp?«, fragte sie neckisch, drückte ihm einen Kuss auf den Mund, krabbelte aus dem Bett und verschwand Richtung Bad.

Yes! Ich habe Mr. Supermanager ausgestochen. David konnte sich ein selbstzufriedenes Grinsen nicht verkneifen. Er betrachtete seinen Koffer. Irgendwo darin musste eine frische Unterhose sein. Auf der Suche nach Boxershorts geriet ihm einer von Lorettas BHs in die Finger, ein glitzerndes Teil mit türkisfarbenen Pailletten. *Loretta* ... Seine Laune verfinsterte sich schlagartig.

»Du kannst dir wenigstens etwas Frisches anziehen«, erklang Victorias Stimme hinter ihm.

David zuckte ertappt zusammen. »Nicht wirklich.« *Aber ich könnte dir was anbieten.* Er ließ den Glitzer-BH verschwinden und schlug schnell den Deckel zu. »Aber immerhin habe ich eine saubere Unterhose«, sagte er und schwenkte sie triumphierend.

»Dann beeil dich, ich hätte auch gern eine.«

»Ich eile«, sagte er, doch insgeheim wünschte er sich, sie würden den Flieger verpassen. Denn auf das Donnerwetter, das ihm auf dem Schiff drohte, konnte er wirklich verzichten.

Steven fuhr sie zum Flughafen. »Ich weiß nicht, wie wir dir danken sollen«, sagte Victoria kopfschüttelnd.

Ohne seine Hilfe wären sie echt aufgeschmissen gewesen.

»Schon gut«, wehrte Steven ab. »Freut mich, wenn ich helfen konnte.«

»War schön, dich mal wieder zu treffen, altes Haus!« David schloss ihn in seine Arme und klopfte ihm auf die Schulter. »Vielleicht sehen wir uns ja auf der nächsten Reise. Wann beginnt dein neuer Vertrag?«

»Ende Februar.« Steven öffnete den Kofferraum und wuchtete Davids Koffer heraus. In seinen Pranken wirkte er beinah zierlich. »Und wenn ihr mal wieder in der Nähe seid, wisst ihr ja jetzt, wo ihr mich findet.«

Wenn ihr mal wieder in der Nähe seid ... Werden wir das? Um ehrlich zu sein, hatte sie keine Ahnung, wie es jetzt weitergehen sollte.

Am Flughafen nahmen sie am Schalter die Tickets in Empfang, die für sie hinterlegt waren. Beim Check-in war nicht viel los, die kleine zweimotorige Maschine, die sie nach Puerto Rico brachte, war nur zur Hälfte gefüllt. Nachdem Andrea es als so schwierig dargestellt hatte, die Flüge zu buchen, hatte Victoria mit Hochbetrieb gerechnet. Anscheinend hatte ihre Sekretärin maßlos übertrieben. Aber es sollte Victoria recht sein, Hauptsache, sie kamen zurück zum Schiff.

Während des Fluges waren sie beide in sich gekehrt, und Victoria hing ihren Erinnerungen nach. An dieses ganz spezielle Weihnachtsfest mit Rumpunsch und Reggae. Davon würde sie vermutlich noch ihren Enkeln erzählen. Im Gegensatz zu der Nacht, die sie danach miteinander verbracht hatten, denn die war eindeutig nicht jugendfrei gewesen. Victoria lächelte in sich hinein und blickte zu David. Im gleichen Moment sah er auf, ihre Blicke trafen sich und die Schmetterlinge in ihrem Bauch begannen wieder zu tanzen.

Nach zweieinhalbstündigem Flug landete die Maschine planmäßig auf dem Flughafen von San Juan und diesmal war sogar Davids Koffer mitgekommen. Sie durchliefen die Einreisekontrolle ohne Probleme.

Als sie das Flughafengebäude verließen, trat eine Frau auf Victoria zu. Eine Einheimische in Tracht, sie trug ein Kopftuch und um ihren Hals lagen unzählige Lagen von Ketten, an denen Knochen baumelten und … *Ist das ein Hühnerfuß?*, dachte Victoria, als die Fremde die Hand nach ihr ausstreckte und sie am Arm fasste. Es war, als hätte sie einen Stromschlag bekommen. Victoria zuckte zusammen und wollte ihren Arm zurückziehen, aber die Frau hielt ihn fest. Ihre Augen rollten nach hinten, bis nur noch das Weiße zu sehen war, und Victoria dachte schon, sie hätte einen epileptischen Anfall, als die Frau zu sprechen begann. Sie stieß einen schnellen Schwall Spanisch hervor, von dem Victoria nur die Hälfte verstand. Dann klärte sich ihr Blick, und sie sah wieder ganz normal aus, von ihrer Aufmachung und den Knochen mal abgesehen.

Sie fixierte Victoria mit ihrem Blick. »Hör auf meine Worte«, sagte sie, nickte ihr zu, drehte sich um und ließ sie einfach stehen.

David sah ihr perplex hinterher. »Was war das denn?« Er winkte nach einem Taxifahrer.

»Weiß ich nicht«, murmelte Victoria und rieb sich den Arm. Die Stelle, an der die Frau sie berührt hatte, kribbelte immer noch.

Der Taxifahrer sah sie aus großen Augen an. »Das war eine Mambo«, stellte er auf Spanisch fest.

»Was ist das?«

»Eine Voodoo-Priesterin«, klärte der Taxifahrer sie auf. »Die Menschen hier haben großen Respekt vor ihnen und ihre Voraussagen treffen immer zu. Immer!«

David runzelte die Stirn. »Hast du verstanden, was sie gesagt hat?«

»Nein«, antwortete Victoria und stieg in das Taxi. Das war nur die halbe Wahrheit, denn einen Teil hatte sie sehr wohl verstanden. Ein kalter Schauer rann über ihren Rücken. Die Frau hatte gesagt: »Das Kind wird alles verändern.«

Als sie das Schiff erreichten, schwante David nichts Gutes.

»Sie sollen sich umgehend an der Rezeption melden«, ließ der Sicherheitsoffizier, der ihre Bordkarten kontrollierte, verlauten, und seine Miene sprach Bände.

Die der Rezeptionistin ebenfalls. David kannte sie nicht, eine hübsche Dunkelhaarige, aber sie sah sie ernst an.

»Wenn Sie mir bitte folgen wollen?«

Nein, wollte er nicht, aber da musste er jetzt wohl durch. Der Besprechungsraum, in den die Rezeptionistin sie führte, war nüchtern eingerichtet. Lediglich ein Tisch mit vier Stühlen, sonst nichts. *Wie ein Verhörraum*, dachte David, als auch schon der Kapitän eintrat.

»Setzen Sie sich«, sagte er ruhig und sah David fest in die Augen. Er nickte folgsam und sank neben Victoria auf einen Stuhl.

»Schildern Sie mir bitte genau, was vorgefallen ist«, forderte Kapitän Veenhoff Victoria auf und sie berichtete in knappen Worten den Hergang des Überfalls.

»Wenn es auf der Polizeistation nicht so lange gedauert hätte, hätten wir das Schiff nicht verpasst«, schloss sie und nickte bekräftigend.

»Sehr unschön«, sagte Kapitän Veenhoff. »Ich bedauere, dass Sie eine so negative Erfahrung während Ihrer Reise machen mussten, Frau Rothenberg. Ich versichere Ihnen, wenn wir eher davon gewusst hätten, hätten wir uns natürlich darum gekümmert.« Sein Blick legte sich auf David. »Aber Sie hätten eigentlich wissen müssen, dass es besser gewesen wäre, uns sofort zu informieren.«

David schluckte nervös.

»Wenn David«, setzte Victoria an und unterbrach sich. »Also wenn Herr Baum nicht gewesen wäre, weiß ich nicht, was ich gemacht hätte. Er hat mich nicht nur vor den Angreifern gerettet, sondern sich auch noch um unsere Unterkunft gekümmert.«

»Schöne Grüße von Steven übrigens«, warf David ein, damit er auch etwas zur Klärung der Situation beitrug.

Der Kapitän sah ihn erstaunt an. »Acer?«

»Ja, genau. Ohne ihn wären wir echt aufgeschmissen gewesen. Er hat uns absolut kollegial und herzlich aufgenommen. Kommt ja auch im Februar wieder an Bord, wie ich hörte«, plapperte David. Das war sicheres Terrain, ein bisschen Schönwetter machen, die Lage entspannen.

»Richtig, aber das tut ja jetzt hier nichts zur Sache«, kam der Kapitän wieder auf den Vorfall zurück.

»Wie gesagt, ich bin Herrn Baum sehr dankbar«, beeilte sich Victoria zu sagen. »Und die Reederei trifft natürlich absolut keine Schuld. Es war allein unser Fehler, dass wir das Schiff verpasst haben.«

Kapitän Veenhoff nickte. »Ist ja noch mal gutgegangen. Also willkommen zurück an Bord«, sagte er lächelnd. »Das wäre es dann auch. Sie können gehen, Frau Rothenberg.« Er geleitete Victoria zur Tür. »Aber Sie bleiben noch«, fügte er an David gewandt hinzu, als er Anstalten machte, ebenfalls aufzustehen. »Wir sind hier noch nicht fertig!«

Kapitän Veenhoff wartete ab, bis Victoria den Raum verlassen hatte. Dann wandte er sich zu David um. »Das war jetzt das zweite Mal, dass Sie unangenehm aufgefallen sind, und wieder hatte es mit Frau Rothenberg zu tun.«

Ja, genau. Gestern war einer der schönsten Tage seines Lebens gewesen und das hatte zu hundert Prozent mit Victoria zu tun. Davids Gedanken schweiften zurück zu dem französischen Bett. Sie hatte dagelegen und ihn angesehen, während das Mondlicht die Konturen ihres Körpers in die Dunkelheit zeichnete. Er dachte an ihren Duft, ihren Geschmack, ihre Lippen. Diese Frau konnte einen wahnsinnig machen, er war verrückt nach ihr. David entschied sich für die Wahrheit. »Ich habe mich in sie verliebt«, sagte er schlicht.

Der Kapitän musterte ihn durchdringend. »Das kann ich verstehen«, sagte er und lächelte. »Da macht man schon mal dumme Sachen.«

»Ich hörte davon«, gab David zurück und konnte sich ein Grinsen nicht verkneifen.

»Frau Rothenberg ist wirklich eine bemerkenswerte Frau. Sie können von Glück reden, dass sie sich so für Sie ins Zeug legt.« Der Kapitän sah ihn streng an. »Also vermasseln Sie das nicht!«, fügte er hinzu, als wüsste er, in welchen Schlamassel David sich manövriert hatte. »Und die zwei verpassten Auftritte ziehen wir Ihnen von der Gage ab.«

»Natürlich«, beeilte sich David, zu sagen. Glück gehabt, immerhin war er nicht gefeuert worden.

»Alles Weitere klären Sie mit dem Entertainment-Manager, er erwartet Sie schon«, sagte Kapitän Veenhoff mit einem seltsamen Ausdruck, und David entging nicht das versteckte Grinsen, das folgte.

Das große Theater stand ihm also noch bevor, und er hoffte inständig, dass es kein Drama werden würde.

Victoria betrat die Suite und steuerte das Badezimmer an. Eine Dusche und frische Kleidung war alles, wonach sie sich sehnte. Ihr Blick fiel auf die diskrete hellblaue Plastikhülle, die auf dem Waschbeckenrand lag. Unweigerlich wanderten ihre Gedanken zurück zu der seltsamen Prophezeiung. *Das Kind wird alles verändern.* Sie hatte ihre Pille zwei Tage lang nicht genommen und trotzdem mit David geschlafen. Schuldbewusst drückte sie eine der winzigen rosafarbenen Pillen aus der Verpackung und schluckte sie trocken. Im Geiste überschlug sie die Tage ihres Zyklus. *Nein, das kommt nicht hin.* Und wenn, wäre es sehr unwahrscheinlich. *Außerdem, woher will diese Voodoo-Priesterin das eigentlich wissen?*, dachte Victoria grimmig und schlüpfte unter die Dusche. Oder hatte die Frau von einem anderen Kind gesprochen?

Was, wenn er nur aus Dankbarkeit mit mir ins Bett gegangen ist?, flüsterte eine leise Stimme in Victorias Kopf, während das warme Wasser auf sie herunterprasselte. *Wegen seiner Tochter und dem Platz in der Testgruppe.*

Und selbst wenn nicht, die eigentliche Frage lautete doch: War sie überhaupt bereit für einen Partner mit Vorgeschichte? Schließlich war David noch verheiratet, und Leonie war schon elf, stand also kurz vor der Pubertät. Sicher nicht die einfachste Basis für eine Beziehung. Und warum dachte sie überhaupt darüber nach? Das war doch lächerlich! Sie waren ein einziges Mal miteinander im Bett gewesen, und sie war kurz davor, rosa Herzchen in ihr Poesiealbum zu malen. *Mein Gott, Victoria, jetzt reiß dich mal zusammen!* Das war bloß ein Urlaubsflirt. Nur ein bisschen Sex, mehr nicht. Auch wenn er verdammt gut gewesen war. Beim Gedanken daran, wie sich seine Hände auf ihrer Haut angefühlt hatten, durchlief sie ein wohliger Schauer. In ihrem Kopf dudelte wieder diese Bob-Marley-Nummer, die sie beim Einschlafen gehört hatte. *Is this love?* oder so. *Meine Güte, ich bin wirklich ganz schön verschossen,* dachte sie lächelnd, schlüpfte aus der Dusche, wickelte sich in ein Handtuch und verließ summend das Bad.

Chris sah aus, als wollte er ihn ungespitzt in den Boden rammen. Der blonde Hüne baute sich vor David auf, stemmte die Fäuste in die Seiten und funkelte ihn wütend an. »Was fällt dir eigentlich ein? Mit deinen ständigen Eskapaden sprengst du den gesamten Ablauf!«

»Tut mir leid«, murmelte David. »War so nicht geplant, das kannst du mir glauben.«

»Wegen dir musste ich zum dritten Mal das Programm über den Haufen werfen und das ausgerechnet an Weihnachten. Ich werde es bestimmt kein viertes Mal tun, darauf kannst du Gift nehmen.«

»Musst du auch nicht.«

»Es bleibt dabei, du hast einen Auftritt am 28. und machst die große Silvester-Gala. Natürlich nur, wenn du das zeitlich einrichten kannst.« Chris Stimme troff vor Sarkasmus.

»Ja, ja, schon gut.«

Chris streckte den Zeigefinger aus und bohrte ihn David in die Brust. »Und wenn du morgen Abend nicht alles gibst, dann gnade dir Gott!«

»Ich werde dich nicht enttäuschen.« Nein, ihn nicht, da war David sicher. Aber er wollte nicht wissen, wie Victoria reagieren würde, wenn sie die wahre Natur seiner Beziehung zu Loretta erfuhr. Das mit Victoria war definitiv etwas Besonderes, das fühlte er ganz deutlich. *Und ich bin drauf und dran, es zu vergeigen.* Er musste mit ihr reden und die Sache mit Loretta klären, bevor ihm das alles um die Ohren flog.

»Oh, und noch was, du kennst doch Bob, oder?«

»Welchen Bob?«, fragte David irritiert. »Bob Marley? Sponge Bob?«

»Bob Starfisch, natürlich.«

Das Bordmaskottchen! Ein riesiger Seestern aus Schaumstoff. *Alles, nur das nicht!*

»Schönen Gruß vom Kapitän«, sagte Chris mit einem hämischen Grinsen. »Jeden Tag eine Stunde Gästebespaßung bis zum Ende der Reise.«

David stöhnte entsetzt auf. »Muss das sein?«

»Wenn's nach mir gegangen wäre, hätten es auch zwei Stunden sein dürfen«, sagte Chris mit einem grimmigen Lächeln und schlug ihm auf die Schulter. »Das wird ein Riesenspaß, David. Oder sollte ich dich besser *Bob* nennen?«

Der Rest des Tages war zu kurz, um noch einen Landgang zu unternehmen, und außerdem war Victoria froh, wieder auf dem Schiff zu sein. Seit dem Frühstück bei Steven und einem Beutelchen Erdnüsse während des Flugs hatte sie nichts mehr gegessen und ihr Magen knurrte vernehmlich. Also bestellte sie beim Zimmerservice ein paar Sandwiches und machte es sich damit auf dem Sonnendeck gemütlich. Herrlich, diese Ruhe!

Satt und zufrieden musste sie wohl eingenickt sein, denn sie wurde von Philipps Stimme geweckt.

»Da bist du ja!«

Die Sonne blendete sie und stach in ihren Augen. Victoria hob eine Hand an die Stirn und sah ihn an. »Wir sind heut Mittag gelandet.«

»Gott sei Dank, ich habe mir wirklich Sorgen gemacht.«

»Ach, auf einmal?«

»Hör mal, es tut mir leid«, sagte Philipp und klang wirklich zerknirscht.

»Schon gut.«

»Können wir reden?«

»Tun wir doch.«

Er deutete mit dem Daumen hinter sich. »Kim hat sich ein bisschen hingelegt, ihr geht's nicht so gut.«

»Okay, komm rüber.«

»Nein, ich ... Sagen wir, in zehn Minuten an der Sea Bar?« Er sah sich verstohlen um und rieb sich das Kinn. »Bitte!«, setzte er hinzu und warf Victoria einen flehenden Blick zu.

»Von mir aus«, sagte sie und seufzte. Sie verstand wirklich nicht, warum er nicht einfach zu ihr in die Suite kam. Aber gut, dann zog sie sich eben wieder was an. Denn es interessierte sie brennend, was Philipp ihr zu sagen hatte.

Verfluchtes Scheißteil! David mühte sich ab, in den Lift zu kommen. Mit dem überdimensionalen Seestern-Kostüm musste man sich um neunzig Grad drehen und seitlich einsteigen, ansonsten hatte man keine Chance. Außerdem war es ihm zu kurz, bei seiner Körpergröße wirkte das Ding eher wie ein Minikleid. Seine Beine ragten darunter hervor wie die eines Storchs. Ein Deck höher stieg eine Mutter mit einem etwa vierjährigen Jungen zu, der sofort beglückt aufquietschte, als er David in seinem Kostüm entdeckte.

»Guck mal, Mama, da ist Bob Starfish!« Er warf sich nach vorn und umarmte Davids Knie.

»Lass doch, Lennart«, wies ihn seine Mutter zurecht und versuchte, ihn von David fortzuziehen, aber der Kleine klammerte sich an ihm fest und stimmte ein ohrenbetäubendes Gebrüll an.

Na super!, dachte David und war froh, als der Lift am Pooldeck ankam und er die enge Kabine endlich verlassen konnte. Der Junge folgte ihm fröhlich hüpfend, und innerhalb weniger Sekunden war David von kreischenden Kindern umringt, die an ihm rum zerrten. *Man hat es nicht leicht als Maskottchen,* dachte er und verdrehte die Augen, was durch die schmalen Sehschlitze Gott sei Dank niemand mitbekam.

Zehn Minuten später erreichte Victoria die Sea Bar und hielt Ausschau nach Philipp.

»Was darf's sein?«, fragte der Barkeeper.

»Ich warte noch auf jemanden.«

»Verstehe«, sagte er und grinste breit.

Was soll denn das dumme Grinsen? Oh, vermutlich dachte er, sie wartete auf David. Ach verdammt, Philipp hätte wirklich keinen dämlicheren Treffpunkt vorschlagen können. Wo steckte er eigentlich?

»Tut mir leid, es ging nicht schneller«, sagte er etwas atemlos und küsste sie zur Begrüßung auf die Wange. Der Barkeeper zog eine Augenbraue hoch und sagte zwar nichts, dachte sich aber offensichtlich seinen Teil.

»Komm mit.« Victoria zog Philipp mit sich und lehnte sich am Rand des Pooldecks an die Reling. »Also, was willst du?«

»Es tut mir leid.«

»Das sollte es auch«, versetzte sie kühl. »Und?«

»Ich habe mir halt Sorgen gemacht um Kim.«

»Ach, um Kim?« Sie hob die Hände zu einer anklagenden Geste.

»Bitte, Victoria, lass uns nicht streiten. Das habe ich so nicht gemeint, also dreh mir nicht das Wort im Mund rum.«

»Du hast doch gerade gesagt ...« Sie unterbrach sich und winkte ab. »Ist ja auch egal.«

»Ich habe mir schreckliche Vorwürfe gemacht, dass ich dich da stehen gelassen habe, auf dem Markt. Das kannst du mir wirklich glauben.«

»Wenn David nicht gewesen wäre ...« Sie sprach den Satz nicht zu Ende. Der Gedanke an die Männer, die sie bedrängt hatten, war einfach zu entsetzlich.

Es war brüllend heiß in dem Kostüm, das verdammte Ding glich einer Sauna. Der Schweiß rann David aus allen Poren. Jeder Schritt war bei der Hitze eine einzige Quälerei. Besonders, wenn einem ständig ein Kind am Bein hing und man noch fünfzehn Kilo zusätzliches Gewicht mit sich herumschleppen musste. Das war wirklich der größte Scheißjob, den man auf diesem Schiff haben konnte. Zehn Zentimeter Schaumstoff waren die Höchststrafe bei zweiunddreißig Grad im Schatten! Durch die schmalen Sehschlitze konnte er zwar kaum etwas erkennen, aber das Paar, das an der Reling lehnte, war trotzdem nicht zu übersehen. Das waren Victoria und Philipp, und David fragte sich, was die beiden hier machten. Und vor allem, was sie wohl miteinander zu besprechen hatten. Auf den ersten Blick sah es aus, als würden sie streiten, Victoria gestikulierte wild und Philipp redete auf sie ein. Jetzt nahm er Victorias Hand und sah sie mit einem eindringlichen Blick an. Eine heiße Welle der Eifersucht stieg in David auf. Wenn er nur verstehen könnte, was die beiden sagten. Doch dafür war er viel zu weit weg. Andererseits trug er ein Kostüm, und dass niemand wusste, wer darunter steckte, kam ihm gerade recht. Unauffällig schob David sich ein Stück näher.

Philipp ergriff ihre Hand und sah ihr tief in die Augen. »Bitte, Victoria, glaub mir. Ich würde alles tun, um das ungeschehen zu machen.«

»Alles?«, hakte sie nach.

»Was du willst.« Seine Finger streichelten über ihren Handrücken, warm, vertraut. »Ich trenne mich von Kim, gleich heute Abend, versprochen.«

Eigentlich war sie ja immer noch sauer auf ihn, aber wenn er sie so ansah, mit diesem reumütigen Blick … Immerhin war er der Mann, den sie liebte. Auch wenn die Nacht mit David ihre Gefühle ganz schön durcheinandergebracht hatte, denn irgendwie war sie sich da nicht mehr so sicher.

»Das hast du schon einmal gesagt«, gab sie zurück, um Zeit zu gewinnen.

»Es ist mein Ernst, Victoria. Bitte verzeih mir.«

Konnte sie ihm verzeihen, dass er sie stehen gelassen hatte? Oder übertrieb sie total? Eigentlich hatte er ja Recht, sie hätte einfach mit den beiden in das Taxi steigen können. Darüber musste sie nachdenken. Allerdings war das schwer möglich bei dem Geschrei, das die Kinder verursachten, seit dieses Seestern-Maskottchen in ihrer Nähe herumlungerte. Hatte man denn nirgendwo auf dem Schiff seine Ruhe?

»Lass uns ein paar Schritte gehen«, sagte sie und löste sich von der Reling, doch Philipp hielt sie zurück.

»Du fehlst mir, und erst durch diese Sache habe ich begriffen, wie sehr ich dich liebe.«

Liebe. Das war ein großes Wort. Vor ihr stand der Mann, von dem sie bis vor ein paar Tagen geglaubt hatte, ihn zu lieben, und erklärte ihr, er wolle sie zurück. Worauf wartete sie also noch? Wollte sie das jetzt wegen einer einzigen Nacht mit David in den Wind schießen?

Ja, will ich! Das war doch verrückt. Aber wenn sie

auf ihr Gefühl hörte, war die Sache eindeutig. Oder? Lag es vielleicht nur an der Ausnahmesituation, die David und sie zusammen durchlebt hatten, oder würde es sich immer so anfühlen, wenn sie mit ihm zusammen war? Und vor allem lautete die entscheidende Frage: Wie stand er eigentlich zu ihr? Ging es ihm wirklich um sie, oder steckten andere Absichten dahinter? Es gab nur einen Weg, das herauszufinden.

Sie hob den Blick und sah Philipp an. »Vergiss es«, sagte sie mit fester Stimme. Ihre Entscheidung stand fest. Unabhängig davon musste sie mit David sprechen und sich vergewissern, dass es ihm ernst mit ihr war.

Sie lagen Arm in Arm auf den harten Teakholzdielen des Sonnendecks und sahen hinauf zu den Sternen. Zwischendurch knutschten sie wie verliebte Teenager oder hielten Händchen. Trotzdem, seit sie David vorhin gebeten hatte, zu ihr zu kommen, brannte die eine Frage in ihrem Kopf. Sie strich sich eine Strähne aus der Stirn.

»Alles in Ordnung?«, fragte er und studierte im Lichtschein, der durch die Balkontüren fiel, ihr Gesicht.

»Ja, sicher«, sagte sie und setzte sich auf. »Es ist nur ... Schläfst du nur wegen deiner Tochter mit mir? Also aus Dankbarkeit, oder so?« Sie hörte selbst, dass ihre Stimme unsicherer klang, als sie wollte.

»So ein Unsinn!«, fuhr er auf.

»Bis vor ein paar Tagen habe ich noch geglaubt, wir hassen uns und jetzt ...«

»Was ist jetzt?«

»Keine Ahnung, das geht alles nur so schnell. Und da frage ich mich einfach, ob es dir wirklich um mich geht.«

»Natürlich«, sagte er entrüstet. »Wie kommst du darauf, es könnte anders sein?« Er nahm ihre Hand. »Das mit uns hat nichts mit Leonie zu tun, das musst du mir glauben.« Sein Blick war aufrichtig und fest.

Glauben war bekanntlich das eine. Aber konnte sie ihm auch vertrauen? »Bitte versprich mir, dass du immer ehrlich zu mir sein wirst.«

»Versprochen«, sagte er, und sah aus, als würde er das auch so meinen. Aber da war dieses winzige Flattern in seinem Blick, so als gäbe es etwas, das er ihr verschwieg.

Victorias Hand lag noch immer in seiner, warm und sanft. Ihr Blick war voller Vertrauen und in ihm brannte das schlechte Gewissen. David fasste sich ein Herz. »Es gibt da etwas, das ich dir sagen muss«, begann er.

»Hat es zufälligerweise mit dieser Loretta zu tun?«

Er zog scharf die Luft ein. »Wie kommst du darauf?«

»Alle reden ständig von ihr«, entgegnete sie achselzuckend.

»Das ist ein bisschen kompliziert«, sagte er und fuhr sich mit einer Hand durchs Gesicht. »Aber es ist nicht, wie du denkst.« Wie sollte er ihr nur erklären, wie grundlegend Loretta alles auf den Kopf gestellt hatte, seit sie in sein Leben getreten war? Wie erklärte man das Chaos und den Sturm der Gefühle, das stumme Schweigen und die Scham?

Victorias Augen wurden schmal. So guckte sie immer, wenn ihr was nicht passte. »Was denke ich denn?«

Was sollte diese bescheuerte Frage? Doch dann dämmerte es ihm. »Bist du eifersüchtig auf Loretta?«

»Und wenn es so wäre?«

»Dazu gibt es nicht den geringsten Grund.«

»Liebst du sie?«, fragte sie geradeheraus und sah ihm fest in die Augen.

»Was? Nein, ich …« Das war doch absurd! *Und überhaupt* … »Und was ist mit Philipp?«, hakte er nach. Schließlich hatte sie auch ihre Geheimnisse vor ihm.

»Was soll mit ihm sein?«

»Ich hab euch zusammen gesehen, am Pooldeck.« Es war offensichtlich noch nicht alles geklärt zwischen den beiden.«

»Spionierst du mir etwa hinterher?« Victoria funkelte ihn an.

David schüttelte den Kopf. »Ich war nur zufällig da«, sagte er schnell. »Was wollte er denn?«

»Ach, nichts.« Sie senkte den Blick.

»Er hat deine Hand gehalten«, sagte er leise.

»Philipp hat mich um Verzeihung gebeten.«

»Und, hast du ihm verziehen?« Er hielt die Luft an, denn er fürchtete ihre Antwort. Was, wenn sie sich doch anders entschied?

»Nein, aber Philipp ist mir egal. Also lass uns jetzt

nicht weiter von ihm reden und den Augenblick genießen, okay?«

David atmete auf und spürte, wie die Last von ihm abfiel. Zumindest ein Stück. »Okay«, murmelte er und zog sie enger an sich. Ihr Kopf ruhte auf seiner Brust und David sog ihren Duft ein und wünschte, dieser Moment würde nie enden. Er musste ihr die Wahrheit sagen über Loretta und sich. Doch was, wenn sie dann nichts mehr von ihm wissen wollte? Je länger er schwieg, desto schwerer wurde es. Aber er wollte den Augenblick nicht zerstören, er war ihm viel zu kostbar. Also hielt er sie im Arm und lauschte dem gleichmäßigen Tuckern des Motors und dem Rauschen der Wellen.

Ihre Hand wanderte unter sein Hemd, strich über seinen Bauch. David stöhnte leise auf, und sie streckte sich und hob den Kopf, bis ihre Gesichter auf einer Höhe waren.

»Wird langsam unbequem«, flüsterte sie an seinem Ohr. Ihr warmer Atem jagte einen heißen Schauer durch seinen Körper. »Aber ich wüsste da was Besseres.« Sie stand auf und streckte ihm die Hand entgegen.

David ergriff sie und ließ sich widerstandslos von ihr ins Schlafzimmer führen. Doch gleichzeitig wusste er, dass er reinen Tisch machen musste. Gleich morgen früh.

Kapitel Fünfzehn

WIE LAUTEN DIE LETZTEN WORTE EINER JUNGFRAU?

»Oh, wie wunderbar«, sagte Victoria, als sie am nächsten Morgen die Vorhänge zurückzog. Die Stella Maris hatte bereits im Hafen von Road Town festgemacht und Tortola begrüßte die Gäste mit strahlendem Sonnenschein.

»Willkommen auf den Jungferninseln«, sagte David und schlang von hinten seine Arme um sie. Victoria lehnte sich an ihn, spürte seine warme, glatte Brust an ihren Schulterblättern. »Und was machen wir heut Schönes?«

»Ich wüsste da etwas ganz und gar Unkeusches«, raunte er an ihrem Ohr und strich zärtlich über ihre Brüste. Seine Hand wanderte tiefer.

Für einen Moment gab sie sich dem Gefühl hin, dann versetzte sie ihm einen spielerischen Klaps auf die Finger. »Lüstling.« Ein leises Knurren war die Antwort, aber er nahm die Hand weg. »Nein, im Ernst, machen wir einen Ausflug, oder hast du etwas anderes vor?«

»O mein Gott, Victoria!« David sah sie mit gespieltem Erstaunen an. »Hast du mich gerade nach meinen Plänen gefragt, statt über meinen Kopf hinweg zu entscheiden? Ich fühle mich sehr geehrt.«

»Quatschkopf.«

»Umso bedauerlicher, dass ich mich leider für den Auftritt heute Abend vorbereiten muss. Aber wir könnten zusammen Mittag essen, wenn du hier bist.«

»Nein, dann mache ich einen Ausflug und genieße die Insel.«

»Bis dahin ist aber noch wahnsinnig viel Zeit.«

»Und was willst du mir damit sagen?«

»Ich finde, wir könnten zur Abwechslung wirklich mal zusammen duschen«, sagte er mit einem neckischen Grinsen und zog sie mit sich Richtung Bad. In dem Moment klingelte sein Handy. »Jetzt nicht«, jammerte er und warf einen Blick auf das Display. »Ach, Mist, das ist Chris, ich ... Ja, hallo?« Nur widerstrebend lösten sich seine Finger von ihren. Er warf ihr einen bedauernden Blick zu und hielt die Hand über das Mikrofon. »Tut mir leid, ich muss weg. Zum Team-Meeting, das hab ich total verschwitzt.«

»Wir holen das nach«, sagte sie und drückte ihm einen Kuss auf die Lippen.

Frisch geduscht machte sich Victoria eine Dreiviertelstunde später auf den Weg zum Ausflugsschalter. Mit ein bisschen Glück bekam sie ja noch einen Platz auf einer Tour.

»Oh, hi!« Marie löste sich aus einer Gruppe von

Ausflüglern, die sich um einen der Counter geschart hatten, und trat auf Victoria zu. »Bist du auch dabei?«

»Nein, ich habe noch nichts gebucht. Wohin geht's denn?«

»Mit dem Katamaran rüber zur Nachbarinsel, nach The Baths. Komm doch mit, ich glaube, es gibt ein paar Restplätze.«

Also erstand Victoria ein Ticket und machte sich zusammen mit Marie und der restlichen Ausflugstruppe auf den Weg nach unten, wo im Hafen schon das Boot auf sie wartete.

Das Meer schillerte in allen erdenklichen Tönen von Blau, der Wind spielte in Victorias Haar und der Katamaran glitt über die Wellen. Marie schien in sich gekehrt.

»Was ist? Gehts dir nicht gut?«, fragte Victoria besorgt.

»Ach, schon gut. Ich habe nur gerade daran gedacht, dass ich froh bin, dass du mitgekommen bist. Ist immer noch ein bisschen komisch, bei meinem letzten Ausflug mit einem Katamaran wäre ich beinahe ertrunken.«

»Was ist passiert?«

»Bin vom Boot gefallen.«

»O mein Gott«, sagte Victoria und schlug die Hand vor den Mund. »Und wie wurdest du gerettet?«

»Sagen wir, ich hatte den richtigen Mann an meiner Seite. Aber das ist eine andere Geschichte.« Sie legte den Kopf schräg und sah Victoria lächelnd an. »Was ist mit dir und David? Bei euch scheint's ja gewaltig gefunkt zu haben.«

das er für den Auftritt gewählt hatte, und schließlich setzte er die passende Perücke auf. Aus dem Spiegel der Künstlergarderobe blickte ihm ein vollkommen anderer Mensch entgegen, die Verwandlung war perfekt. Nichts an ihm erinnerte mehr an den erfolglosen Comedian namens David Baum. Ein Frösteln lief über seine Arme, nun gab es kein Zurück mehr. Er nickte seinem Spiegelbild aufmunternd zu. *Wird schon schiefgehen, altes Haus.* David atmete tief durch, straffte die Schultern und verließ erhobenen Hauptes die Künstlergarderobe. Am Bühnenaufgang wartete bereits Chris.

»Verkack das bloß nicht!« Er warf David einen warnenden Blick zu und verschwand durch den Vorhang, um ihn anzusagen.

»Toi, toi, toi«, murmelte David und sprach sich selbst Mut zu. Einer musste es ja tun, wenn es schon kein anderer tat, und sein Lampenfieber raubte ihm schier den Atem. Doch es war keine Zeit mehr, darüber nachzudenken, denn der Entertainment-Manager moderierte ihn bereits an.

»Meine Damen und Herren, liebe Gäste, es ist Zeit für einen ganz besonderen Auftritt, auf den wir alle gewartet haben!«

Der Vorhang glitt geräuschlos auseinander, und David hatte das Gefühl, er müsste sich gleich übergeben.

»Und hier kommt für Sie die unerhörte, unvergleichliche und unerreichte Showsensation der Weltmeere!«, brüllte Chris in sein Mikrofon. »Bitte begrüßen Sie mit mir die einzigartige Loretta del Mar!«

Applaus brandete auf. David blinzelte, zupfte das kurze Paillettenkleid zurecht und trat ins Scheinwerferlicht.

Victoria zuckte auf ihrem Sitz zusammen und sah sich irritiert um. Wo war David? Eigentlich sollte doch er heute Abend auftreten und nicht diese aufgetakelte Blondine, die gerade auf die Bühne trippelte. Das war sie also, die geheimnisvolle Loretta, um die alle so ein Aufheben machten. Nein, die war wirklich keine Konkurrenz. Ihr Minikleid war mindestens zwanzig Zentimeter zu kurz und entsprach ebenso wenig einer Frau ihres Alters, wie die Witze, die sie erzählte. Das Publikum bog sich vor Lachen und Loretta stöckelte in ihren High Heels über die Bühne. Ihre ellenlangen Beine waren perfekt geformt, ebenso wie der Rest ihres Körpers. Ein heißes Brennen breitete sich in Victorias Magen aus, und zu ihrem eigenen Erstaunen stellte sie fest, dass sie tatsächlich eifersüchtig war. Aber die entscheidende Frage lautete doch ...

Checkt sie es nicht? Damit hatte David nicht gerechnet, aber Victoria verstand es offenbar wirklich nicht. Die ganze Zeit sah sie zu ihm runter, aber sie guckte nicht auf eine Weise, als wollte sie ihm den Kopf abreißen, was er wirklich hätte verstehen können. Nein, sie machte auf ihn eher den Eindruck, als hätte sie an etwas anderem zu knacken. Es war vollkommen absurd, alle im Publikum wussten es. Doch sie wollte es einfach nicht sehen, das, was so offensichtlich war: Er war ein Mann in Frauenkleidern. *Apropos Mann* ... »Ich habe ja einen neuen Lieblingswitz«, plapperte er los. »Sitzen ein Weißer und ein Schwarzer am Pool ...« In dem Moment, in dem er es ausgesprochen hatte, bereute David es, denn als er die Erkenntnis in Victorias Augen sah, ahnte er, dass er einen schrecklichen Fehler begangen hatte.

O mein Gott! Die Erkenntnis traf Victoria wie ein Schlag. Das war keine Frau, sondern der Mann, mit dem sie ... In ihrem Kopf wirbelten die Gedanken. Im Publikum herrschte atemlose Stille, alle warteten auf die Pointe. Doch sie, er, es, was auch immer stand auf der Bühne und rührte sich nicht, sondern sah Victoria aus großen Augen an, als ginge es allein um ihre Reaktion. Eine heiße Welle der Scham durchfuhr sie und Victoria senkte den Blick. Das löste den Bann.

Loretta, *David!*, fing sich wieder und fuhr mit seinem Programm fort. »Statistisch gesehen küssen Frauen erst beim dritten Date«, sagte er ... *sie.* »Nennen Sie mich altmodisch, aber meiner Meinung nach macht das den Sex bei den ersten beiden Dates total unpersönlich.«

Bei den ersten beiden Dates ... Seine Worte hallten in Victorias Ohren. Sie hatte mit ihm geschlafen! *Unpersönlich.* Nein, nichts davon war unpersönlich gewesen, ganz im Gegenteil. Victoria schlug die Hand vor den Mund und rang um Fassung. Doch sie verlor den Kampf um ihre Selbstbeherrschung, warf den Kopf zurück und brach in schallendes Gelächter aus.

Victoria lachte. *Gott sei Dank!* Eine Woge der Erleichterung durchfuhr David und ihr Lachen perlte immer noch durch das Theatrium. Sie bekam sich gar nicht mehr ein. *Warum hört sie nicht auf, verdammt?*

Andererseits ... War das nicht offensichtlich? Er war ein Mann im Kleid, eine absolute Witzfigur. Noch alberner ging nicht, mal ganz davon abgesehen, dass ihn sowieso grundsätzlich jeder für schwul hielt. Vermutlich war er der einzige heterosexuelle Travestiekünstler Deutschlands. Aber er war verdammt noch mal stolz darauf, denn er war gut darin. Und irgendwas musste er getan haben, um diese schöne, kluge, sexy Frau dazu zu bringen, jetzt nicht schreiend die Flucht zu ergreifen. Trotzdem, er musste zu ihr, direkt nach der Show. Um ihr zu erklären, warum er sich nicht getraut hatte, ihr die Wahrheit zu sagen.

In Davids Augen flackerte es, als sie ihm die Tür zu ihrer Suite öffnete. Sein Auftritt war gerade mal eine Viertelstunde her und in seinem Haaransatz klebte ein Rest Theaterschminke.

»Hallo David«, sagte sie und verkniff sich ein Grinsen. »Oder sollte ich lieber *Loretta* sagen?«

»Es tut mir so leid«, sprudelte er los. »Ich wollte dir die ganze Zeit die Wahrheit sagen, aber …« Er brach ab und zuckte mit den Schultern.

»Nun komm erst mal rein«, sagte sie, nahm seine Hand und zog ihn zu sich. »Du bist ja ganz aufgelöst.«

»Ich hatte einfach Angst …«

»Wovor?«, fragte sie, schenkte ihm ein Glas Champagner ein und drückte es ihm in die Hand. »Hier, trink das.«

»Dass du lachen könntest.« Er leerte es in einem Zug.

»Ist das nicht der Sinn des Ganzen, Leute zum Lachen zu bringen?« Sie schüttelte den Kopf. »Und jetzt erklär mir, warum du mich lieber eifersüchtig machst, statt mir einfach zu sagen, was es mit Loretta wirklich auf sich hat?«

David holte tief Luft. »Was sollte ich denn machen?«, setzte er an und fuhr sich durchs Haar. »Ich meine, ich habe doch jeden Tag gesehen, worauf du stehst.«

»Worauf denn?« Na, da war sie aber echt gespannt, was jetzt kommen würde.

»Ich meine, schau ihn dir doch an, deinen Mr. Super-Manager. Muskeln, toller Job, sicheres Einkommen. Ich kann dir nichts davon bieten.«

»Und trotzdem bist du jetzt hier«, sagte sie sanft. »Im Gegensatz zu Philipp.«

David schüttelte ungläubig den Kopf, als könnte er es wirklich nicht verstehen. »Aber warum?«, fragte er.

»Weil mir ein gewisser Komiker geraten hat, ich solle mich mal lockermachen«, antwortete sie und erkannte sich selbst kaum wieder.

»Und du bist wirklich nicht sauer?«, fragte David, um sich zu vergewissern, dass er nicht bloß träumte, sondern sie wirklich neben ihm lag.

»Wieso sollte ich?«, fragte Victoria mit einem leichten Kopfschütteln. »Ich wusste doch von Anfang an, dass du Komiker bist. Oder sagen wir mal, du hast mich dezent daran erinnert.« Sie pikste ihm ihren Zeigefinger zwischen die Rippen.

»Und es ist dir nicht peinlich?«, hakte er nach. Schließlich war sie doch sonst so auf ihr Image bedacht.

Victoria grinste. »Die Nummer mit dem Hausmeister find ich tausend Mal schlimmer. Außerdem ist es eigentlich ganz praktisch. Durch die Kostüme erkennt dich ja keiner.«

»Stimmt.« Die Privatsphäre war vermutlich der einzige Vorteil, den dieser Job mit sich brachte, aber das war's dann auch. »Das heißt, es ist dir vollkommen egal?« Er konnte immer noch nicht fassen, dass sie kein Problem damit hatte. Anna hatte eins gehabt. Er erinnerte sich genau, wie sie ihn angesehen hatte, als er das erste Mal mit einem Kostüm für Loretta nach Hause gekommen war. An die Abscheu in ihren Augen, als sie ihn eine »Kleiderschranktunte« genannt hatte.

»Solange du nicht privat in Frauenkleidern rumläufst«, sagte Victoria achselzuckend. »Das tust du doch nicht, oder?« Sie runzelte die Stirn und sah ihn prüfend an.

»Nein, natürlich nicht«, beeilte er sich zu sagen. »Und ich bin auch nicht schwul, wie immer alle denken.«

»Da bin ich mir ziemlich sicher.« Ihre Hand wanderte seinen Bauch hinab. »Aber zur Sicherheit kann ich mich ja auch noch mal davon überzeugen«, sagte sie mit einem verführerischen Lächeln und ihre Finger schlossen sich um sein bestes Stück.

Ich bin ein verdammter Glückspilz!, schoss David durch den Kopf, und dann dachte er gar nichts mehr, denn sie schmiegte sich an ihn und seine Gedanken setzen aus.

Kapitel Sechzehn

EIN PASSAGIER STÖSST IN DER SHOPPING-MALL MIT EINEM ANDEREN GAST ZUSAMMEN UND ENTSCHULDIGT SICH: »ICH BIN DURCHEINANDER, ICH SUCHE MEINE FRAU!«

Philipp stürzte auf ihn zu. »Hast du Kim gesehen?«

David schüttelte den Kopf. »Nein, wieso?«

»Sie wollte nur kurz zur Toilette und jetzt ist sie schon eine halbe Stunde verschwunden.« Philipp deutete mit einer hilflosen Geste durch die weitläufige Mall.

»Hier kann man sich wirklich verlaufen«, entgegnete David achselzuckend. Victoria und er hatten nach einem ausgiebigen Frühstück im Bett beschlossen, heute die paar Schritte vom Hafen in den Ortskern zu Fuß zu gehen. Philipsburg, die Hauptstadt des holländischen Teils von Sint Maarten, war das reinste Shoppingparadies. Victoria nutzte die Tatsache, dass hier alles steuerfrei war, gründlich aus. Es war die reinste Freude, ihr dabei zuzuschauen.

Schon cool, wenn man nicht darauf achten muss,

wie viel Geld sie ausgibt, dachte er mit einem Seitenblick zu Philipp, der nervös von einem Bein aufs andere trippelte und immer noch nach Kim Ausschau hielt. David konnte sich eine gewisse Schadenfreude nicht verkneifen.

»Schau mal, David!«, rief Victoria quer durch den Laden. Sie nahm ein Minikleid von einem Ständer, dessen silberne Pailletten schillerten wie Fischschuppen, und schwenkte es durch die Luft. »Das würde dir auch stehen«

Gut und schön, wenn sie seinen Job akzeptierte. Er rechnete es ihr hoch an, dass sie ihm keine Szene gemacht hatte und es locker nahm. Jede andere Frau wäre vermutlich total ausgeflippt, Anna zum Beispiel. Aber musste sie es gleich so übertreiben?

Philipp bedachte ihn mit einem spöttischen Lächeln. »Dann geh mal schön anprobieren.«

Ärger kochte in David hoch. Mr. Super-Manager konnte sich sein dämliches Grinsen in den Hintern schieben. »Kümmere dich lieber um deine Freundin«, antwortete er gereizt.

»Ich weiß echt nicht, was Victoria an dir findet«, sagte Philipp von oben herab und seine Stimme troff vor Verachtung. »Und wie du es geschafft hast, sie rumzubekommen, ist mir ein echtes Rätsel.«

David straffte die Schultern. »Ich habe sie halt von meinen Qualitäten überzeugt.«

»Welche sollen das sein? Loser-Qualitäten?« Philips Mund verzog sich zu einem fiesen Grinsen. »Hat Victoria dir erzählt, wie viel sie verdient?«

David zuckte mit den Schultern. »Nein, hat sie

nicht. Und es ist mir auch egal.« Ihm ging es wirklich nicht darum, er kam bestens zurecht. *Na ja, geht so.* Aber er wollte definitiv kein Geld von ihr.

»Sollte es aber nicht«, sagte Philipp und kam einen Schritt näher. »Victoria hat deine Eier in der Hand. Und ehe du dich versiehst, zieht sie daran und reißt sie dir ab.«

»Glaub mir, sie macht ganz andere Dinge mit meinen Eiern. Aber davon verstehst du nicht viel, wie ich hörte.« David konnte sich den Seitenhieb nicht verkneifen.

In Philipps Gesicht arbeitete es, seine Kiefer mahlten. »Denk an meine Worte«, presste er hervor. »Also los, dackel zu ihr und probier das Kleid, du Transe.«

»Travestiekünstler«, sagte David mit dem höchsten Maß an Würde, das er aufbringen konnte. »Das ist ein himmelweiter Unterschied. Und was meine Eier betrifft«, setzte er hinzu. »Um die mache ich mir keine Sorgen. Ich bin sowieso gewohnt, sie zurückzubinden, und lieber lasse ich sie mir von einer Frau wie Victoria abreißen, als von einer Hohlfrucht wie Kim.«

Das hatte gesessen, wie Philipps wütender Gesichtsausdruck verriet. Aber um ganz ehrlich zu sein, wollte David seine Eier am liebsten behalten. Also sollte er zusehen, aus diesem Laden zu kommen. Bevor Victoria noch auf die Idee kam, sie beide im Partnerlook einzukleiden und ihnen identische Minikleider zu kaufen. Die Lust auf Shopping war ihm sowieso gründlich vergangen.

»Alles in Ordnung?« Victoria sah David über den Rand ihrer Kaffeetasse an. Seit sie auf der Terrasse des lauschigen Cafés an der Hafenpromenade Platz genommen hatten, hatte er kaum ein Wort gesagt. Irgendwas schien ihn zu beschäftigen.

»Schon okay«, entgegnete er und schüttelte mürrisch den Kopf. »Ich ärgere mich bloß über Philipp.«

»Was war denn?«, fragte sie.

»Er hat mich blöd angemacht, wegen meines Jobs. Vorhin in dem Laden.«

Der Idiot! Konnte Philipp nicht einfach seine Klappe halten? »Wieso, was hat er denn gesagt?«

»Ach, nichts ...« Er unterbrach sich und sah in die Ferne. »Er hat mich Transe genannt«, platzte es aus ihm heraus.

»Und, was ist daran so schlimm?« Das war mit Sicherheit nicht das erste Mal, dass ihn jemand so bezeichnet hatte.

»Ich bin aber keine«, sagte David heftig, seine Augenbrauen zogen sich zusammen und er funkelte sie wütend an. »Ich bin nun mal nicht schwul und ich wünsche mir keinen anderen Körper, nichts in der Art.«

»Das weiß ich doch.« Sie legte ihm die Hand auf die Schulter, doch er schüttelte sie unwirsch ab.

»Es stört mich aber, wenn er so tut, als wäre ich's.«

Seit wann interessiert ihn das? »Hast du nicht selbst gesagt, dir sei nichts peinlich und es sei dir egal, was andere von dir denken?«

»In dem Fall nicht«, knurrte er. »Wenn du wüsstest,

wie er mich dabei angeschaut hat, dein feiner Herr Super-Manager.«

»Er ist nicht *mein* Super-Manager«, sagte sie mit Nachdruck. Was war bloß in ihn gefahren? In Davids Gesicht arbeitete es. »Sag mal, kann es sein«, setzte sie an, »dass nicht ich, sondern du derjenige bist, der ein gewaltiges Problem mit deinem Job hat?«

»So ein Unsinn«, fuhr er auf und wischte mit der Hand über die Tischplatte, als könnte er damit auch ihren Einwand fortwischen.

Fürs Erste ließ sie es dabei bewenden. Trotzdem wurde Victoria das Gefühl nicht los, dass sie bei David einen wunden Punkt getroffen hatte.

Victoria war speiübel. Das Wassertaxi, das sie genommen hatten, um sich den Fußweg zum Schiff zu ersparen, schaukelte auf den Wellen. Außerdem hatte sie seit dem Frühstück nichts mehr gegessen. Ihr Magen ballte sich zu einem Klumpen. Fast hatten sie die Mole erreicht, an der die Stella Maris festgemacht hatte. *Reiß dich zusammen*, sagte sie sich, *du hast es gleich geschafft*.

»Kannst du die tragen?«, fragte sie David und streckte ihm die Einkaufstüten entgegen, die er achselzuckend entgegennahm.

»Klar.«

Irgendwie war ihr ein bisschen schwummerig, und sie schwankte, als sie über die Planke ging, die vom Boot zur Kaimauer führte. Sie machte einen falschen Schritt und verlor beinahe den Halt. Die Hand des einheimischen Bootsmanns, der den Touristen beim Aussteigen behilflich war, schoss nach vorn und schloss sich um ihren Unterarm.

»Watch your step«, sagte er und zog sie zu sich heran auf festen Grund. Vor Victorias Augen tanzten schwarze Punkte. Ihre Knie wurden weich und ihre Beine gaben nach. Dann wurde es dunkel.

Als Victoria wieder zu sich kam, blickte sie in ein Paar freundlicher brauner Augen. »Da sind Sie ja wieder«, sagte die fremde Frau. Sie trug eine weiße Uniform, wie alle Offiziere der Stella Maris, und lächelte. »Ich bin Doktor Elena Papadakis.«

Victoria blinzelte und sah sich um, sie lag mitten auf der Mole, ein paar Meter vor der Gangway zum Schiff. An ihrer Seite war David und blickte sie besorgt an. Ein Grüppchen Schaulustiger hatte sich um sie gebildet und gaffte auf sie herab. Mussten die denn alle so gucken?

»Ist das nicht die aus dem Fernsehen?«, hörte sie eine Frau sagen. »Die aus den Talkshows, du weißt schon.«

»Was ist passiert?«, murmelte Victoria benommen.

»Sie sind ohnmächtig geworden«, sagte Dr. Papadakis und half ihr auf. »Kommen Sie, wir werden im Hospital schauen, was Ihnen fehlt. Können Sie laufen, oder brauchen Sie einen Rollstuhl?«

»Es geht schon wieder«, wehrte Victoria ab, aber ihre Knie waren weich wie Gummi. »Das ist wirklich nicht nötig, mir war nur ein bisschen schwindelig.«

Keine Ahnung, woher das so plötzlich gekommen war.

»Trotzdem möchte ich mir das kurz ansehen«, entschied die Ärztin mit einem resoluten Nicken. Sie führte Victoria ins Bordhospital.

»Ich bringe nur schnell die Sachen auf die Kabine«, meinte David und hob die Plastiktüten. »Dann komme ich sofort zurück.«

»Lieb von dir«, antwortete Victoria matt. »Hier, nimm meine Karte, ich komme gleich nach.«

»Sicher?«

»Ja, bestimmt, wir sehen uns später«, sagte Victoria und folgte der Bordärztin in einen der Behandlungsräume.

»Nur zu Ihrer eigenen Sicherheit«, sagte sie und drückte Victoria auf eine Liege.

»Ich hab bloß nichts gegessen, das ist alles.«

»Stimmt«, stellte Dr. Papadakis fest, nachdem sie Victorias Blutdruck gemessen hatte. »Ihr Blutdruck ist total im Keller. Es war also nur ein kleiner Schwächeanfall, deshalb schlage ich vor, Sie essen jetzt was und ruhen sich aus.«

»Werde ich«, sagte Victoria eilig und stand auf. *Schwächeanfall*? Sie war fünfunddreißig, nicht achtzig. Obwohl, ein bisschen mulmig war ihr immer noch, als Dr. Papadakis sie zur Tür begleitete. Draußen im Empfangsbereich wartete Kimmie.

»Ah, Frau Meier!«, sagte die Ärztin. »Na, wieder Probleme mit der Übelkeit?«

»Ja, mir ist total schlecht«, jammerte Kimmie.

Dr. Papadakis lächelte nachsichtig. »Machen Sie

sich keine Sorgen, das ist vollkommen normal in Ihrem Zustand.«

»Zustand?«, fragte Victoria entgeistert.

Kim strahlte über das ganze Gesicht. »Ja, stell dir nur vor, ich bin schwanger!«, rief sie und fiel Victoria um den Hals. »Ist das nicht toll?«

Schwanger! »Ja, echt toll«, antwortete Victoria mechanisch und ihre Lippen fühlten sich taub an. »Herzlichen Glückwunsch.« *Von Philipp!* Ihrem Philipp. Eigentlich sollte es Victoria egal sein, aber irgendwie war es das nicht.

»Eigentlich wollten wir es ja noch ein bisschen für uns behalten«, sagte Kimmie, und Victoria fragte sich, wann ihr Philipp wohl davon erzählt hätte.

»Ist ja nicht schlimm«, plapperte Kimmie weiter. »Dann bist du die Erste, die es erfährt.«

»Seit wann wisst ihr es denn?«

»Seit Heiligabend. Als wir in Montego Bay zum Schiff zurückgefahren sind, meinte Phil, wir sollten lieber ins Hospital gehen. Frau Doktor hat dann den Test gemacht und ...« Kimmie erzählte und erzählte, aber Victoria hörte ihr gar nicht mehr zu. *Dieser Mistkerl!* Philipp hatte genau gewusst, dass Kim schwanger war, als er sie um Verzeihung gebeten hatte. Trotzdem hatte er ihr in die Augen gesehen und gesagt, dass er sie liebe. Die Welt schien in ihren Angeln zu schwanken, alles drehte sich. Nur mit eiserner Gewalt gelang es Victoria, ihre Füße unter Kontrolle zu halten und das Hospital zu verlassen.

Erleichtert sprang David auf, als es klopfte. Er hatte sich Sorgen gemacht, während er auf ihrer Suite gewartet hatte. Victoria war immer noch etwas blass um die Nase, als er ihr die Tür öffnete und sie reinließ.

»Alles okay?«

»Ja, geht schon wieder. Nur ein kleiner Schwächeanfall, meint Doktor Papadakis.«

»Willst du was essen?« Er fasste sie an den Schultern und schob sie sanft in Richtung der Sitzecke. »Ich kann was für dich bestellen, beim Zimmerservice.«

»Ich habe keinen Hunger.« Victoria schüttelte den Kopf. »Ich glaube, ich würde gern ein Nickerchen machen.«

»Das wird das Beste sein«, entschied er. »Leg dich ein bisschen hin, wir sehen uns später.«

»Ich ruf dich an«, sagte sie mit einem matten Lächeln.

Er hauchte ihr einen Kuss auf die Stirn. »Ruh dich aus.«

Vor der Tür warf er einen Blick auf die Uhr, Viertel vor zwei. Wenn er sich beeilte, bekam er noch was zu essen. In einer Stunde wartete schon wieder sein täglicher Einsatz als Bob Starfish auf ihn. Bevor er auch noch schlapp machte, sollte er also lieber dafür sorgen, dass er was im Bauch hatte. Wie zur Bestätigung antwortete sein Magen mit einem lauten Knurren. *Also dann!* Zeit für einen Abstecher in die Crewmesse.

Kaum, dass David die Suite verlassen hatte, warf sich

Victoria aufs Bett. Ihrer Kehle entrang sich ein heiserer Laut, und sie presste ihr Gesicht ins Kissen, um das Schluchzen zu unterdrücken.

Schwanger! Wie lange hatte sie sich eine Familie mit Philipp gewünscht?

Natürlich, sie war jetzt mit David zusammen. Aber sie wusste doch gar nicht, ob das mit ihnen was Festes wurde. Ihre Beziehung stand noch ganz am Anfang und außerdem hatte er schon eine Tochter. Wer sagte denn, dass er überhaupt noch Kinder wollte?

Victoria wälzte sich auf den Rücken und starrte an die Decke. Sicher, sie hatte Rothpharm und die Firma war wie eine Familie für sie. Aber es war nicht das Gleiche, sie sehnte sich nach etwas Echtem. Einer richtigen Familie, Nach etwas Kleinem, das sie aus großen Kulleraugen anstrahlte und dessen erstes Wort »Mama« sein würde.

Scheiße! Victoria holte tief Luft und ließ sie in einem zittrigen Atemzug entweichen. Sie war jetzt fünfunddreißig und so langsam lief ihr die Zeit davon. Ihre biologische Uhr tickte nicht nur laut, sie dröhnte in Victorias Ohren. In ihrem Alter ließ die Fruchtbarkeit rapide nach. Am besten nahm man das Problem direkt mit künstlicher Befruchtung in Angriff, wenn man sichergehen wollte, dass es überhaupt noch klappte. Und Philipp ging mal eben so daher und schwängerte seine fünfundzwanzigjährige Freundin in der Blüte ihrer Jugend. Kimmies Eizellen waren ihm vermutlich freudig winkend entgegengesprungen, nachdem sie begriffen hatte, welch gute Partie Philipp war.

Das Kind wird alles verändern ... Die Worte der Voodoo-Priesterin hallten in Victorias Kopf. Jetzt ergab alles einen Sinn, denn diese Neuigkeit veränderte tatsächlich alles. Das Thema *Philipp* war auf jeden Fall endgültig für sie gestorben. Victoria fühlte sich vom Schicksal betrogen. Das hätte ihr Baby sein sollen, das da in Kims Bauch heranwuchs!

David saß in der Crew-Messe und stocherte in seinem Essen. Spaghetti Bolognese. Die Nudeln waren zu weich und die Soße schmeckte nach nichts. Seufzend schob er den Teller fort und sah rüber zu Kassandra.

»Darf ich dich mal was fragen, so unter Kollegen?«

»Hm?« Kassandra hob den Blick von ihrem gemischten Salat. »Was denn?«

»Hast du ein Problem mit meinem Job?«

»Wieso sollte ich?« Kassi schüttelte verständnislos den Kopf.

»Findest du mich attraktiv? Also als Mann, mit meinem Job?«

»Woher soll ich das wissen? Ich bin lesbisch«, entgegnete Kassandra und stopfte sich eine Gabel Gurkensalat in den Mund.

Das hatte er nicht gewusst, aber es erklärte einiges.

»Also rein hypothetisch, wenn du auf Männer stehen würdest, würdest du mich als Partner in Erwägung ziehen?«

»Ich weiß echt nicht, was du von mir willst«, sagte sie kauend.

Das wusste er selbst nicht so genau. Er hatte bloß immer noch daran zu knacken, was Victoria vorhin gesagt hatte. »Hast du dich schon mal geschämt, für das, was wir tun?«

»Wie meinst du das?«

»Na, dass du auf der Bühne Frauenkleider anhast, also nein, Quatsch, Männerkleider, ach vergiss es.«

»Das macht meine Freundin andauernd.«

Okay, ich geb's auf! Warum versuchte er auch, seine Ängste mit Kassandra zu besprechen? Es gab nur einen, der die Frage beantworten konnte, die Victoria ihm gestellt hatte. Und eigentlich hatte er es bereits getan. Denn tief in seinem Innern wusste David schon lange, dass er ein Problem mit seinem Job hatte. Ein gewaltiges. Wegen Leuten wie Philipp und dem Blick, mit dem sie auf ihn herabschauten. So wie seine Exfrau es getan hatte. Weil ein Comedian weniger angesehen war als ein Schauspieler. Und selbst Komiker klang immer noch besser als Drag Queen. Er hatte kein Problem mit dem Job an sich, er hatte einfach Angst. Davor, dass er nie wieder eine richtige Rolle angeboten bekam und für den Rest seines Lebens das blieb, was aus ihm geworden war. Bordkomiker auf einem Kreuzfahrtschiff.

Kapitel Siebzehn

STEIGT EIN RENTNER IN DEN AUSFLUGSBUS UND ZEIGT DEM ERSTAUNTEN BUSFAHRER EIN KINDERTICKET. SAGT DER FAHRER: »SIE SIND DOCH VIEL ZU ALT DAFÜR.« ANTWORTET DER RENTNER …

»Warum dauert das denn so lange?« Der ältere Herr im karierten Kurzarmhemd schob sich an Victoria vorbei zum Schalter. Dabei schwenkte er sein Ausflugsticket, als handelte es sich um ein wichtiges Dokument. »Hier steht neun Uhr dreißig, jetzt ist es schon zwanzig vor zehn.«

»Geht gleich los, kleinen Moment noch«, sagte die Reiseleiterin und deutete entschuldigend auf ihr Funkgerät. »Sobald ich die Bestätigung von der Brücke habe, können wir runtergehen, Bus Nummer sechs ist unserer.«

Mit Dominica stand heute der letzte Landgang ihrer Reise auf dem Programm, und Victoria bereute es jetzt schon, die Inselrundfahrt gebucht zu haben. Sie hatte es in voller Absicht getan, denn sie hoffte, mit dieser Alte-Leute-Tour Philipp und Kim bestmöglich aus dem Weg zu gehen. Den Rest des gestrigen Tages hatte sie sich auf der Suite verkrochen und ihre Wunden geleckt. David hatte sie nur eine kurze Nachricht geschickt, dass es ihr nicht gut ginge. Und obwohl sie fast nur geschlafen hatte, fühlte sie sich matschig.

»Los geht's!«, rief die Reiseleiterin und steuerte das Treppenhaus an. Also trabte Victoria der Gruppe von etwa fünfunddreißig älteren Herrschaften hinterher und bestieg den altersschwachen Reisebus. Geduldig ertrug sie das Gemotze über die defekte Klimaanlage, während sich der Bus die steilen Hänge der Insel hinaufquälte.

Alles war besser, als sich mit der Vorstellung auseinanderzusetzen, dass Kim schwanger war.

»Ist Ihr Mann krank?«, fragte die Dame vom Sitz auf der anderen Seite des Gangs und die Frau neben ihr nickte wissend.

»Ich bin nicht verheiratet«, antwortete sie wahrheitsgemäß.

»Oh, das tut mir leid«, sagte die Frau mitfühlend. »Auch keine Kinder?«

Was will die denn jetzt? »Nein, noch nicht.«

»Damit sollten Sie nicht zu lange warten«, sagte die Frau mit einem tadelnden Lächeln.

Ach was? Das wusste sie selbst. Als ob man irgendeinen Einfluss darauf hätte. Und außerdem wollte sie jetzt gerne das Thema wechseln. »Ich bin ja noch jung«, sagte sie, um das Gespräch zu beenden, und sah aus dem Fenster auf die tropische Landschaft, die daran vorbeizog.

»Das sagen Sie jetzt, Kindchen.« Die Frau streckte

den Arm aus und tätschelte über den Gang hinweg Victorias Knie. »Aber glauben Sie mir«, fuhr die Dame fort. »Wenn Sie keine Kinder bekommen, werden Sie es irgendwann bereuen. Wenn ich meine Schwester nicht hätte, würde ich nur allein zu Hause sitzen.«

Victoria gab sich einen Moment lang der Vorstellung hin, wie sie später mal mit ihrem Bruder in einem Reisebus sitzen würde. Das war natürlich Quatsch. Konstantin ließe sich nie zu einer Gruppenreise herab. Und außerdem war ja gar nicht gesagt, dass David keine Kinder mehr wollte.

Victoria trottete hinter ihrer Reisegruppe her, den Regenwaldpfad entlang. Die kurze Wanderung war zum Glück ihr letzter Stop. Dann hatte sie den Ausflug hinter sich und konnte endlich Anneliese und Hiltrud entkommen. Die beiden rüstigen Schwestern aus dem Bus hatten sie seit heute Morgen unablässig mit Weisheiten über das Älterwerden und die damit verbundene Einsamkeit versorgt.

Aus den dichten Büschen am Wegesrand leuchtete Victoria eine prächtige Heliconia–Blüte entgegen. Die Blütenblätter öffneten sich wie Hummerscheren und ihr grelles Rot erinnerte sie an Lorettas Lippenstift.

Was ihr die ganze Zeit durch den Kopf ging, war nicht das leichteste Thema, wenn man gerade ein paar Tage mit einem Mann zusammen war. Wie fragte man sowas? *Hey, du hast ja gesagt, dass deine Tochter ein Unfall war ... Wie schauts aus, hättest du Lust, noch mal Vater zu werden?* So in etwa? Mit Sicherheit nicht, sie wollte ja nicht gleich mit der Tür ins Haus fallen. Aber vielleicht konnte sie ihm erzählen, dass Kimmie schwanger war, und das Gespräch in diese Richtung lenken. Genau, so würde sie es machen, denn bevor sie sich vollkommen auf ihn einließ, musste sie wissen, woran sie mit David war.

Was, wenn er keine Kinder mehr will?, flüsterte eine leise Stimme in ihrem Hinterkopf. War David dann überhaupt der Richtige für sie? Victoria schüttelte den Kopf und trat nach einem Stein. Daran waren nur Hiltrud und Anneliese schuld, mit ihrem andauernden Gequatsche über den Einen, den Richtigen und die ganz große Liebe, die auch nur einmal im Leben kam. Genau wie bei ihnen damals, bla, bla, bla.

Und richtig, kaum dass sie wieder im Bus saßen, ging die Leier von vorne los.

»Du wirst sehen, Kindchen, auch für dich kommt irgendwann der Richtige. Und wenn er dann vor dir steht, wirst du ihn erkennen«, sagte Anneliese und tätschelte wieder ihr Bein.

Victoria antwortete darauf nicht, sondern schenkte ihr ein zuversichtliches Lächeln in der Hoffnung, dass sie dann endlich Ruhe gab. Aber im Stillen hoffte sie, Anneliese würde recht behalten und dass David der Richtige für sie war.

Zum Frühstück hatte Victoria kaum was herunter bekommen und die Rentner hatten im Bus ihre Lunchpakete ausgepackt. Nur sie hatte nichts dabei gehabt, als sie von Bord gegangen war. Inzwischen hing ihr der

Magen in den Kniekehlen und knurrte vernehmlich, als sie den Lift betrat. Sie warf einen Blick auf die Uhr. Viertel nach drei. Wenn sie sich nicht irrte, war jetzt die Zeit für »Kaffee und Kuchen«, ein fester Bestandteil des Tagesprogramms an Bord. Also machte sie sich auf den Weg zum Buffetrestaurant, wo sie einen Schokomuffin aufsammelte und ihn mit nach draußen nahm. Sie schlenderte damit über das Deck und entdeckte einen freien Tisch im Außenbereich der Sea Bar. Beim heraneilenden Kellner bestellte sie einen Cappuccino und biss in ihren Muffin.

»Oh, hallo!«, sagte eine Stimme hinter ihr, die ihr nur allzu vertraut war, und sie fuhr herum.

»Philipp«, stellte sie fest. »Was gibt's?«

»Hast du es dir noch mal überlegt?«

Ihr fiel fast der Muffin aus der Hand. »Das ist jetzt nicht dein Ernst?«, fragte sie und schüttelte ungläubig den Kopf. »Erst schwängerst du deine Freundin, und dann fragst du mich, ob ich es mir noch mal überlegt habe?«

Seine Gesichtszüge erstarrten. »Du weißt davon?«

»Ja, stell dir vor, Kimmie hat es mir erzählt. Gestern im Hospital.«

Er ließ sich auf den freien Korbstuhl neben ihr sinken, schlug die Hände vors Gesicht und fuhr sich über die Augen.

»Das ist ein absoluter Alptraum, ein Unfall! Ich werde Kim Geld geben, damit sie es wegmachen lässt und …«

Victoria sah ihn fassungslos an. »Das ist auf so vielen Ebenen falsch, dass ich es nicht in Worte fassen kann.« Wie konnte er bloß über Abtreibung nachdenken?

»Aber ich will das Kind nicht«, jammerte Philipp. »Und wenn sie es behält, allein die Vorstellung, mein komplettes Leben mit ihr zu verbringen …«

»Das hättest du dir überlegen sollen, bevor du sie geschwängert hast«, gab Victoria ungerührt zurück. »Also herzlichen Glückwunsch, du wirst Vater«, setzte sie hinzu, warf den Rest des Muffins auf den Tisch und stand auf. Der Appetit war ihr gründlich vergangen.

David beobachtete sie vom Rande des Pooldecks. Was die beiden wohl wieder zu besprechen hatten? Victoria war gestern so komisch gewesen, nachdem er ihr erzählt hatte, dass Philipp ihn blöd angemacht hatte. Dann die Sache mit ihrem Schwächeanfall, und abends hatte sie ihm nur eine kurze SMS geschickt, es gehe ihr nicht gut. Verschwieg sie ihm etwas? Nach Versöhnung sah es jedenfalls nicht aus. Victoria stand auf und Philipp hockte da wie ein Häufchen Elend. Victoria kam genau auf ihn zu. Dumm nur, dass er mal wieder im Kostüm steckte. Er trat einen Schritt zur Seite und versperrte ihr den Weg. »Na, alles klar bei euch?«

Ihre Augen wurden weit. »David?«

»Bob Starfish!«, kreischte es hinter ihm und kurz darauf waren sie von einer Horde schreiender Kinder umzingelt.

Victoria starrte in das riesige orangefarbene Comic-Gesicht und versuchte, Davids Augen hinter dem schmalen Sehschlitz auszumachen. Doch stattdessen sah sie nur ein überdimensionales Grinsen. »Spionierst du mir wieder nach?«

»Nein, ich war nur ganz zufällig hier«, drang seine Stimme etwas undeutlich unter dem dicken Schaumstoff hervor.

»Genau so zufällig wie beim letzten Mal?«, fragte sie über die Köpfe der Kinder hinweg, die an ihm rumzerrten, und stemmte die Fäuste in die Seiten.

»Ja, genau. Und, was gab's so Wichtiges zu besprechen?«

»Warum interessiert dich das?«, antwortete sie mit einer Gegenfrage, obwohl sie es ihm gern gesagt hätte. Aber dies war weder die richtige Zeit noch der passende Ort dafür.

»Es interessiert mich eben, was ihr ständig hinter meinem Rücken tuschelt.«

»Wir haben weder getuschelt«, sagte sie, »noch war es hinter deinem Rücken. Du trägst schließlich dieses ... Ding.« Sie deutete auf das Kostüm. »Warum läufst du überhaupt so rum? Damit du dich heimlich anschleichen und fremde Gespräche belauschen kannst?«

»Nein, diese liebreizende Aufmachung hab ich einzig und allein dir zu verdanken«, antwortete er gereizt.

»Wegen mir brauchst du das mit Sicherheit nicht anzuziehen.« Sie konnte sich reichlich Outfits vorstellen, die weitaus sexier waren, als dieses orangefarbene Monstrum.

»Das ist die Strafe, weil wir das Schiff verpasst haben. Madame musste ja unbedingt auf Jamaika zur Polizei gehen.«

Also, das ist ja wohl … »Jetzt bin ich wieder an allem schuld?«

Ein Mädchen zupfte an Victorias Rock. »Du-hu?«

Sie sah zu der Kleinen. »Ja?«

»Warum streitet ihr?«, wollte das Mädchen wissen.

Das war eine berechtigte Frage. *Was mache ich hier eigentlich?,* schoss Victoria durch den Kopf. *Streite ich mich gerade mit einem Seestern?* Das war doch absolut lächerlich. Sie hatte nichts getan, das diesen Auftritt rechtfertigte, und überhaupt, sie war ihm auch keine Rechenschaft schuldig.

»Sie hat Recht, lass uns nicht streiten«, sagte David, streckte die Hand aus und legte ihr umständlich einen dickgepolsterten Arm um die Schultern. »Mein Gott!«, stöhnte er und zog sie ein Stück von den Kindern weg. »Die gehen mir voll auf den Geist.«

Falsche Antwort! Dabei hatte sie die Frage, wie er zum Thema Kinder stand, doch noch gar nicht gestellt. »Wir reden später, wenn du wieder du selbst bist«, sagte sie und meinte damit nicht bloß dieses alberne Kostüm.

Als sie ihm anderthalb Stunden später die Tür öffnete, sah er wieder aus wie David und roch frisch geduscht. Ein Hauch von Shampoo und Aftershave stieg ihr in die Nase, als sie ihm zur Begrüßung einen flüchtigen

Kuss auf die Wange drückte. Er schlang die Arme um ihre Taille und gab ihr einen richtigen.

»Verrätst du mir jetzt, was mit dir los ist?«, fragte er sanft, aber seine Hände blieben weiter hinter ihrem Rücken verschränkt, sodass sie ihm nicht ausweichen konnte. »Also, was ist?«

»Nichts«, gab sie zurück und senkte den Blick.

»Und worüber streiten wir dann?«

Victoria zuckte mit den Schultern. »Ich weiß es nicht.«

»Aber du hast doch irgendwas?« Er legte eine Hand unter ihr Kinn und zwang sie, ihn anzusehen. »Seit gestern bist du so komisch.«

»Das Gleiche könnte ich dich auch fragen.« Schließlich war er auch ein bisschen seltsam seit ihrer Unterhaltung in dem Café.

»Okay, du zuerst.«

Scheiße! Sie war doch sonst nicht auf den Mund gefallen und hatte schon die schwierigsten Verhandlungen bestritten. Warum fiel es ihr dann so schwer, offen über ihre Gefühle zu sprechen? Victoria nahm einen tiefen Atemzug. »Kim ist schwanger.«

»Von Philipp?«

Sie nickte. »Von wem denn sonst?«

»Was sagt man dazu?«

Was sagst du dazu? Das war doch viel eher die Frage. Sie antwortete ihm mit einem Achselzucken.

»Das ging aber schnell«, sagte David und schüttelte grinsend den Kopf.

Wieder die falsche Antwort, dachte Victoria. Laut

sagte sie. »Darüber habe ich vorhin mit Philipp gesprochen.«

»Und wie steht er dazu?«

»Er will, dass sie es wegmachen lässt.«

»So ein Schlappschwanz.« David schnaubte abfällig. »Wenn er sie schwängert, soll er gefälligst auch dazu stehen.«

Richtige Antwort! »Ja, find ich auch …«

»Aber?«, hakte David nach.

»Kein Aber«, sagte sie. »Ich hab mich bloß gefragt, was, wenn ich an Kimmies Stelle wär?«

David hob die Augenbrauen. »Was meinst du?«

»Na ja«, druckste sie. »Als wir auf Jamaika waren, habe ich die Pille nicht genommen. Und ich hab mich gefragt, wie du reagieren würdest, wenn ich …?« Sie ließ den Satz unvollendet.

Er sah sie mit einem alarmierten Blick an. »Bist du aber nicht, oder?«

Scheiß Antwort! »Nein, keine Sorge. War nur rein hypothetisch.«

»Puh, jetzt hast du mir aber einen gewaltigen Schrecken eingejagt«, sagte David und sah richtig erleichtert aus.

Ganz beschissen. Aber auch irgendwie logisch, was hatte sie denn erwartet? »Ich meine, na klar. Du willst bestimmt keine Kinder mehr, du hast ja schon eine Tochter«, plapperte sie drauf los und fand, sie klang schon fast wie Kimmie.

»So ein Unsinn!«, unterbrach er sie. »Wie kommst du denn darauf?«

»Na, weil du gesagt hast, dass sie ein Unfall war.«

»War ja auch so«, sagte er. »Aber ich liebe meine Tochter. Leonie ist das Beste, das mir je passiert ist. Also wenn die eigentliche Frage, die in deinem hübschen Köpfchen rumschwirrt«, er machte eine kleine Pause und tippte ihr an die Stirn, »die ist, ob ich noch Kinder haben will, dann lautet die Antwort Ja.«

Goldrichtige Antwort! Victoria atmete erleichtert auf.

David rollte mit den Augen. »Frag mich doch einfach, statt dir irgendwas auszumalen.«

»Das sagt der Richtige«, sagte sie und schüttelte lächelnd den Kopf. »Du warst eifersüchtig auf Philipp. Und mal ernsthaft, wie toll ist denn die Frage, ob man Kinder will, wenn man gerade mal zwei Tage zusammen ist?«

»Auf einer Skala von eins bis zehn? Null«, sagte er im Brustton der Überzeugung und sie musste lachen. »Ein echter Lustkiller«, fuhr David fort, zog sie enger an sich und knabberte an ihrem Ohrläppchen. »Aber du hättest mich ja fragen können, ob wir ein bisschen üben wollen, welche zu machen?«

Jackpot!

»Ich habe nachgedacht«, begann David und stützte sich auf den Ellenbogen. »Über das, was du gesagt hast.«

»Was hab ich denn gesagt?«, fragte Victoria mit einem Lächeln, aber ihm war jetzt nicht nach Scherzen zumute.

»Du weißt schon, dass ich ein Problem mit meinem Job hätte.«

»Und?«

»Na ja«, begann er und holte tief Luft. »Irgendwie hast du ja Recht. Also nicht falsch verstehen, ich mache das total gerne. Aber ich habe auch Angst davor.«

»Wovor?«

»Vor Loretta«, antwortete er düster.

»Ich dachte, sie wäre bloß eine Bühnenfigur.«

»Ist sie ja auch. Aber darum geht es nicht.« Er seufzte. Wie sollte er Victoria nur erklären, was ihn belastete? »Ich fürchte mich davor, sie nicht mehr loszuwerden, verstehst du?«

»Willst du sie denn loswerden?«, fragte Victoria und sah ihn forschend an.

»Nein, irgendwie nicht. Ich liebe Loretta, weil sie so frei ist. In ihrer Haut kann ich tun und sagen, was immer ich will. Sie braucht kein Blatt vor den Mund nehmen, man nimmt ihr nichts krumm.«

»Und wo ist dann das Problem?«

»Ich habe Angst, dass mich die Leute immer nur darauf reduzieren werden und ich nie wieder eine richtige Rolle bekomme«, sagte er leise. »Loretta ist ein echter Karrierekiller.« Deswegen war Anna auch so sauer gewesen, sie hatte ihm vorgeworfen, seine Karriere zu ruinieren, sollte er wirklich als Frau auf die Bühne gehen. Und schlussendlich hatte sie recht behalten. »Ich meine, schau mich an«, sagte er. »Ich werde nur noch als Loretta gebucht. Niemand interessiert sich mehr für David Baum«, sagte er bitter. Jetzt war es raus.

Victoria sah ihn fassungslos an. »So ein Blödsinn!

Du wirst gebucht, weil du gut bist.« Sie schüttelte den Kopf. »Jetzt ohne Witz, David, das ist wirklich lustig.«

»Ja, ich weiß«, sagte er gedehnt. »Aber ...«

»Kein Aber!« Victoria setzte sich auf und sah ihn unverwandt an. »Wenn ich im Business eines gelernt habe, dann, dass man dafür brennen muss, wenn man Erfolg will. Nimm Rothpharm«, sagte sie und hob die Hand mit der Handfläche nach oben, als präsentierte sie ihm darauf eine ganz einfache Lösung für seine Probleme. »Denkst du, es ist mir einfach so zugefallen, dass das Unternehmen heute steht, wo es ist? Nein.« Victoria schüttelte energisch den Kopf. »Man kommt nicht von selbst an die Spitze des europäischen Marktes. Das war harte Arbeit. Und wenn ich nicht mit ganzem Herzen dabei gewesen wäre, wäre es mir nicht gelungen. Da steckt Herzblut drin, verstehst du? Rothpharm ist mein Baby.« In ihrem Augen brannte die Leidenschaft für das, was sie tat. David begriff, dass es für Victoria weit mehr war als nur ein Job.

Wenn ich doch den Mut aufbringen könnte, genauso dafür einzustehen. David schluckte.

»Was willst du denn?« Victoria sah ihn herausfordernd an. »Willst du lieber der erfolglose Schauspieler sein, oder ein gefeierter Travestiestar?«

»Na ja ... Geht nicht auch beides, also kombiniert?«

»Nein, so läuft das nicht. Ich weiß, es ist praktisch, sich hinter seiner Maske verstecken zu können. Aber wenn du Erfolg haben willst, musst du sie fallen lassen. Steh dazu, wer du bist.«

»Wenn das nur so einfach wäre.«

»Sei doch nicht so ein Hasenherz.« Sie knuffte ihn

in die Seite. »Hast du mir nicht selbst gerade erzählt, als Loretta del Mar könntest du sagen, was du willst?«

»Ja, das stimmt.«

»Dann sollte David Baum das auch einfach mal tun.«

»Meinst du?«

»Vertrau mir. Du wirst sehen, es ist gar nicht so schwer.«

Vielleicht hatte sie Recht. Vielleicht sollte er wirklich einfach über seinen Schatten springen und sich zu seiner Rolle bekennen. Auch wenn dieser Schatten ihm aktuell noch übermenschlich groß erschien.

Kapitel Achtzehn

TREFFEN SICH ZWEI BLONDINEN, SAGTE DIE EINE ZUR ANDEREN: »UND, HAST DU SCHON PLÄNE FÜR SILVESTER?«

»Als Erstes hab ich um elf den Walk-Act, dann muss ich zur Probe. Um fünfzehn Uhr darf ich mich auf eine Stunde Seestern freuen, und die große Silvester-Gala beginnt um Viertel vor zehn«, klärte David sie auf und fuhr mit der Hand durch sein dichtes blondes Haar.

»Strammes Programm«, antwortete Victoria. Deshalb würden sie heute auch im Adagio frühstücken.

Auf der Stella Maris war der letzte Tag des Jahres angebrochen und an Bord herrschte rege Betriebsamkeit. Die Angestellten waren mit den Vorbereitungen für die große Silvester-Gala beschäftigt, während das Hauptaugenmerk der Gäste darauf lag, sich noch vor dem Frühstück eine Liege am Pool zu reservieren, um für den Seetag gerüstet zu sein. Victoria folgte David durch den Trubel.

»Also sehen wir uns heut Abend zum Captain's Dinner?«, fragte sie im Vorbeigehen, während er ihr die

Tür zum Restaurant aufhielt. »Marie würde sich freuen, wenn wir bei ihnen am Tisch sitzen.« Ansonsten hatte sie keine weiteren Pläne für den Tag.

»Wann fängt das an?«

»Punkt achtzehn Uhr dreißig.«

»Das wird eng«, sagte er und rückte ihr den Stuhl zurecht. »Ich brauche mindestens anderthalb Stunden in der Maske. Aber zur Not lasse ich die letzten Gänge beim Essen ausfallen.«

Während Victoria vermutlich ihren Seetag bei sonnigen dreißig Grad auf dem Sonnendeck ihrer Suite genoss, steckte David mal wieder im Seestern-Kostüm und bespaßte auf dem Pooldeck die Gäste. Er bewegte sich mechanisch, winkte mit links, grüßte nach rechts, aber von dem Geschrei der Kinder um ihn herum bekam er kaum etwas mit. In Gedanken war er bei Loretta. Natürlich, sie war nur eine Bühnenfigur. Aber auf gewisse Weise führte sie eine Art Eigenleben. Sobald er in ihre Kleider schlüpfte, passierte etwas mit ihm. Loretta war eine Erscheinung, eine Macht, schön und stark und mutig. All das, was er selbst manchmal gern gewesen wäre. Im Prinzip waren Victoria und Loretta sich sehr ähnlich. Zwei Löwinnen, bereit, für ihre Sache zu kämpfen. Vielleicht war das der Grund, warum er sich in Victoria verliebt hatte. Er bewunderte ihre Willenskraft, die Entschlossenheit, mit der sie ihre Ziele verfolgte.

Steh dazu ... Wie stellte sie sich das vor? Sollte er

jetzt den ganzen Tag im Fummel rumlaufen? *Ich bin doch nicht Olivia Jones!* Dann würde ihn erst recht alle Welt für schwul halten. *Und was wäre daran so schlimm?*, fragte Kassi in seinem Kopf. Irgendwie musste er einen Weg finden, all die Rollen und Widersprüche, die in ihm wohnten, unter einen Hut zu bringen. Und er hatte auch schon eine Ahnung, wie er das anstellen würde.

Die Crew hatte das gesamte Schiff im Stil der zwanziger Jahre dekoriert, denn das Motto des Abends lautete »Goldene Zwanziger«. Das Adagio erstrahlte noch prachtvoller als sonst, unter der Decke waren Lichterketten gespannt, deren Schein sich in den Kerzenständern aus poliertem Silber fing. Auf dem Rondell an der Weintheke thronte, anstelle von Blumen, ein Arrangement weißer Federn in einer Vase aus grauem Rauchglas. Passend zum Thema trugen die Kellner heute weiße Handschuhe. Mitchell sah aus wie ihr persönlicher Butler, als er Victoria an den Kapitänstisch führte.

»Schön, dich zu sehen«, begrüßte Marie sie und streckte Victoria die Wange entgegen. »Ganz eigennützig, ich hatte keine Lust auf langweilige Tischgespräche«, raunte sie an ihrem Ohr und nickte unauffällig rüber zu den beiden älteren Ehepaaren, die ebenfalls an dem runden Achtertisch saßen.

Victoria grinste Marie verschwörerisch an und

setzte sich auf den freien Stuhl neben ihr. »Guten Abend«, sagte sie in die Runde.

»Wo steckt David?«

»Müsste gleich da sein«, gab Victoria zurück und ließ ihren Blick zum Eingang schweifen. Nicht mal eine Sekunde später trat er durch die weit geöffneten Flügeltüren und blickte sich um.

David hob die Hand zum Zeichen, dass er sie gesehen hatte, und kam auf sie zu. Er sah umwerfend aus in dem schwarzen Frack und dem passenden Hemd, wie der perfekte Gentleman. Um den Hals trug er eine Fliege und sein Haar glänzte unter einer Schicht Pomade. Am Tisch angekommen begrüßte er erst die Frauen mit Handkuss, wobei die beiden älteren Damen tatsächlich ein bisschen rot wurden, dann die Herren und schließlich sie. Mit einem Funkeln in den Augen hob er Victorias Hand und führte sie bis kurz vor seine Lippen.

»Guten Abend, Mylady«, sagte er und blickte ihr tief in die Augen. Gott, das war so kitschig und romantisch und süß. Victorias Herz schlug schneller. Wäre sie nicht schon in ihn verliebt, spätestens jetzt wäre sie es gewesen.

»Ich dachte, du hättest nur den einen Anzug?«, raunte sie ihm zu.

»Aus dem Kostümfundus des Showensembles«, flüsterte David zurück und grinste.

Kapitän Veenhoff stand auf und erhob sein Glas. »Liebe Gäste«, sagte er und seine volltönende Stimme brachte die Tischgespräche zum Verstummen. »Im

Namen der gesamten Crew begrüße ich Sie zu unserem Gala-Diner. Genießen Sie Ihren Abend und lassen Sie sich von unserem Küchenteam verwöhnen. Im Anschluss erwartet Sie dann im Theatrium die große Silvester-Gala, zu der ich Sie alle herzlich einlade.«

»Und das gilt ganz besonders für dich«, raunte David ihr zu.

»Mal sehen«, neckte sie ihn.

»Aber du willst doch nicht etwa das große Feuerwerk am Pooldeck verpassen?«, schaltete Marie sich ein.

»Natürlich nicht.«

Der Kellner servierte den Gruß aus der Küche, und einige Gläser Wein sorgten für die nötige Leichtigkeit, um die Atmosphäre am Tisch etwas aufzulockern. Die beiden anderen Paare, die vorher etwas reserviert gewesen waren, tauten merklich auf und berichteten wortreich über die zahlreichen Kreuzfahrten, die sie bereits unternommen hatten. Sie wurden auch nicht müde, das dem Kapitän gegenüber zu betonen, was der mit professioneller Höflichkeit zur Kenntnis nahm und seinerseits einige Anekdoten aus seiner Zeit bei der Marine beisteuerte. Die Unterhaltung plätscherte fröhlich vor sich hin und die Zeit verging wie im Flug.

Kurz vor dem Hauptgang warf David einen Blick auf die Uhr und erhob sich. »Sie entschuldigen mich«, sagte er in die Runde. »Aber die Pflicht ruft. Ich würde mich freuen, Sie gleich im Theatrium wieder zu sehen«, fügte er hinzu. Dann wandte er sich an Victoria. »Komm, so schnell es geht, damit du einen guten Platz hast. Ich habe eine Überraschung für dich«

»Was ist es denn?« Ihre Augen funkelten neugierig, aber in ihrem Blick lag noch etwas anderes, das er nicht deuten konnte.

»Dann wäre es ja keine Überraschung mehr«, sagte er ausweichend. »Also bis gleich«, setzte er schnell hinzu. »Und sei pünktlich.« Es war wichtig, dass sie hörte, was er zu sagen hatte. Dann verabschiedete er sich und lief auf direktem Weg zur Künstlergarderobe, wo er sein Outfit schon vor dem Dinner deponiert hatte. *Puh, das wird ganz schön knapp.* Anderthalb Stunden waren sportlich, um sich in Loretta zu verwandeln. Aber es würde reichen, schließlich war er Profi und hatte es schon hunderte Male gemacht. Nur das, was er gleich vorhatte, war neu. Das hatte er noch nie getan und er fürchtete sich davor. Aber einmal war immer das erste Mal.

Das Motto des Abends war überall deutlich zu erkennen. Über der kreisrunden Bühne in der Mitte des Theatriums hing ein gewaltiger Kronleuchter aus Kristallsteinen. Sein Licht brach sich in tausenden Facetten und tauchte den Zuschauerraum in ein festliches Glitzern. In der Luft hing eine erwartungsvolle Vorfreude, als Victoria sich auf der Suche nach einem Sitzplatz durch die Reihen schob. So gut wie heute war die Show während der gesamten Reise nicht besucht gewesen, und sie hatte Mühe, einen freien Platz zu ergattern. Auf einem der Oberränge auf Deck 10 wurde sie schließlich fündig, zwischen zwei Ehepaaren, die lieber außen sitzen wollten. Sie quetschte sich in die Mitte und war sicher, die Dame zu ihrer Rechten hatte sie erkannt, denn sie wandte sich zu ihrem Mann und zischte ihm hinter vorgehaltener Hand etwas zu, was Victoria nicht verstand. Aber an der Art, wie er sich vorbeugte und sie musterte, erkannte sie, dass sie tatsächlich Thema des kurzen Wortwechsels gewesen war. Mit einem Seufzen lehnte sie sich zurück und sank tiefer ins Polster. Manchmal wünschte sie wirklich, sie wäre unsichtbar. Noch fünf Minuten bis zur Show. Victoria fischte ihr Smartphone aus der winzigen Clutch, die sie auf Davids Anraten in Philipsburg gekauft hatte. Mit ihrem Fingerabdruck entsperrte sie den Bildschirm. Das Display zeigte zehn entgangene Anrufe innerhalb der letzten Stunden, alle von Jens Reuber, sowie die Vorschau einer SMS. *Egal, wie spät es ist, rufen Sie mich an. Es ist dringend!* Reuber musste einen guten Grund haben, sie an einem Abend wie diesem zu stören. Alarmiert sprang Victoria auf und schob sich durch die Reihe. »Darf ich mal raus?«

»Aber die Show fängt jetzt an«, sagte die Dame, die eben über sie getuschelt hatte.

»Würden Sie mir wohl den Platz freihalten?«, fragte Victoria mit der größtmöglichen Liebenswürdigkeit, die sie aufbringen konnte. »Ich bin gleich zurück, es dauert nicht lange.«

Davids Fuß wippte unter dem Schminktisch wie verrückt auf und ab. Die Bewegung übertrug sich auf seinen Arm und sorgte dafür, dass er wackelte. Mit einem tiefen Atemzug zwang er sich zur Ruhe, sonst würde er noch den Lidstrich verhauen. Das, was er gleich vorhatte, war absoluter Wahnsinn. Zumindest erschien es ihm so, denn er wusste nicht, wie das Publikum, und ganz speziell Victoria, darauf reagieren würde. Es gab genau zwei Möglichkeiten. Entweder es ging gut, oder er konnte sich schon mal nach einem neuen Job umsehen. *Oder auswandern,* schoss ihm durch den Kopf. Vielleicht sollte er direkt auf Jamaika bleiben, sobald die Stella Maris das Ziel ihrer Reise erreichte. Andererseits, was hatte er zu verlieren? Eigentlich konnte er ja nur gewinnen, auch wenn Victoria von sich behauptete, dass sie immer die Siegerin war. *Wer weiß, vielleicht gewinnen wir ja beide,* sprach er sich selbst Mut zu. Sollte er das wirklich tun? Für einen Moment zögerte David, dann griff er nach der kleinen Schachtel und machte sich auf den Weg zur Bühne.

Ein Raunen ging durch das Publikum, als das Licht gedimmt wurde. Einzig der Kristalllüster sandte noch sein Funkeln bis hinauf in die Ränge und tauchte das Theatrium in ein mondänes Glitzern. Es spiegelte sich in den Tränen, die in Victorias Augen standen, und brach sich in schillernden Facetten, als blickte sie durch ein Kaleidoskop.

»Frohes neues Jahr«, hatte Reuber ihr am Telefon gewünscht, doch sein Tonfall hatte verraten, dass es das nicht werden würde.

»Hier noch nicht«, hatte sie geantwortet und es kam ihr inzwischen wie eine dunkle Ahnung vor.

Die Musik setzte ein, der Vorhang glitt auseinander und das Showensemble betrat die Bühne. Die Frauen trugen Flapper-Dresses, die typischen Fransenkleider der zwanziger Jahre, dazu Kurzhaarperücken mit Stirnbändern, während die männlichen Darsteller alle in Frack und Zylinder gekleidet waren. Sie bildeten Paare und tanzten einen Charleston, bevor der Entertainment-Manager das Mikrofon übernahm.

»Bitte begrüßen Sie mit mir die unvergleichliche Loretta del Mar.«

Jubel brandete durch das Theatrium, als Loretta auf ihren High Heels auf die Bühne trippelte. Heute trug sie einen Hosenanzug im Marlene-Stil, und trotzdem gelang es Victoria nicht, ihr Hirn davon zu überzeugen, dass es in Wahrheit ein Mann war. Der Mann, der ihr das angetan hatte. Der sie verliebt gemacht hatte, nur um ihr dann ein Messer ins Herz zu stoßen.

Loretta stimmte die ersten Töne an. *Ich bin die fesche Lola* von Marlene Dietrich. Auch wenn sie etwas tiefer sang als das Original, die Illusion war perfekt. *Er ist eben ein Meister der Täuschung*. Wie hatte sie nur so naiv sein können, ihm zu glauben?

Nahtlos ging er zur nächsten Nummer über. *Ich hab noch einen Koffer in Berlin.*

Nur, dass er nicht »Berlin« sang, sondern »Montego Bay«. Unweigerlich musste sie an Weihnachten denken. Wie sollte sie dieses Fest und die gemeinsam verbrachten Nächte jemals vergessen? Ihr Herz zog sich schmerzhaft zusammen und sie blinzelte gegen die Tränen an.

David bemerkte das wehmütige Lächeln, das über Victorias Züge glitt. Ob sie wohl gerade an seinen verschwundenen Koffer dachte? Er spielte heute nur für sie, das musste sie mittlerweile bemerkt haben. Spätestens beim nächsten Lied sollte es ihr auf jeden Fall klar sein: *Leben ohne Liebe kannst du nicht.* Während er sang, sah er ihr in die Augen und hoffte, seine Botschaft würde sie erreichen. Auch vor der Liebe konnte man nicht weglaufen, ebenso wenig wie vor sich selbst. Man musste dazu stehen, genau, wie Victoria gesagt hatte. Mutig und mit brennendem Herzen, sonst war das alles nichts wert. David straffte die Schultern. Es war Zeit, zu seiner Liebe zu stehen und die Maske fallen zu lassen.

Victoria nahm alles durch einen Schleier aus Tränen wahr. Als hätte jemand eine Scheibe aus Milchglas vor die reale Welt geschoben.

»Meine Damen und Herren, es ist an der Zeit«, sagte Loretta, stöckelte nach hinten zum Bühnenaufgang, ging in die Hocke und griff nach etwas.

Victorias Blick klärte sich, und mit Entsetzen beobachtete sie, wie David in die Mitte der Bühne zurückkehrte, mit einer kleinen Schachtel in der Hand. *Großer Gott, er will mir doch nicht etwa einen Antrag machen?*, schoss ihr durch den Kopf. Ihr Herz hämmerte wild in ihrer Brust, als er die Schachtel öffnete und etwas herauszog. Ein ... *Tuch?* Viel zu spät begriff Victoria, was David vorhatte.

David atmete tief durch. *Bis bald, Loretta*, dachte er und fuhr sich mit dem Tuch durchs Gesicht. Der darin enthaltene Reiniger löste den Kleber, wenn auch nicht ganz. Es ziepte, als er die falschen Wimpern abzupfte und vermutlich auch ein paar seiner echten. Aber das war es ihm wert und es gab jetzt kein Zurück mehr.

»Was ist echt und was nur Maskerade?« Mit der freien Hand griff er nach der Perücke und zog sie herunter, legte die falschen Wimpern hinein und beides zusammen neben sich auf den Boden. Ein Raunen ging durchs Publikum, aber er ließ sich nicht beirren. Er griff in den Ausschnitt seines Blazers, zog die falschen Brüste hervor und ließ sie achtlos neben sich fallen. Mit einem dumpfen Klatschen landeten die Silikonkissen auf der spiegelglatten Oberfläche. Eine Dame in der dritten Reihe kicherte hysterisch, ansonsten war es im Theatrium so still, dass man eine Stecknadel hätte fallen hören können.

»In meiner Welt ist vieles Illusion«, sagte er und griff nach dem zweiten Tuch, auf das er vorher einen großen Klecks Vaseline gegeben hatte. »Aber es gibt eine Frau hier im Publikum, die mir geraten hat, die Maske fallen zu lassen«, sagte er und wischte über Augen, Lippen, Wangen, nahm das Bühnen-Make-up herunter. Schicht um Schicht verbannte er Lorettas Gesicht in den Zellstoff, bis nur noch er auf der Bühne stand, David. Mit einem Mal fühlte er sich entsetzlich nackt.

Victoria sah auf ihn hinunter, unfähig, sich zu rühren.

»Sie fragen sich vielleicht, warum ich das mache?«, sprach er das Publikum an, doch sie wusste, seine Worte galten allein ihr.

»Sie alle sehen immer nur Loretta, doch niemals den Menschen hinter der Fassade. Ich hatte mich damit eingerichtet, es war sehr bequem, sich hinter der Maske zu verstecken. Denn tief in meinem Innern hatte ich Angst. Angst vor Lorettas Erfolg. Davor, nie wieder als derjenige wahrgenommen zu werden, der ich eigentlich bin. Der Schauspieler David Baum. Und vermutlich der einzige Travestiekünstler Deutschlands, der nicht schwul ist. Machen Sie sich also keine Hoffnung, meine Herren«, sagte er ans Publikum gewandt. »Da muss ich Sie leider enttäuschen.«

Das Gelächter im Saal klang beinah ein wenig

erleichtert. Doch Victoria war nicht zum Lachen zumute.

»Manchmal ist es Zeit, sich zu bekennen«, fuhr David fort. »Zu dem, wer man ist und was man fühlt.«

Ein Schauer rann über Victoria Rücken.

»Am Anfang dieser Reise habe ich eine Frau kennen gelernt, von der ich dachte, ich würde sie hassen. Weil ich ein falsches Bild von ihr hatte. Aber mit jedem Tag, der verging und den wir zusammen verbrachten, blickte ich tiefer hinter die Fassade.« Er sah ihr fest in die Augen und sprach jetzt auch direkt zu ihr. *Ein falsches Bild …*

»Du hast mein Herz im Sturm erobert, wie es so deine Art ist«, sagte er mit einem Lächeln. »Du hast es ja selbst gesagt, du gewinnst immer. Mich jedenfalls hast du gewonnen, mit Haut und Haar. Denn du bist schön und klug. Sexy und mutig und stark, und erst durch dich habe ich begriffen, wie wichtig es ist, zu dem zu stehen, was man liebt.«

»Wie romantisch«, murmelte die Frau neben Victoria und stupste ihrem Mann in die Seite.

»Vielleicht magst du mich für verrückt halten«, sagte er und breitete die Arme zu einer theatralischen Geste aus, seine Stimme trug weit durch den Saal. »Das bin ich ja auch. Ich bin verrückt nach dir, Victoria.«

Der Scheinwerfer wanderte über das Publikum, auf der Suche nach der Frau, zu der David sprach, und fand sie. Victorias Bild erschien in zigfacher Vergrößerung auf der Leinwand über der Bühne. Alle warteten auf ihre Antwort, eine Reaktion, irgendwas. Doch sie saß einfach nur da wie gelähmt. Das war die schönste

Liebeserklärung, die sie jemals bekommen hatte und gleichzeitig auch die schrecklichste.

Weil jedes einzelne Wort eine Lüge war!

Fünhundertfünfundsechzigtausend Lügen, um genau zu sein.

David sah sie immer noch an, mit diesem erwartungsvollen Blick, und Victoria hatte das Gefühl, der Knoten in ihrem Innern zerspränge in tausende scharfkantige Scherben. Sie stachen ihr mitten ins Herz.

»Ist das nicht diese Rothenhagen?«, sagte eine Frauenstimme von rechts.

»Ich glaube, sie heißt Rothenburg«, korrigierte ihr Mann.

»Auf jeden Fall sitzt die immer in den Talkshows.«

Jemand zückte ein Handy und schoss ein Foto von ihr, der Blitz blendete sie und das löste den Bann.

Victoria sprang auf, schob sich an den anderen Gästen vorbei durch die Sitzreihe und rannte aus dem Theatrium. Sie wollte einfach nur raus, brauchte frische Luft, denn sie hatte das Gefühl, sie würde sonst ersticken.

David sah, wie Victoria aus dem Theatrium stürmte. *Was tut sie da?* Erst hielt sie ihm einen Vortrag, dass er dazu stehen solle. Und nun? Sie rannte weg und er stand da wie ein Idiot. Er hatte sich nackt gemacht, im wahrsten Sinne des Wortes, vor ihr und allen anderen hier. Sein Innerstes nach außen gekehrt, ihr sein Herz zu Füßen gelegt und sie hatte nicht einmal darauf reagiert.

Kaum, dass der Mann das Foto von ihr gemacht hatte, war sie aufgesprungen wie von der Tarantel gestochen. Vermutlich fürchtete sie wieder um ihren guten Ruf. Wahrscheinlich malte sie sich bereits in blühendsten Farben aus, wie der Mann das Bild an die Zeitungen verkaufte.

Ein bitterer Geschmack lag auf seiner Zunge, und David schluckte schwer, um ihn loszuwerden. »Das war wohl nichts«, stellte er ernüchtert fest, zuckte mit den Schultern und richtete sich auf. »Meine Damen und Herren, die Show ist vorbei. Genießen Sie weiterhin Ihren Abend.« Mit eiserner Selbstbeherrschung verbeugte er sich tief und ertrug den mitleidigen Applaus, bevor er seine Sachen aufsammelte und von der Bühne ging. Die Blicke der Zuschauer bohrten sich in seinen Rücken. *Ich bin ein verdammter Idiot.* Doch so einfach würde er sie jetzt nicht davon kommen lassen. In seinen Ohren rauschte das Blut, als er sich auf den Weg zu ihrer Suite machte. Er verlangte eine Erklärung, sofort!

Victoria stand auf dem Sonnendeck ihrer Suite und rang nach Luft. Die Erkenntnis darüber, wie sehr sie sich in ihm getäuscht hatte, schnürte ihr die Kehle zu. Sie hatte ihm vertraut. Sich hingegeben. Ihm und dieser Illusion eines ganz neuen Lebensgefühls. *Fühlt sich das an, als wäre es nur gespielt?*, hallten seine

Worte in ihren Ohren. Es hatte sich so echt angefühlt. Dabei war alles nur eine große Lüge gewesen. Um sie hinzuhalten und Zeit zu gewinnen, damit er in Ruhe …

Ein wildes Klopfen holte sie aus ihren Gedanken.

Victoria stürmte zur Tür und riss sie so heftig auf, dass sie gegen die Kabinenwand krachte.

»Wie konntest du mir das antun?«, schleuderte sie ihm entgegen. Tränen der Wut schossen in ihre Augen. Sie wandte sich ab und stolperte blicklos zurück auf das Sonnendeck. Mit den Händen stützte sie sich auf der Reling ab und atmete schwer.

»Ich dir?«, rief er und kam ihr nach. »Du hast mich da stehen lassen wie den letzten Deppen! Kannst du mir verraten, was das soll?«

»Warum hast du das getan?«

»Um dir zu beweisen, wie sehr ich mich in dich verliebt habe.«

»Liebe?« Sie wirbelte zu ihm herum. Ihr Puls raste. »Wie kannst du es wagen, dieses Wort auch nur in den Mund zu nehmen?«

»Was?« David blinzelte verwirrt.

Sie stemmte die Fäuste in die Seiten, um das Zittern darin zu kontrollieren. »Jetzt tu doch nicht so scheinheilig.«

»Ich habe keine Ahnung, wovon du sprichst.«

»Von der Petition!«, schleuderte sie ihm entgegen und David wurde blass. »Du hast gesagt, du würdest sie zurückziehen.«

Ein schuldbewusster Ausdruck glitt über sein Gesicht. »Das wollte ich ja auch, aber …«

»Aber du hast es nicht getan«, schnitt sie ihm das Wort ab. »Du hast mich belogen.«

»Nein, ich hab nicht gelogen.« Er senkte den Blick. »Bloß nicht mehr daran gedacht. Ich habs einfach vergessen.«

»Wie kann man sowas vergessen?«, schrie sie und presste die Hände gegen ihre Schläfen, weil sie das Gefühl hatte, ihr Kopf müsste sonst platzen. »Du hast es doch die ganze Zeit gewusst.«

»Ich zieh sie zurück, gleich morgen früh.«

»Dafür ist es jetzt wohl zu spät«, sagte sie mit tonloser Stimme. »Die Petition wurde angenommen und bereits bei der Europäischen Kommission eingereicht.«

»Davon wusste ich nichts«, sagte David und fasste sie an den Schultern. »Bitte, Victoria, das musst du mir glauben!«

Es war egal, was sie glaubte oder nicht. Fünfhundertfünfundsechzigtausend Menschen glaubten jedenfalls das, was ein gewisser David Baum ihnen eingeflüstert hatte. Dass Rothpharm das personifizierte Böse war und man es diesen gierigen Verbrechern mal ordentlichen heimzahlen musste. Und mit ihren Unterschriften hatten sie es bestätigt und ihm Recht gegeben.

Ein lauter Knall ließ Victoria zusammenzucken. Sie hob den Blick und sah in die Richtung, aus der er gekommen war. Der Himmel über der Stella Maris explodierte in leuchtenden Farben.

»Es tut mir leid«, sagte David und nahm ihre Hand, doch sie entzog sie ihm sofort wieder. »Frohes neues

Jahr.« Seine Augen funkelten im Schein des Feuerwerks.

»Das wird es nicht.« Wie sollte es auch? Sie wandte sich ab und deutete auf die Tür. »Und jetzt geh.«

»Victoria, bitte ...«

»Ich sagte, du sollst gehen«, wiederholte sie mit Nachdruck, nur mühsam beherrscht. »Raus hier, bevor ich mich vergesse.«

Mit hängenden Schultern schlich David nach draußen, und als Victoria hörte, wie die Kabinentür hinter ihm ins Schloss fiel, ließ sie ihren Tränen freien Lauf. Die ganze Zeit hatte sie sie zurückgehalten, aber nun strömten sie über ihr Gesicht. Ihr fehlte die Kraft, sie wegzuwischen. Also stand sie da und ließ sie einfach laufen. Sie brannten auf ihren Wangen, heiß und salzig, während das Feuerwerk auf sie herabregnete wie leuchtende Sterne.

Heilige Scheiße! David saß auf dem Bett seiner Innenkabine und starrte ungläubig auf das Display seines Smartphones. Fünfhundertfünfundsechzigtausend Unterschriften, bis zum Ablauf der Frist. Dabei hätten schon zweihunderttausend gereicht. *Scheiße!* Wütend feuerte er das Handy in die Ecke. Es traf mit einem hohlen Klang die metallene Bordwand und das Geräusch hallte in der Kabine nach.

Das ändert nichts. Entnervt bückte er sich nach dem Telefon und bereute sofort, es geworfen zu haben, als er das feine Netz aus Rissen bemerkte, aber es funktionierte zum Glück noch. *Ich bin so ein verdammter Idiot!* Er hatte gewusst, dass die Frist heute ablief. Warum hatte er die Petition nicht zurückgezogen? Die Antwort war so simpel wie beschämend. Weil das Scheiß-Internet auf dem verfluchten Kahn ein kleines Vermögen kostete. Fünf Euro verlangten die pro halber Stunde für das bordeigene WLAN, und das war schon der ermäßigte Tarif für Crew-Mitglieder. Die anderen Gäste zahlten das Doppelte, eine Satellitenverbindung war nun mal teuer. Deshalb hatte er darauf verzichtet, sich einzuloggen. Normalerweise tat er das im Hafen, sobald ihm ein Free-WiFi-Schild ins Auge sprang. Aber da sie ständig irgendwelche Ausflüge unternommen hatten, hatte er einfach nicht daran gedacht. Er hatte anderes im Kopf gehabt, zum Beispiel ... *Victoria.*

»Ach, fuck«, murmelte David. Nie im Traum hätte er damit gerechnet, dass wirklich so viele Unterschriften zusammenkommen würden. Als er das letzte Mal reingeschaut hatte, waren es gerade mal ein paar hundert gewesen. Wie hatte das nur passieren können? Die Antwort verrieten ihm Facebook und Twitter. Seit vorletzter Woche war sein Beitrag unter dem Hashtag #stoprothpharm fast dreißigtausend Mal geteilt worden, allein tausendachthundert Mal seit gestern. Außerdem hatten ihn dutzende Instagrammer in ihren Beiträgen markiert, darunter einige, deren Followerzahlen in die Millionen gingen. Und obendrein hatte der linke Satiriker und YouTuber Max Neumüller ein Video gedreht und hochgeladen. In dem rief er seine Follower zum umfassenden Boykott von Rothpharm auf und bat sie, Davids Petition zu unterzeichnen, wenn sie ein Zeichen setzen wollten. »Gegen die kapitalistische Schweine-Welt«, wie er es bezeichnete. Davids Eingeweide zogen sich zu einem eisigen Klumpen zusammen. Ihm war schlecht. Eine Lawine hatte er da losgetreten und jetzt begrub sie ihn unter einer Wolke von Likes und wütenden Smileys. Er hatte die Meute der Öffentlichkeit auf Victoria gehetzt, all die Linken und Pseudointellektuellen, die besorgten Bürger und Instagram-Muttis. *Das wird sie mir nie verzeihen!*

Kapitel Neunzehn

TREFFEN SICH ZWEI PASSAGIERE AM NEUJAHRSMORGEN. »UND, WAS HABEN SIE AN SILVESTER GEMACHT?«

Victoria hatte keine Ahnung, wann sie endlich eingeschlafen war, nachdem sie stundenlang auf ihrem Bett gelegen und in das Kissen geweint hatte. Der Bezug war immer noch nass, und der Fleck auf dem weißen Leinen erinnerte sie schmerzhaft daran, warum er entstanden war. *Weil ich dem falschen Mann vertraut habe.*

Die milde Seeluft umfing sie wie eine sanfte Umarmung, als sie auf das Sonnendeck hinaustrat. Um das Schiff war nichts außer Wasser bis zum Horizont. Das Meer glitzerte verheißungsvoll. Darüber spannte sich der Himmel, so blau und strahlend, als wären graue Wolken ihm fremd.

Vom Nachbarbalkon erklang ein gequältes Schluchzen. Victoria warf einen Blick über die Brüstung und entdeckte Kim, die zusammengekauert auf den Teakholzdielen hockte, die Arme um die Beine geschlungen, die Stirn auf den Knien.

»Was ist passiert?«

Kim sah zu ihr auf. Ihre Augen waren rot und verquollen. »W-wir ha-haben uns gestritten«, brachte sie zwischen zwei Schluchzern hervor, dicke Tränen rannen über ihre Wangen. »Er will, dass ich es wegmachen lasse«, sagte sie und ihr verzweifelter Blick brach Victoria fast das Herz.

Dieses miese Arschloch! »Komm her«, sagte sie und half Kimmie dabei, über die halbhohe Brüstung zu klettern.

Dann nahm sie sie in die Arme und strich ihr beruhigend über den Rücken wie einem kleinen Kind.

»Shhht, alles gut«, murmelte sie, dabei war ihr selbst eigentlich zum Heulen zumute. *Nichts ist gut!*

»Was ist hier denn los?«, fragte Manu von der anderen Seite.

»Liebeskummer«, antwortete Victoria mit einem Seufzen und war sich nicht sicher, ob sie Kimmie oder sich selbst meinte.

»Da komme ich ja genau richtig.«

»Warum?«

Statt einer Antwort hob Manu die Sonnenbrille und präsentierte ein Veilchen. Das unter dem anderen Auge war fast verheilt, aber dieses war eindeutig frisch.

»Hier, halt mal«, sagte sie, drückte Victoria eine ungeöffnete Champagnerflasche in die Hand und machte sich daran, ebenfalls über die Brüstung zu klettern.

Victoria warf einen Blick zur offenen Balkontür. »Wo ist Dean?«

»Dieter«, sagte Manu gedehnt, »befindet sich jetzt in der Arrestzelle des Schiffs. Ich musste den Sicherheitsdienst rufen. Habt ihr davon nichts mitbekommen?«

»Nein«, antwortete Victoria und schüttelte den Kopf. Sie war viel zu sehr mit ihrem eigenen Kummer beschäftigt gewesen.

Kim zog geräuschvoll die Nase hoch. »Die Kerle sind doch alle Schweine!«

»Das kannst du laut sagen«, pflichtete Victoria ihr bei. Auch wenn sie manchmal in der Verkleidung des perfekten Gentlemans daherkamen.

Dass sie einmal ausgerechnet mit Manu und Kim über ihre Gefühle sprechen würde, hätte Victoria nie für möglich gehalten. Aber nachdem Manu ausführlich von Dieters Eskalation vergangene Nacht berichtet und Kimmie geschildert hatte, dass Philipp sich wie ein riesengroßes Arschloch benahm, war es nun an ihr, zu erklären, warum sie so aussah, als hätte sie gleich mehrere Nächte durchgeheult.

»Was hat David denn angestellt«, fragte Manu und legte ihr mitfühlend die Hand auf den Arm. »Die Show gestern war doch total romantisch.«

»Ja, echt süß«, pflichtete Kimmie ihr bei.

»Also, wenn mir mal einer so 'ne Liebeserklärung machen würde«, begann Manu, doch Victoria schnitt ihr das Wort ab.

»Er liebt mich aber nicht«, sagte sie heftig. »Er kann mich gar nicht lieben, sonst hätte er mir das niemals angetan.« In groben Zügen schilderte sie, wie David sie hintergangen hatte. »Dabei hatte er versprochen, aufrichtig zu sein.« Sie schluckte schwer, um den Kloß runterzuwürgen, der in ihrer Kehle saß.

»Und wenn er diese Peti-Dingsbums zurückzieht?«, fragte Kim.

»Das geht nicht, sie wurde bereits angenommen.« Und es war unwahrscheinlich, dass die Europäische Kommission zugunsten Rothpharms entscheiden würde. Dafür hatte die Petition eine viel zu breite öffentliche Unterstützung. Victoria seufzte schwer. Fünf Jahre Entwicklung, fast zwei Jahre Zulassungsverfahren, all die Arbeit für die Katz. Wahrscheinlich würden sie Mitarbeiter entlassen müssen. Und das alles nur, weil David vergessen hatte, die Petition wieder zu löschen. Das war doch ein schlechter Scherz!

»Und was machen wir jetzt?«, wollte Kim wissen.

»Keine Ahnung«, sagte Victoria.

»Ich meine, ich will das Baby nicht wegmachen lassen. Allein wenn ich dran denke ...« Kim zitterte.

»Musst du doch nicht«, beeilte sich Victoria zu sagen, und ergriff ihre Hand. »Du schaffst das auch ohne Philipp.«

»Aber wenn ich dann nicht mehr arbeiten kann ...«

»Glaub mir, Philipp kann sich den Unterhalt leisten«, sagte Victoria und nickte grimmig. »Wenn du Hilfe brauchst, geb ich dir die Nummer von meinem Anwalt.« Der würde ihm schon ordentlich Feuer unter seinem feigen Hintern machen. Und wenn Philipp hören würde, wie viel Unterhalt auf ihn zukam, überlegte er es sich sowieso noch mal und versöhnte sich mit Kim. »Und du«, sagte sie und wandte sich an Manu. »Du versprichst mir, dass du dich nicht wieder mit Dieter versöhnst. Du fliegst alleine nach Hause und suchst dir gefälligst eine eigene Wohnung, klar?«

»Hm, ja«, nuschelte Manu und sah auf ihre Fußspitzen.

Victoria fasste sie an den Schultern und schüttelte sie. »Wach auf. Keine Frau verdient es, geschlagen zu werden. Und erst recht nicht von einem wie ... Dean«, sagte sie mit der größtmöglichen Verachtung, die sie in diesen Namen legen konnte.

»Ja, du hast ja Recht.« Manu sah zu ihr auf. »Und was ist mit dir?«

Gute Frage ... Als Erstes musste sie ihre E-Mails checken, mit Reuber telefonieren, beratschlagen, wie sie weiter vorgehen würden ... *Arbeit.* Genau, sie würde sich in die Arbeit stürzen, wie sie es immer tat. Stark sein und funktionieren. Sich ihren Kummer nicht anmerken lassen, obwohl er sie innerlich fast zerriss.

Jetzt noch nicht! Heute wollte sie einfach nur schwach sein und ihre Wunden lecken. Sie war nicht Superwoman. Und dann ...

»Dann gehen wir eben als Singles ins neue Jahr«, sagte Victoria, griff nach dem Champagner und nahm einen kräftigen Zug aus der Flasche. »Prost Mädels!«

David zögerte, denn er fürchtete sich vor dem Donnerwetter, das ihm blühte. Er hatte Mist gebaut, das wusste er selbst. Großen Mist. Riesengroßen Bockmist, um genau zu sein.

Da muss ich jetzt wohl durch, dachte er, straffte die Schultern und betrat das Büro des Entertainment-Managers.

Chris sah von seinen Unterlagen hoch und seine Miene verfinsterte sich. »Haben sie dir eigentlich ins Hirn geschissen?«, brüllte er, sprang auf und kam auf ihn zu.

David wich einen Schritt zurück und hob beschwichtigend die Hände. »Das war falsch, ich weiß.« *Und in höchstem Maße unprofessionell und dumm und albern und …*

»Erst diese rührende kleine Ansprache, danach die Nummer mit der Liebeserklärung an eine Passagierin und dann brichst du den Auftritt ab, mitten in der Show? Du tickst ja wohl nicht ganz richtig!«

»Tut mir leid, ich weiß auch nicht, was in mich gefahren ist …« Er wandte sich ab und starrte die Wand an. Der Kalender über dem Schreibtisch war noch vom letzten Jahr, und David wünschte, er könnte die Zeit zurückdrehen und das alles ungeschehen machen. Nicht nur den vergeigten Auftritt, sondern vor allem die Sache mit der Petition. Er musste unbedingt mit Victoria reden, wenn das Gespräch mit Chris überstanden war. Hoffentlich gab sie ihm überhaupt die Chance, ihr zu erklären …

»Sag mal, hörst du mir eigentlich zu?«, brachte ihn Chris' wütende Stimme zurück in die Realität.

»Ja, ja, natürlich«, beeilte David sich zu sagen.

»Dann ist ja alles klar«, sagte Chris mit einem

entschlossenen Nicken und kehrte zu seinem Schreibtisch zurück. »Deine Papiere kannst du dir dann morgen bei Kapitän Veenhoff abholen.«

Nur langsam sickerten die Worte des Entertainment-Managers in Davids Verstand. »Ich bin gefeuert?«

»Was dachtest du denn?«, antwortete Chris und verzog das Gesicht.

»Und was ist mit dem Walk-Act und Bob Starfish?«

»Da kommt's jetzt auch nicht mehr drauf an«, knurrte Chris. »Pack deine Sachen, David. Ich hab noch zu tun.«

»Na, dann ...« Er rieb sich den Nacken und trat unschlüssig von einem Fuß auf den anderen. »Ich geh dann mal.«

»Mach die Tür hinter dir zu.«

Okay, das war deutlich gewesen, er hatte hier nichts mehr verloren.

Victoria wusste sofort, dass es weder Dieter noch Philipp waren, die zaghaft an der Kabinentür klopften.

Also schön. Sie rappelte sich von der Liege hoch und ging hin, dicht gefolgt von Manu und Kimmie.

»Geh weg, ich will dich nicht sehen!«, schrie sie das Türblatt aus rotlackiertem Metall an.

»Victoria, mach auf«, drang Davids Stimme zu ihr.

Sofort, als sie ihm öffnete und in sein schuldbewusstes Gesicht sah, flammte der Zorn wieder in ihr auf. »Was willst du?«

»Mit dir reden.«

»Ich aber nicht mit dir«, sagte Victoria heftig und Manu schlang schützend einen Arm um ihre Schultern.

»Bitte, lass es mich dir erklären«, sagte David flehend. »Hör dir einfach nur an, was ich zu sagen habe. Nur eine Minute, okay?«

Victoria nickte widerstrebend.

»Sollen wir hierbleiben?«, fragte Kimmie, verschränkte die Arme vor der Brust und funkelte David böse an.

»Das ist lieb von euch«, sagte Victoria und befreite sich von Manus Arm. »Aber das müssen wir allein klären.«

»Los komm«, sagte Manu gutmütig und hakte sich bei Kim unter. »Vielleicht finden wir noch ein Frühstück.«

Victoria lächelte ihr dankbar zu und ließ David eintreten. Er schob sich an ihr vorbei und blieb unschlüssig stehen, mitten in der Suite.

»Setz dich«, forderte sie ihn auf und nickte zur Sitzecke. Sie wählte den gegenüberliegenden Sessel, um möglichst viel Abstand zu halten. »Also, sag, was du zu sagen hast, und dann verschwinde.«

»Es tut mir so wahnsinnig leid«, begann er. »Wenn ich geahnt hätte, dass das so große Wellen schlägt, hätte ich die Petition doch lange zurückgezogen.«

»Du musst doch gesehen haben, wie sich die Zahlen entwickeln.« Am meisten ärgerte sie, dass sie die Werte nicht selbst im Auge behalten hatte. Aber sie war viel zu verliebt gewesen, um daran zu denken.

»Ich hab nicht reingeguckt«, sagte er und senkte den Blick.

»Warum nicht?«

»Weil das Internet hier an Bord so teuer ist und an den Landtagen haben wir Ausflüge gemacht. Ich war die ganze Zeit beschäftigt und hab es einfach vergessen. Es war wirklich keine Absicht, das musst du mir glauben.« Er sah sie flehend an und rang die Hände.

Selbst wenn sie ihm glaubte, dass er es nicht mit Absicht getan hatte, das Problem war ... »Das macht es nicht besser.« Im Gegenteil, hätte er es absichtlich getan, hätte sie ihn dafür hassen können. Aber diese Nachlässigkeit verletzte sie um so mehr. »Du hast gewusst, wie viel die Firma mir bedeutet. Und trotzdem hast du nichts unternommen, es war dir einfach egal. Das zeigt doch, dass ich dir nicht sonderlich wichtig sein kann.«

»Aber natürlich bist du das, das weißt du doch!«

»Du hast mir das genaue Gegenteil bewiesen«, sagte sie leise. »Taten sprechen lauter als Worte.«

»Sag mir, was ich tun soll! Ich mache alles, was du willst, um das wieder gut zu machen.«

»Das kannst du nicht.« Victoria schüttelte den Kopf. Er hatte wirklich nichts begriffen! Dieser dumme, große Junge. Genau das war es gewesen, in das sie sich verliebt hatte. Sein jungenhafter Charme und sein verschmitztes Lächeln. Seine Art, die Dinge locker zu nehmen. Und ausgerechnet die wurde ihr nun zum Verhängnis.

David begriff, dass es nichts gab, das er sagen oder tun konnte, um das ungeschehen zu machen. Dabei hätte er alles dafür gegeben, den Schmerz auszulöschen, der in Victorias Augen stand. Er seufzte schwer. Am liebsten hätte er sie an sich gezogen und in den Arm genommen, um sie zu trösten. Er wollte ihr sagen, dass alles wieder gut werden würde, wie er es immer mit seiner Tochter tat. Aber Victorias verschränkte Arme waren ein deutliches Signal, es besser gar nicht erst zu probieren.

Ich hab's komplett vermasselt! »Es tut mir so unendlich leid«, wiederholte er, weil er nicht wusste, was er sonst sagen sollte. Es war nun mal das, was er empfand. »Das habe ich nicht gewollt.«

Sie nahm es mit versteinerter Miene zur Kenntnis.

»Wenn es irgendetwas gibt, das ich tun kann ...«, begann er, doch ihr wortloses Kopfschütteln ließ ihn verstummen.

»Geh bitte«, sagte sie leise und wies zur Tür.

»Ich verstehe, dass du nichts mehr von mir wissen willst«, setzte er an und holte tief Luft. »Aber bitte lass meine Tochter nicht für meine Fehler leiden. Der Platz in der Testgruppe ...« David hob die Hände zu einer hilflosen Geste und ließ sie wieder sinken. »Bitte nimm ihr den nicht weg«, sagte er und zwang sich, ihr in die Augen zu sehen. Er konnte nicht zulassen, dass ...

Victoria fühlte, wie etwas in ihr zerbrach. Es war, als wäre die Zeit stehengeblieben und ihr Herz gleich mit. Sie hatte geahnt, dass es ihm nur um seine Tochter ging, aber die dunkle Gewissheit verdrängt. Ihre Augen vor dem Offensichtlichen verschlossen: Sie selbst war ihm nie wichtig gewesen. Wie hatte sie nur so naiv sein können, das zu glauben?

Zorn kochte in ihr hoch, er strömte heiß durch ihre Adern. Sie wollte ihm wehtun, er sollte den gleichen Schmerz spüren wie sie. Fühlen, was sie empfand.

»Es gab nie einen Platz«, spie sie ihm entgegen.

Seine Augen weiteten sich. »Was?«, fragte er atemlos.

»Das war gelogen«, setzte sie nach. Sämtliche Farbe wich aus seinem Gesicht. »Die Tests werden grundsätzlich nur mit erwachsenen Männern durchgeführt. Leonie ist ein Mädchen. Sie hatte nie eine Chance, in die Gruppe aufgenommen zu werden.«

Er schwankte, als hätte er einen körperlichen Treffer erhalten. Doch das Triumphgefühl, das Victoria erwartet hatte, wollte sich nicht einstellen.

David fing sich und richtete sich zur vollen Größe auf. »Wie kann man nur so grausam sein?«, stieß er zwischen zusammengebissenen Zähnen hervor. »So herzlos und kalt?« Seine Nasenflügel bebten. »Ich hätte es wissen müssen, dass eine wie du …«

»Stop!«, schnitt sie ihm mit einer knappen Geste das Wort ab. »Das reicht, bevor du dich noch um Kopf und Kragen redest. Ich wollte dir nur mal zeigen, wie es sich anfühlt«, sagte sie und machte eine Pause, »wenn jemand das angreift, was du am meisten liebst und was dir am wichtigsten ist. Aber ich muss dich enttäuschen, ich bin nicht so kalt und herzlos, wie du glaubst. Natürlich wusste ich, dass die Versuchsgruppe nie eine

Option war. Deshalb habe ich meine Mutter gebeten, Leonies Behandlung aus Mitteln ihrer Stiftung für kranke Kinder zu finanzieren. Es ist alles bereits in die Wege geleitet.«

In seinem Gesicht sah sie die gesamte Achterbahn, die seine Gefühle gerade fuhren: Zorn, Angst, Wut, Enttäuschung. Dann wusste er ja jetzt, wie es ihr ging. Nur die Erleichterung, die gerade über seine Züge glitt, empfand sie nicht. Das war ihr nicht vergönnt, denn diese Geschichte besaß für sie kein Happy End. Und für ihn vielleicht auch nicht.

»Danke«, stammelte David, und er sah aus, als wollte er ihr um den Hals fallen. Sie sah ihm an, dass er schwankte, aber er hielt sich zurück.

»Es sei denn, es kommt noch etwas dazwischen.«

»Was soll denn dazwischen kommen?«, fragte er irritiert und sah sie an.

»Deine Petition. Damit gefährdest du die gesamte Zulassung, begreifst du das denn nicht?«

Er sah sie ungläubig an.

Offensichtlich hatte er endlich verstanden, welche Tragweite seine kleine Nachlässigkeit hatte. Victoria schüttelte den Kopf und schob ihn zur Tür.

Davids Beine fühlten sich schwer an, als er in Richtung der Fahrstühle ging. *Verdammt!* Er war fest davon ausgegangen, dass Immuntez zugelassen wurde und das Mittel auf den Markt käme. Nur deshalb hatte er dafür sorgen wollen, dass es nicht so teuer war. Damit sich viele Menschen die Behandlung leisten konnten. Es gab zahlreiche Fälle wie Leonie. Damit, dass am Ende niemand etwas davon haben würde, hatte er nicht gerechnet. Und es war alles nur seine Schuld.

Ich bin so ein verdammter Idiot! Victoria hatte alles Recht der Welt, wütend auf ihn zu sein. Wie sie ihn angesehen hatte, mit diesem zornigen Blick. Mit ihren Worten hatte sie ihm das Herz gebrochen. Aber im Gegensatz zu ihm war sie so fair gewesen, es wieder zusammenzusetzen. Für einen Moment hatte er gedacht, es würde stehen bleiben, als ihm das Ausmaß seines Aufrufs gegen Rothpharm bewusst geworden war. Warum hatte er die Sache auch an die große Glocke gehängt und öffentlich gemacht?

Öffentlich! Das war's. In seinem Kopf fügten sich die Gedanken zusammen wie Puzzleteile. Statt des Fahrstuhls nahm er die Treppe nach unten. Seine Schritte donnerten durch den Gang, als er zu seiner Kabine rannte. Er musste sofort telefonieren!

Kapitel Zwanzig

EIN PAAR MACHT ZUM ERSTEN MAL URLAUB AUF EINEM KREUZFAHRTSCHIFF. SAGT SIE: »HIER IST ES SO TOLL, DAS MACHT MICH SPRACHLOS.« ANTWORTET ER: »OKAY, DANN BLEIBEN WIR …

Sechzehn Tage … Wie schnell sie doch vergangen waren. Die Stella Maris hatte schon lange im Hafen von Montego Bay festgemacht, als Victoria sich zu ihrem letzten Frühstück ins Adagio begab.

»Good Morning, Madame«, begrüßte Mitchell sie und führte sie zu ihrem Tisch. »Going home today?«

»Ja.« Victoria nickte. Ihr Gepäck war bereits von Bord gebracht worden und in drei Stunden stand der Transfer zum Flughafen an.

»Cruise is over«, sagte Mitchell und schenkte ihr eine Tasse Kaffee ein.

Ja, die Reise war vorbei. Ihr Blick wanderte zu den Panoramafenstern, dahinter glitzerte das Meer wie eines von Lorettas Paillettenkleidern. Ab morgen würde sie wieder im Büro sitzen. *Business as usual.* So ganz konnte sie sich das noch nicht vorstellen.

Auch wenn ihre erste Kreuzfahrt ganz anders verlaufen war, als vorher erwartet, hatte diese Reise etwas mit ihr gemacht. Sie war nicht mehr die gleiche Frau, die vor sechzehn Tagen an Bord gekommen war. Und obwohl sich die Dinge zwischen David und ihr nicht zum Guten entwickelt hatten, verdankte sie ihm viele dieser kleinen Veränderungen. Ihre Hand wanderte zu ihrem Hals, zu dem korallenroten Collier, das sie in Cartagena gekauft hatte. Sie strich mit den Fingerspitzen über die glatten Steine und lächelte wehmütig. Nein, trotz allem würde sie diese Reise nie vergessen.

Zeit, die Kabine zu räumen. Hektisch raffte David die letzten Dinge zusammen und stopfte sie in sein Handgepäck. Zuletzt nahm er sein kaputtes Handy, das er bis eben geladen hatte, um so viel Akkulaufzeit wie möglich zu haben. Seit gestern Nachmittag hatte er ein kleines Vermögen vertelefoniert. Ihm war jetzt schon schlecht, wenn er an die Rechnung dachte, die ihm ins Haus flattern würde. Aber wenn seine Bemühungen Victoria dazu brachten, ihm zu verzeihen, dann war es das wert.

Mit einem hilflosen Achselzucken betrachtete David den Gepäckberg, der sich vor dem Bett stapelte. Er hatte keine Ahnung, wie er das alles allein von Bord schaffen sollte. Aber noch mal riskierte er nicht, dass einer der Koffer verloren ging. Erst recht nicht der, der Lorettas Outfits enthielt, die würde er brauchen.

Auf geht's. David warf einen prüfenden Blick durch den Raum und sah noch mal im Kleiderschrank und im Bad nach, ob er auch nichts vergessen hatte. Dann machte er sich daran, die Kabine zu räumen.

Vor der Stella Maris stand Marie, als Victoria das Schiff verließ. Sie trug eine weiße Uniform und ein Klemmbrett unterm Arm.

»Erster Tag heute?«, begrüßte Victoria sie.

»Ja«, antwortete Marie und strahlte über das ganze Gesicht. »Alles noch ein bisschen neu und ungewohnt.«

»Ich wünsche dir alles Gute.«

»Danke, dir auch«, sagte Marie und zwinkerte ihr vergnügt zu. »Ich hab dir doch gesagt, dies ist der ideale Ort, um sich neu zu verlieben.«

»Hat nicht so ganz geklappt.«

»Warum? Das war doch total romantisch, vorgestern Abend.«

»Ja, ich weiß«, Victoria seufzte schwer. »Sollte wohl trotzdem nicht sein.«

»Oh, wie schade, ihr wärt ein schönes Paar gewesen«, sagte Marie mit einem bedauernden Lächeln.

»So spielt das Leben.«

Marie seufzte. »Der arme David.«

»Wieso David?« Hatte sie nicht auch ein wenig Mitleid verdient?

»Na, dann war alles umsonst. Das war so süß, was

er über dich gesagt hat. Tut mir echt leid für ihn, dass er wegen der Nummer gefeuert wurde.«

»Oh«, sagte Victoria. »Das hab ich nicht gewusst.«

»Hat er dir das nicht erzählt?«

Victoria schüttelte den Kopf. »Nein.« Sie hatten über ganz andere Dinge gestritten. Es tat ihr tatsächlich leid, dass er wegen dieser blöden Aktion seinen Job verloren hatte.

»Und, werdet ihr euch wiedersehen?«

»Ich glaube nicht«, antwortete Victoria leise. Höchstens vor Gericht. »War schön, dich noch mal getroffen zu haben.«

Marie zog sie an sich und umarmte sie zum Abschied. »Vielleicht sehen wir uns ja mal wieder. Du bist an Bord der Stella Maris jederzeit willkommen.«

»Wer weiß.« Eine Kreuzfahrt war eigentlich gar nicht so übel. Also, wenn man sich nicht in einen Komiker verliebte und ausgerechnet neben seinem Exfreund und den Huhus wohnte.

»Huhuuu!«, ertönte wie aufs Stichwort Manus Stimme hinter ihr.

»Wir sehen uns gleich im Bus«, sagte Victoria und warf Manu einen warnenden Blick zu. Doch von Dieter war bisher Gott sei Dank weit und breit nichts zu sehen.

David durchstreifte die Souvenirshops im Hafenterminal auf der Suche nach einem Andenken. Er warf einen schnellen Blick auf die Uhr. *Mist!* Langsam lief ihm die Zeit davon, und er musste sich beeilen, wenn er den Shuttlebus nicht verpassen wollte. Aber er suchte etwas Bestimmtes und ließ seinen Blick hektisch über die Ständer und Regale gleiten. *Da, na endlich!* Das war genau das Richtige. Hastig griff er danach und machte sich auf den Weg zur Kasse.

Die Kassiererin sah gelangweilt von ihrer Zeitschrift auf und tippte den Betrag in die altersschwache Registrierkasse.

»Four Dollar.«

Er blätterte die vier Dollarscheine auf die Theke und sah ungeduldig dabei zu, wie sie das Geschenk in aller Seelenruhe in eine Schachtel und schließlich in ein braunes Papiertütchen packte. Es war nichts Großes, aber wenn Victoria es sah, würde sie wissen, wie es gemeint war und dass es von Herzen kam.

Victoria stieg in den Shuttlebus und atmete auf, als sie feststellte, dass David nicht unter den Fahrgästen war. Während der halbstündigen Fahrt zum Flughafen hing sie ihren Gedanken nach und sah aus dem Fenster. Der Bus erreichte eine Kreuzung und hielt an der roten Ampel. Die Einmündung auf der rechten Seite erkannte sie, die Straße führte hinauf zu dem Ort, an dem sie die glücklichsten zwei Tage ihres Lebens verbracht hatte. Stevens Haus stand dort oben. Ihr Blick fiel auf eine der allgegenwärtigen Reklametafeln am Straßenrand. Mit blutroter Farbe hatte jemand »I'm sorry, Victoria! D.« quer darüber geschrieben und darunter ein Herz gepinselt. *So ein komischer Zufall.*

Eine Ecke weiter stand das nächste Schild. »Forgive me, Victoria! D.« Und wieder ein Herz. Irgendwie fühlte sie sich davon angesprochen. *Unsinn!* Damit war höchstwahrscheinlich eine Jamaikanerin gemeint, die rein zufällig so hieß wie sie. Und es gab viele Namen, die mit D anfingen, Douglas, Donald, Dean, Dieter ...

Auch die Botschaft der nächsten Tafel schien direkt an sie gerichtet zu sein. »I was stupid! D.«, *Herz.*

Quatsch! Sie war einfach empfänglich dafür und sah, was sie sehen wollte. Ausgeschlossen, dass die Nachrichten von David stammten. Wann hätte er sie denn schreiben sollen? Schließlich hatte sich das Schiff bis heute Morgen auf See befunden und vorhin erst angelegt. Doch je näher sie dem Flughafen kamen, um so mehr ahnte Victoria, dass tatsächlich sie damit gemeint war. Und spätestens das Schild direkt neben dem Omnibus-Parkplatz verschaffte ihr Gewissheit. »I love you, Victoria! D.« Das Herz war etwas verlaufen, als hätte es jemand beim Schreiben sehr eilig gehabt.

Sie trat näher heran und berührte die Schrift. Die Farbe war trocken. *Also doch nicht David.* Es sei denn ... Eine gewisse jamaikanische Großfamilie hatte ihre Finger im Spiel. Der Gedanke, wie sie im Schutz der Dunkelheit losgezogen waren, um diesen Akt von romantischem Vandalismus zu begehen, zauberte ein Lächeln auf ihre Lippen. Sie bemerkte es und fuhr sich mit der Hand über den Mund, um es wegzuwischen. Ja, es war süß und kitschig und es rührte sie. Aber wenn David glaubte, dass sie ihm wegen ein paar netter

Worte einen Schaden in Millionenhöhe verzieh, irrte er sich gewaltig.

Das hat ja schon mal prima geklappt. Mit einem zufriedenen Grinsen nahm David die Reklametafeln am Straßenrand zur Kenntnis. Sie waren nicht zu übersehen, da müsste man schon blind sein. Deshalb war er sich sicher, dass sie Victorias scharfem Blick nicht entgangen waren. Es gab auf der gesamten Strecke vom Schiff bis zum Flughafen kein einziges Plakat, das nicht mit einer seiner Botschaften übermalt worden war. Steven und seine Jungs hatten ganze Arbeit geleistet, auch wenn das erst der Anfang war. Als David das Flughafengebäude betrat, begrüßte ihn die Anzeigetafel am Eingang mit den Worten »Come back soon!« und die am Gate verkündete »Enjoy your flight, Victoria!« Gut, dass Steven auf der Insel so bekannt war, er verfügte über ausgezeichnete Kontakte. Nun, seine eigenen waren auch nicht zu verachten, aber das würde Victoria schon noch merken.

Für den Rückflug hatte es noch freie Plätze in der ersten Klasse gegeben, deshalb hatte Victoria die dreieinhalb Stunden bis zum Boarding in der Lounge verbracht. Und darüber, wieder zwölf Stunden neben David zu sitzen, musste sie sich auch keine Sorgen machen. Die Stewardess führte sie zu ihrem Sitz in Reihe drei.

»Angenehmen Flug.«

»Den werde ich haben«, antwortete Victoria. Die Abstände zwischen den einzelnen Reihen ermöglichten es, die Sitze komplett zurückzuklappen, um während des Fluges zu schlafen, und genau das hatte sie vor. Sobald die Maschine die Reiseflughöhe erreicht hatte, würde sie die Augen zumachen, und wenn sie sie wieder aufschlug, war sie hoffentlich bald zu Hause.

Eine Stewardess kam durch den Gang und blieb neben dem Kabinentelefon stehen. Sie nahm den Hörer ab und begann mit der Durchsage. »Ich freue mich, Sie an Bord unseres Fluges nach Köln-Bonn begrüßen zu dürfen«, sagte sie, dann folgte das übliche Bla Bla zu den Sicherheitsvorkehrungen. »Wir wünschen Ihnen einen angenehmen Flug«, schloss sie. »Und das gilt ganz besonders für Sie, Victoria, soll ich Ihnen von David ausrichten.« Ein kollektiver Seufzer glitt durch den Flieger.

So ein Spinner! Trotzdem konnte Victoria sich ein Lächeln nicht verkneifen.

Eine dreiviertel Stunde später servierte die Stewardess ein warmes Abendessen. Mit einem wissenden Lächeln stellte sie das Tablett vor ihr ab. Neben dem Teller aus weißem Porzellan lag eine rote Rose sowie ein Päckchen, dessen Schleife perfekt auf die Farbe der Blütenblätter abgestimmt war, darunter ein Umschlag.

Victorias Hände zitterten ein wenig, als sie den Umschlag öffnete und den Brief hervorzog.

Liebe Victoria,

ich weiß, ich kann das, was passiert ist, nicht ungeschehen machen. Als ich die Petition startete, ahnte ich nicht, welche Auswirkungen sie nach sich ziehen würde. Vor allem war es ein schrecklicher Fehler, das öffentlich zu machen, und es tut mir aus tiefstem Herzen leid. Du bist keine geldgeile Tussi, sondern die wunderbarste Frau, die ich jemals kennengelernt habe. Ich schwöre, ich werde alles tun, was in meiner Macht steht, um den Schaden, den ich angerichtet habe, wiedergutzumachen. Sowohl finanziell, doch vor allem emotional. Das wird nicht von heute auf morgen geschehen, aber ich werde nicht aufgeben, bis ich mein Ziel erreiche.

Ich habe mich benommen wie ein Idiot, und du hast alles Recht der Welt, wütend auf mich zu sein. Doch in einem Punkt liegst du falsch, nämlich wenn du denkst, du wärst mir nicht wichtig.

Was genau an »Ich bin verrückt nach dir!« hast du nicht verstanden? Aber gut, da du anscheinend noch nicht begriffen hast, wie viel du mir bedeutest, gebe ich es dir hiermit schriftlich: In meinen Augen bist du die tollste Frau der Welt, und wenn ich dich ansehe, schlägt mein Herz schneller. Mit dir zu tanzen, ist wie auf Wolken zu schweben, und wenn du in meinen Armen liegst, habe ich das Gefühl, die Welt wäre ein schönerer Ort.

Du willst mich nicht mehr sehen und ich respektiere deinen Wunsch, aber du hast selbst gesagt: Taten spre-

chen lauter als Worte. Deshalb werde ich dir beweisen, wie unendlich wichtig du mir bist, selbst wenn es Monate dauert. Einen kleinen Vorgeschmack dürften dir bereits die dezenten Hinweise in Montego Bay gegeben haben und das war erst der Anfang.
Ich will dich zu nichts drängen und höre sofort damit auf, wenn du das nicht möchtest. Aber wenn du bereit bist, mir zu verzeihen, lass es mich wissen.
David

PS: Auch wenn du vor Neugier platzt, mach das Päckchen erst später auf. Dein Essen wird nämlich gerade kalt.

Victoria ließ den Brief sinken. *Das könnte ihm so passen!* Es war ihr egal, dass ihr Essen kalt wurde, sie musste wissen, was in der Schachtel war. Mit fliegenden Fingern löste sie die Schleife und hob den Deckel. Im Innern lag ein Magnet in Herzform und den Farben der jamaikanischen Flagge. »Jamaika me crazy« stand quer darüber geschrieben und darunter tanzten ein paar kleine Rastamännchen. Lächelnd nahm sie ihn heraus, ließ ihre Fingerspitzen über die Figuren gleiten und erinnerte sich, wie sie getanzt hatten, in der tropischen Weihnachtsnacht über den Dächern von Montego Bay. An den Geschmack von Rumpunsch und Freiheit auf seinen Lippen und seine Stimme in ihrem Ohr. *Du machst mich verrückt!*

»Du mich auch, David«, murmelte sie und wollte

den Magneten schon in die Schachtel zurücklegen, als ihr der winzige Zettel darunter auffiel. Sie faltete ihn auseinander.

Ich wusste, dass du nicht warten kannst. Jetzt iss endlich! Und dann schlaf gut. Kuss, D.

Er war so ein Spinner! Aber ein guter, irgendwie.

Die Maschine landete planmäßig um 06:15 Uhr und Victoria fühlte sich ausgeruht und frisch, als sie das Flugzeug verließ. Sie hatte von David geträumt und hielt Ausschau nach ihm, als sie durch die Passkontrolle ging, doch auch am Gepäckband war keine Spur von ihm zu sehen. Anscheinend meinte er es ernst mit dem *nicht sehen wollen*. Doch spätestens als sie nach der Zollkontrolle den Ausgang ansteuerte und den Fahrer entdeckte, der bereits auf sie wartete, wurde ihr klar, dass sie David so schnell nicht vergessen würde. Das Schild in seinen Händen sprach eine deutliche Sprache: »Willkommen zu Hause, Victoria!«

Kapitel Einundzwanzig

WAS IST EINE BLONDINE MIT ZWEI GEHIRNZELLEN?

»Wann willst du ihm endlich verzeihen?« Wie aus weiter Ferne drang die Stimme ihrer Mutter durch den Hörer, und Victoria entging nicht der sanfte Tadel, der darin mitschwang.

In den vergangenen vier Wochen hatte David wirklich alles getan, um ihr zu beweisen, wie wichtig sie ihm war. Von Rosen und Pralinen über Plakatwände bis hin zu Radiobotschaften. Einmal war sogar ein Flugzeug vorbeigeflogen, als sie gerade aus ihrem Bürofenster geschaut hatte. Es hatte ein Spruchband hinter sich hergezogen: »Victoria, ich bin verrückt nach dir! D.«

Ganz Köln wusste inzwischen, wie verliebt er in sie war, ach was, vermutlich ganz Deutschland!

Im Grunde hatte sie ihm längst verziehen. Und nicht nur, was seine romantischen Gefühle betraf, war David aktiv geworden. Es verging kein Tag ohne öffentlichen Aufruf oder Videobotschaften, in denen er dazu aufforderte, die Rothpharm Foundation zu unterstützen.

»Allein siebzehn neue Unterstützer diese Woche«, trällerte ihre Mutter durchs Telefon.

»Das ist toll«, antwortete Victoria matt.

»Ich bin mal gespannt, wie viele heut Abend noch dazukommen.«

In drei Stunden startete die große Spendengala zugunsten der Stiftung, moderiert von Loretta del Mar. Spätestens dann würde sie David gegenübertreten müssen, auch wenn sie keine Ahnung hatte, wie sie das meistern sollte.

»Ich kann jetzt nicht, Mama. Wir sehen uns später«, würgte sie ihre Mutter ab und legte auf. Sie hatte wirklich gerade andere Sorgen.

Ungläubig starrte Victoria auf das weiße Stück Plastik in ihrer Hand. Ihre Erinnerung katapultierte sie zurück zu dem Morgen am Flughafen in San Juan. Fast war ihr, als könnte sie die Schwüle der tropischen Luft auf ihrer Haut spüren, und in ihren Ohren erklang das Geräusch rasselnder Hühnerknochen.

Das kann nicht sein! Mit zitternden Fingern riss sie die Folie auf und entnahm ein neues Teststäbchen. Zur Sicherheit hatte sie gleich eine Zwanzigerpackung aus der Apotheke mitgenommen und dabei etwas von »Schulprojekt« gefaselt. Wofür saß man denn an der Quelle? Aber auch diesmal dauerte es nur wenige Sekunden, bis der zweite rote Streifen in dem kleinen Fenster ihr deutlich sichtbar entgegensprang. Eigentlich sollte man das ja mit Morgenurin machen. *Ja, weil es dann sicherer ist, du Nuss,* flüsterte eine Stimme in ihrem Kopf. Wenn es jedoch auch spätnachmittags funktionierte, dann hieß das …

»Ich bin schwanger«, sagte sie in das Badezimmer und ihre Stimme hallte auf den Fliesen.

Noch eine Viertelstunde bis zur Show. Loretta blickte ihm aus dem Spiegel entgegen und David beäugte kritisch sein Werk. Sein Handy klingelte, im Display eine unbekannte Nummer. »Baum«, nahm er den Anruf entgegen, und aus dem Lautsprecher erklang eine Stimme, die er schon mal gehört hatte.

»Ah, gut, dass ich Sie erreiche, ich konnte nicht feststellen, wer ihr Management macht. Ich hab Ihre Nummer von Marco bekommen und …«

»Welchem Marco?«

»Berth.«

»Oh, okay.« Berth war der Moderator von »Aufgedeckt!«, vielleicht bot sich die Chance, auch in der Show noch mal klarzustellen, dass er seine Einstellung Rothpharm gegenüber geändert hatte.

»Also, er hat mir Ihre Nummer gegeben, und deshalb wollte ich fragen, ob Sie Zeit hätten …«

Bitte nicht schon wieder einer von den Typen, die ihn um irgendwas anhauen wollten, einen persönlichen Gefallen oder so. Sein Terminkalender platzte schon aus allen Nähten.

»Sieht gerade ganz schlecht aus«, wiegelte er ab. »Ich bin echt gut gebucht und muss jetzt auch gleich auf die Bühne, vielleicht können wir ein anderes Mal drüber reden?«

»Klar, sicher. Wir sollten uns unbedingt treffen, mir schwebt da ein ganz neues Konzept vor.«

»Entschuldigung, aber mit wem spreche ich eigentlich?«

»Oh, sorry, Curt Peters hier.«

Heilige Scheiße! Der Produzent.

»Also ich dachte da an eine Show, Freitag-Abend, Sat 1, anderthalb Stunden Sendezeit ...«

»Eine eigene Show?«, fragte David atemlos. »Als Loretta?«

»Nein, nein, natürlich nicht. Also nicht komplett, nur die Einspieler, die Studiomoderation übernehmen Sie als Mann. Das ist der Gag daran, verstehen Sie?«

»Ja, ich schätze schon«, murmelte David. Er begriff noch nicht ganz, was gerade passierte, und hatte das dringende Bedürfnis, sich zu kneifen. Eine eigene Show, als er selbst, das war ... großartig!

»Also, ich sag jetzt mal Du«, fuhr Peters fort. »Wir sollten uns unbedingt treffen, David, um die Details zu besprechen. Wie sieht's aus mit Donnerstag, 19.00 Uhr?«

»Sicher, natürlich, Momentchen.« David zog seinen Terminplaner hervor. Bitte lieber Gott, lass mich Zeit haben! Er blätterte hastig durch die dichtbeschriebenen Seiten. »Ja, passt wunderbar!«

»Also, bis dann!«, sagte Curt Peters und legte auf.

David ließ das Telefon sinken und konnte es immer noch kaum glauben. Eine eigene Show, Freitagabend auf Sat 1. Er betrachtete sein Gesicht im Spiegel. »Wir haben's geschafft, Loretta«, flüsterte er.

»Bist du so weit?«, fragte Victorias Mutter von der Tür, und er fuhr zu ihr herum, stand auf und trippelte zu ihr rüber.

»Hallo Angelika«, sagte er, beugte sich zu ihr und hauchte links und rechts ein Küsschen in die Luft neben ihre Wangen. »Glaubst du, sie kommt?«

»Ganz bestimmt«, antwortete Angelika und schenkte ihm ein aufmunterndes Lächeln.

Wieder einmal kam er nicht umhin, zu bemerken, wie ähnlich sie sich sahen. Victoria war ihrer Mutter wie aus dem Gesicht geschnitten.

»Ich hoffe es«, sagte er und bemerkte selbst das Zittern in seiner Stimme.

»Schon aufgeregt?«

»Ein bisschen«, antwortete er. Das war die Untertreibung des Jahrhunderts, ihm war schlecht vor Lampenfieber und das nervöse Flattern in seinem Magen wurde von Minute zu Minute schlimmer.

»Wird schon schiefgehen.« Sie tätschelte ihm beruhigend die Hand. »Toi, Toi, Toi.«

»Bis gleich«, sagte er, doch am liebsten wäre er schreiend weggelaufen. Victoria hatte bis jetzt nicht auf seine Bemühungen reagiert, warum sollte sie es ausgerechnet heute tun? Vermutlich würde er sich mal wieder komplett zum Affen machen. Aber das war ihm egal, er würde alles tun, damit sie ihm verzieh.

Der Saal des Park-Inn-Hotels war bis auf den letzten Platz gefüllt. Sämtliche der runden Tische für jeweils zehn Personen waren besetzt. Wie es schien, hatte sich die gesamte Kölner High Society hier versammelt, darunter Schauspieler, Fußballer, sogar die Oberbürgermeisterin war da. Victoria erkannte einige Damen aus dem Ladies Club ihrer Mutter, die mit ihren Ehemännern erschienen waren, und nickte ihnen grüßend zu, als sie ihren Platz ansteuerte. Der lag vermutlich nicht rein zufällig mit direktem Blick auf die Bühne, die an der Stirnseite des Saals aufgebaut worden war. Der Abend stand unter dem Motto »Diskriminierung«, deshalb würde David ihn als Loretta moderieren, und zwischen den einzelnen Auftritten bekannter Comedians würde den Gästen ein exquisites Sechs-Gänge-Menü serviert werden. Außerdem gab es eine Tombola, bei der man als Hauptpreis einen Show-Act für die eigene Geburtstagsparty gewinnen konnte. Adrette Hostessen schwirrten umher und verkauften Lose, und im Laufe des Abends würde sicher das eine oder andere Scheckbuch gezückt werden. Alles zugunsten der Rothenberg Foundation zum Wohle notleidender Kinder.

David hatte Wort gehalten und wohl wirklich alles getan, um öffentlich zu verkünden, dass er sich geirrt hatte, was seine Aussagen über Rothpharm betraf, und der Artikel neulich nur auf Vorurteilen beruhte. Deshalb war es nur folgerichtig, dass dies auch Thema seiner Eröffnungsrede war. Doch sobald Loretta die Bühne betreten hatte, hatte Victoria den Faden verloren, denn in ihr dröhnten die Worte der Voodoo-Priesterin. *Das Kind wird alles verändern!*

Das Ergebnis hatte sie umgehauen. Sie hatte in den vergangenen Wochen so viel gearbeitet, dass sie erst gar nicht realisiert hatte, dass ihre Periode ausgeblieben war. Sie hatte es auf den Stress geschoben, bis sie auf die Idee gekommen war, endlich mal den verdammten Test zu machen.

Wie würde David reagieren, wenn er davon erfuhr? Zurzeit waren sie ja nicht mal zusammen, aber er hatte ein Recht darauf, es zu erfahren. Sie musste es ihm sagen. Wie durch Watte bekam sie mit, wie er gerade seine Rede beendete.

»Bitte unterstützen Sie die Rothenberg Foundation dabei, die Diskriminierung von Frauen und Mädchen in aller Welt zu beenden. Gemeinsam können wir erreichen, dass Medikamente in Zukunft an denen getestet werden, für die sie bestimmt sind. Deshalb bitte ich Sie um einen großen Applaus für die Schirmherrin der Stiftung, und bitte Angelika Rothenberg zu mir auf die Bühne. Und natürlich die Frau, ohne die wir heute Abend nicht hier stehen würden, nämlich ihre bezaubernde Tochter Victoria.« Loretta streckte die Hand nach ihr aus und Victoria erhob sich von ihrem Stuhl.

Ihr Kopf war wie leergefegt, als sie auf wackeligen Beinen die Bühne betrat.

»Alles in Ordnung?«, raunte David ihr zu und blinzelte sie unter dicken Plastikwimpern an.

»Ich bin schwanger«, platzte es aus ihr heraus.

Lorettas ... Davids Gesichtszüge verzerrten sich. »Machst du Witze?«, brachte er hervor.

Diese Reaktion hatte Victoria befürchtet. Wie hätte es auch anderes sein sollen, sie waren nicht zusammen und ...

Er fiel ihr um den Hals und drückte einen Kuss auf ihren Mund.

»Wir werden Eltern!«, rief er ins Mikrofon. »Natürlich nur, wenn du mich dabeihaben willst?«, fügte er an Victoria gewandt hinzu.

Sie blickte in Lorettas Gesicht und lachte. »Natürlich, du Komiker«, sagte sie. David fasste um ihre Taille und zog sie an sich. Er bewegte die Hüften im Takt und sie tanzten eng umschlungen zu der Musik, die nur sie hören konnten. *Is this Love?* fragte Bob Marley in Victorias Kopf, und sie nickte, als könnte sie ihm antworten. *Ja, es ist Liebe.* Ganz bestimmt. Denn sie kannte den Mann hinter der schrillen Fassade und wusste, dass er ein phantastischer Vater werden würde.

ENDE

Lieber Leser

Liebe Leser*in,
ich sage jetzt mal »Du«, denn an Bord duzt man sich und dies ist schließlich ein Kreuzfahrtschiff, zumindest gedanklich. Und ja, ich muss die Anrede gendern, denn zu meinem allergrößten Vergnügen darf ich auch Männer zu meinen Lesern zählen. Also Jungs, schämt euch nicht, es ist okay, Liebesromane zu lesen. Ich freue mich jedenfalls über jeden einzelnen Leser, sei er nun männlich oder weiblich. Wie dem auch sei, ich hoffe, dir hat die Geschichte gefallen und du empfiehlst sie gerne weiter.
Am Ende eines E-Books wirst du gefragt, ob du das Buch bewerten möchtest. Die Sterne, die du auf deinem Kindle vergibst, dienen allerdings nur dazu, dass Amazon dir intern weitere Bücher empfehlen kann, die diesem ähnlich sind. Diese Bewertung hat keinen Einfluss auf die Bewertung bei Amazon. Wenn du dieses Buch öffentlich bewerten möchtest, wechsle

bitte zur Produktseite bei Amazon und verfasse eine kleine Rezension. Das muss kein Roman sein. Schon zwei, drei Sätze, wie dir das Buch gefallen hat, reichen aus, um mich als Autorin zu unterstützen. Rezensionen sind für uns Autoren sehr wichtig. Einerseits, damit sich andere Kunden einen Eindruck verschaffen können, ob sie das Buch lesen wollen. Andererseits, weil wir Autoren durch euer Feedback die Chance haben, zu erfahren, was euch gut gefallen hat und wo wir noch besser werden können. Wenn du mich also mit einer Rezension unterstützen willst, würde ich mich sehr darüber freuen. Jede einzelne von ihnen bedeutet mir sehr viel. Denn nur dafür sitze ich hier an meinem Schreibtisch: um eine Geschichte zu schreiben, die euch gut unterhalten und hoffentlich auch gefallen hat.

Ich hoffe, es werden noch viele weitere Geschichten folgen, und ihr, meine Leser, seid diejenigen, die das möglich machen. Deshalb danke ich euch von Herzen und würde mich freuen, wenn du mir auch weiterhin *treu* bleibst.

Deine Clara Gabriel

Anregungen, Fragen, Wünsche? Immer her damit, ich freue mich auf eure Post: post@claragabriel.de

Dank & Liebe

Dank geht raus an die *üblichen Verdächtigen*, die da wären:

Herzlichen Dank meiner Lektorin Claudia Pietschmann, die mal wieder einen großartigen Job gemacht hat, um dieses Buch in jeder Hinsicht besser zu machen. Und das, obwohl sie selbst mit ihren eigenen Büchern genug um die Ohren hat. (Kauft und lest Claudias Bücher, die sind wirklich gut, vertraut mir!)

Danke auch an meinen weltbesten Schreibcoach und Lieblings-Rainer, Rainer Wekwerth. Er hatte zwar an diesem Buch keinerlei Anteil, aber egal. Es gibt immer einen Grund, ihm dankbar zu sein, und sei es nur fürs Rainer-Sein.

An die Schlunzen Steffi und Nadja von Schlunzenbücher.de: 1.000 Dank für all eure Schlunzigkeit, guten Ratschläge und doofen Sprüche. Danke für einfach alles! Fürs T-Shirt, fürs Messe-Notfall-Set, fürs

Handtasche-Auftreiben während des echten Messe-Notfalls in Frankfurt (Kleiner Tipp an alle: Seine Handtasche im Shuttlebus von der Messe zum Parkhaus stehen zu lassen, ist eine absolute Scheißidee, sofern man keine Schlunzen hat, die einem, wie immer, den Hintern retten!) ... Ihr wisst, wofür, ich lieb Euch!

Apropos Liebe: Danke an die weltbeste Susanne B., die mir auf Facebook zugelaufen ist und die mich regelmäßig mit *Fan-Liebe* überschüttet und somit für meine persönlichen Promi-Momente sorgt, wenn ich meine Fanpost öffne. – Ja, ich bekomme Fanpost! *kreisch* Das ist irgendwie total schräg und ich fühle mich dann immer ein bisschen wie Herr Fitzek persönlich.

Danke an Jessica S. für den schönsten Rettungsring-Adventskranz der Welt und an Marion S. für den weltschönsten gehäkelten Rettungsring-Türkranz. Aber in Bezug auf die Geschenke muss ich jetzt mal eines ganz klar sagen: Das wäre doch nicht nötig gewesen! Ich mach das für euch, nicht, weil ich etwas dafür zurückhaben will. Umso mehr freue ich mich natürlich, wie viel ich sowohl physisch als auch emotional von euch bekomme. Ihr seid der Wahnsinn! Deshalb an alle meine Leser: Hört nie damit auf! Ich liebe, liebe, liebe eure Fanpost!!!

Wie immer: danke an die Affenbande: Bettina, Conny, Elvira, Johanna, Melanie, Sandra, Yvonne, Tamara und Thurid. Love you, girls!

Danke an mein Blogger-Team »Claras Crew« für alle eure Beiträge, Rezensionen, Buchvorstellungen, Artikel, Kommentare, Verlinkungen, kurz: euren Support! Danke Anett H., Anja B., Anja L., Annalena

S., Astrid W., Bärbel W., Carmen S., Claudia S., Claudia St., Claudia T., Daniela B., Diana B., Diana D., Elvira H., Franziska B., Frauke P., Heidi P., Heike O., Hiltrud W., Irene F., Jessica S., Josie K., Julia E., Lisi L., Manja T., Marion Anne R., Marion K., Marion S., Michaela J., Nadja K., Nicole B., Nicole R., Nina S., Sina P., Sonja M., Steffy S., Stefanie B., Steffi S., Susanne Ba., Susanne Br., Susanne K. und Susanne S.

Wer hat die beste Crew der Welt? – Ich hab die beste Crew der Welt! Danke Mädels, ihr seid spitze!

Wenn auch du Buchblogger*in bist und gerne maritime Liebesromane liest, komm an Bord und werde Teil der Crew. Unter https://claragabriel.de/clarascrew.html findest du alle Infos.

Danke auch an die echte Crew, die auf den AIDA-Schiffen dafür sorgt, dass ich einen schönen Urlaub habe und neue Inspirationen für meine Geschichten bekomme.

Da war ja noch was, die Witze! Danke für die besten Kreuzfahrt-Witze an: Petra S., Thomas W., Marco K., Patrick P., Silke S., Anett H., Jessica S., Mandy H.

Danke an meine Familie, die mich immer unterstützt. Sei es meine Mutter, die sich an fremde Briefkästen anpirscht und Bäckereien, Friseurläden, Physiotherapie-Praxen und Touristen-Informationen mit Leseproben pflastert, als auch meinem Vater, der während eines längeren Krankenhausaufenthalts gleich die komplette Belegschaft zweier Kliniken Clara-fiziert hat.

Wie immer gebührt großer Dank auch meinem

Mann, der mich schreibend erträgt und dafür sorgt, dass ich währenddessen nicht verhungere. Love you so much!

Und zu guter Letzt natürlich Dank an die wichtigsten Personen: Meine Leserinnen und Leser. Ohne euch würde es nämlich schlicht keinen Sinn machen, Bücher zu schreiben, wenn es da draußen niemanden gäbe, der sie auch liest. Also danke, dass ihr mir eure Zeit schenkt und sie mit meinen Geschichten verbringt. Das bedeutet mir sehr viel. Deshalb vielen Dank, dass auch du ein Teil der Clara-Geschichte geworden bist. Ich hoffe, unser gemeinsamer Weg ist noch lang.

Ach ja, noch was: Ihr Leser wollt ja immer wissen, was an dem Buch *wahr* ist. In diesem Fall sind es »Die Huhus«. Sie haben uns im echten Leben die Flitterwochen versaut, wie es nur wahren Profis gelingt. Ich weiß nicht, kennt ihr das, wenn sich ein anderes Paar entschlossen hat, eure besten Urlaubsfreunde zu werden, und ihr wollt das gar nicht? Nun, wenn nicht, seid froh. Ich wünsche niemandem, auf Schritt und Tritt furchtbar nervtötende Leute im Schlepptau zu haben, die konsequent dafür sorgen, dass niemand sonst Bock auf eure Gesellschaft hat, solange die beiden in der Nähe sind. Obwohl ... Andererseits haben die echten Huhus dazu beigetragen, dass wir unzählige Storys über unsere Flitterwochen zu berichten haben, die wir mit Sicherheit niemals vergessen werden. Seit dieser Reise sage ich auch jedes Mal vor Reiseantritt den Satz »Wenn die an Bord sind, steige ich ab!«, und ich schwöre, das ist mein voller Ernst. Die Huhus ertrage ich kein zweites Mal. Deshalb meine inständige Bitte: Liebe Huhus, bleibt einfach zu Hause und fahrt nie wieder Schiff. Ich wäre euch echt dankbar!

Eure Clara Gabriel

Über die Autorin

Clara Gabriel ist die geborene Kreuzfahrerin: Sie litt schon als Kind unter Fernweh, interessiert sich für ferne Länder und fremde Kulturen, ist immer hungrig und »rentner-kompatibel«. Die Vierzigjährige lebt mit ihrem Mann, zwei Hunden und einem Kater im Sauerland. Wenn sie nicht gerade arbeitet oder schreibt, verbringt sie ihre Urlaube am liebsten an Bord eines Kreuzfahrtschiffes. Dort schnuppert sie Seeluft, hält Smalltalk, philosophiert über Gott, die Welt und die Natur des Menschen, belauscht Tischgespräche und andere Peinlichkeiten und wundert sich nach 26 überstandenen Kreuzfahrten über fast gar nichts mehr.

Mehr über Clara Gabriel unter https://claragabriel.de

facebook.com/ClaraGabrielAutorin
instagram.com/claragabriel_autorin
pinterest.com/claragabriel_autorin

Weitere Bücher von Clara Gabriel

Heavenfield Hearts: Kopfüber ins Glück – Smoky Mountain Storys 1

Die zweiunddreißigjährige Liz besitzt alles, was sich eine Frau wünscht. Nur eines nicht: ein kleines Abenteuer, das ihre Augen zum Funkeln bringt. Kurzerhand gibt sie ihrem Schicksal eine neue Wendung und löst ihre Verlobung. In einem alten Van bricht sie zu einem Roadtrip auf und landet durch Zufall in Heavenfield, wo sie beim Tanken auf den sieben Jahre jüngeren Noah trifft. Noah ist fasziniert von Liz. In seinen Augen ist sie die perfekte Frau. Die Sache hat nur einen Haken: Sie ist auf der Durchreise.

Hals über Kopf stürzen sie sich in ein Abenteuer, von dem keiner will, dass es endet. Doch ihr altes Leben holt Liz früher ein als gedacht und sie muss sich entscheiden: Ist Noah der Richtige für sie oder ist ihre Liebe nur ein Strohfeuer?

Heavenfield Hearts 2: Die Farben deiner Liebe

Keisha und Granny Mae sind verzweifelt: Ein Sturm hat das Dach des Diners abgedeckt, aber die Reparatur können sie sich nicht leisten. Aus heiterem Himmel steht Zimmermann Brad vor der Tür und bietet seine Hilfe an.

Nie hätte Brad gedacht, dass er sich zu einer Schwarzen hingezogen fühlt. Doch die selbstbewusste, unabhängige Keisha bringt sein Herz mehr aus dem Takt, als ihm lieb ist.

Zwischen ihnen knistert es gewaltig, aber Brad verbirgt ein Geheimnis, das so schrecklich ist, dass es die zarten Gefühle zerstören könnte.

Rettungsring für zwei – Kreuzfahrt-Liebe Band 1

Leinen los! Die MS Stella Maris sticht in See, nimmt Kurs auf die Liebe und steuert mitten ins Herz.

Maries Leben läuft ganz nach Plan. Bis ihr Verlobter drei Tage vor der Hochzeit tödlich verunglückt. Ihre Freundin Eva überredet sie, dennoch in die Flitterwochen zu fahren. Wäre doch schade, die Karibik-Kreuzfahrt sausen zu lassen. Dumm nur, dass es sich bei der Reise um das Romantik-Special handelt, denn nach Romantik steht Marie gerade gar nicht der Sinn. Wenn da nicht Paul wäre, der glaubt, dass sie sich etwas antun will, und entschlossen ist, sie zu retten. Doch das Einzige, was in Gefahr gerät, ist Maries Herz, und ehe sie sich's versieht, verliebt sie sich in den einzigen Mann an Bord, bei dem sie das besser gelassen hätte. Denn Paul ist nicht der, für den sie ihn hält ...

Postkarten an Dora – Clara Gabriels historischer Debütroman

Deutschland im Herbst 1905: Wenn es nach ihrem Vater ginge, soll Dora Lehrerin werden, die Mutter sähe sie am liebsten unter der Haube. Doch die Siebzehnjährige hat andere Pläne, denn sie träumt von einer Karriere als gefeierte Schauspielerin im fernen Amerika. Der junge Offizier Alfred verliebt sich in sie, doch auch er kann sie nicht aufhalten. Dora brennt durch und begibt sich auf eine spannende Reise, die sie nicht nur auf die Bühne, sondern auch ins »falsche Amerika« führt. Doch weder mit der Karriere noch mit der Liebe läuft alles so leicht wie gedacht …